大庭みな子　響き合う言葉

装丁　クリエイティブ・コンセプト
装画　大庭みな子（カバー、題扉とも）

大庭みな子　響き合う言葉

目次

編者まえがき（与那覇恵子） 6

椎名美奈子・学生時代の未発表の手紙（田澤信子宛） 12

大庭みな子をめぐって

津田の後輩　大庭みな子さんの思い出（赤松良子） 28
コルク入りワインの幸福な夜（太田美穂） 32
浦島忌に想う文学の広がり（遠藤郁子） 36
私の中の大庭みな子（ドナテッラ・ナティリ） 42
専業主夫という選択――大庭利雄氏に聞く（藤田和美） 50
大庭みな子のグルメと新潟（川勝麻里） 54
「放浪する魂」の拠り所――大庭テクストにおける「父なるもの」（市川紘美） 59
みな子は何者？（谷　優） 64

書簡・利雄日記から

藤枝静男と大庭みな子――浜松を背景に（宮内淳子） 72
大庭みな子・藤枝静男　往復書簡 78
大庭利雄日記抄――大庭みな子との日々（一九八七年一月）（大庭利雄） 89

書簡からよむ大庭みな子（与那覇恵子） 104
付・大庭利雄自筆誓約書―みな子宛／大庭みな子自筆遺書（現物写真）

大庭作品をめぐって

『ヤダーシュカ ミーチャ』論（羽矢みずき） 124
変身する身体、越境する主体――「ろうそく魚」を手がかりにして（エマヌエラ・コスタ） 138
『霧の旅』第Ⅰ部・第Ⅱ部――場所の記憶（久保田裕子） 164
『浦島草』における浦島伝説の再生――〈原爆・原発〉表象をめぐって――（谷口幸代） 186
『浦島草』における記憶と語り――原爆表象を中心に（上戸理恵） 191
「すぐりの島」――「生きものの記憶」を求めて（西井弥生子） 212
世界と世界の間――大庭みな子の作品における空間（タン・ダニエラ） 220
『津田梅子』――大庭利雄氏保管資料から（山田昭子） 223

総年譜／著書一覧

総年譜 260
著書一覧 338
あとがき 350

編者まえがき

与那覇恵子

大庭文学の魅力といえば官能的ともいえるその言葉たちのもつ喚起力であろう。日本語という言葉の豊かさと深み、自在な人間精神がかもしだす豊穣さを感受させてくれるのが大庭文学の真髄である。

一九三〇年生まれの大庭みな子は、女学生の頃に原爆後の広島市に救援隊として動員されている。そこでの言語に絶する原爆の惨状は人間に対する深い絶望をもたらしたが、その後、その絶望の果てに立ち現れてくる「希望」を感得する。一九七〇年代に刊行された『ふなくい虫』や『浦島草』には近代的価値への鋭い批評精神と激しい反逆性が横溢している。人間の欲望と愚かさを見つめつつも、そこから新たな生の可能性を紡ぎだそうとする意思が認められる。そこには矛盾を抱えた人間存在に対する深い愛情が満ちている。

一九五九年一〇月から一九七〇年三月まで、夫の仕事の関係でアラスカ州シトカに滞在した。アラスカでは、人と自然と動物が、死者と生者が同化したようなアラスカ・インディアンの生活に触れ、時間と空間、人間と自然を一連なりのものと見る視点を獲得し、人種や文化の多様性を柔軟に受け止める感性を磨くことになった。

加えて、学生運動やヒッピームーブメントの盛んだった一九六〇年代のアメリカ各地を旅したり、大学の夏期講座を受けたりした体験は、文明というものを見直すきっかけになった。大庭文学のもう一つの魅力といえば、何といっても〈反逆する精神〉にあろう。

群像新人賞と芥川賞を受賞した『三匹の蟹』（一九六八年）は、物質文明がもたらす人間の疎外感を描いて世界文学の上質の作品群の一つとして高く評価された。

大庭みな子を彷彿とさせる『三匹の蟹』の由梨は、日常生活のレベルでは夫、子供、友人に囲まれ、経済的にも性的にも満たされていながら、誰にも本当のことが言えない、居場所がない、とうめき叫ぶ女性である。そこには一人の女、一人の人間として、同じように一人の女／男／人間としての他者と向き合い、自由な関係性を構築したいと願いつつも果たされない精神の孤独が描かれていた。彼女の孤独は、自由な精神の発露を阻む既成の価値観や社会制度の反転した表象でもあった。シトカをイメージさせる島が舞台の『がらくた博物館』（一九七五年）には、良識や常識はもちろんのこと家族や故郷や国家や人種といった枠に縛られない人物たちが多く登場する。彼女ら／彼らは「身動きできないものの中に自分を閉じこめてしまわない」（『魚の泪』一九七一年）精神の持ち主である。

大庭みな子は「文学とは現状に満足できない、はみ出した非社会的なものであるか、あるいはこうした認識の上に立った慰めか、現存する社会とは無関係に自分の夢想を描いた幻覚の世界であるか、いずれかである」（「異質なもの、文学と政治」一九七五年）と述べている。

私はその頃に大庭文学と出会った。二十代の私は、大庭作品に流れる〈反逆する精神〉に深く共感した。だが、さらに魅了されたのが『ふなくい虫』であった。そこでは大庭が語る、幻想性豊かな物語世界である「幻覚の世界」が展開される。「反逆」と「幻覚」の綯い交ぜ合わされた世界で語られる言葉は、直喩と隠喩が交差するユニークな比喩に溢れ、読者のイマジネーションを刺激する響きに満ちていた。大庭作品から世界の見方と読書の楽しみを感受していったのである。

作家自身を投影した百合枝の登場する『霧の旅』(一九八〇年)や『啼く鳥の』(一九八五年)の頃から、他者と対立するばかりでなく他者と共振する人物たちが多く登場するようになる。老子思想が加味された『寂兮寥兮』(一九八二年)には、動物や植物や人間が交感し、生と死と、過去と現在が交差する幻想的な空間が現出する。そこでは言葉も個人の営みを超えて、生き物たちの生命の息吹として捉えられている。

大庭文学は一貫して男と女の関係性に生命の原動力を認め、命の循環を紡ぎ出してきた。『海にゆらぐ糸』(一九八九年)、『おむぶう号漂流記』(一九九六年)、『ヤダーシュカ　ミーチャ』(二〇〇一年)、『浦安うた日記』(二〇〇二年)などには、生き物としての男と女のエロスが艶やかに表現されている。さらに大庭文学は古典文学と現代文学といった枠組みを溶解し、詩、小説、短歌、エッセイ、日記、評論、紀行文といったジャンルの壁も軽々と越境する。伊勢物語に女の視点から応答した『むかし女がいた』(一九九四年)では、時を超えて結び合い呼応する女たち、男たち、男女の姿を流麗な筆致で語り、ジャンル的には伝記に分類される『津田梅子』(一九九〇年)では、梅子とみな子の言葉が往還し合う形で紡がれている。すべての作品世界に作家自身が溶融しているといいえる。

本書には、作家自身から分岐し生成していったと思われる人物たちが交響する大庭文学をより深く聴き取るための基礎資料として、未発表書簡を収録した。一つは女学生の頃に友人に宛てた書簡で、いつも「ぼんやり」している「私」、という作家自身が描くみな子像を彷彿とさせる文面となっている。もう一つは文学的同質性を有すると考えられる藤枝静男氏へ宛てた書簡である。応答する藤枝氏の書簡も合わせて収録した。

大庭文学の創作には、夫・大庭利雄氏の協力も欠かせなかった。みな子氏の日常のひとこまを記した利雄氏の日記の一部も収録した。そこからも大庭文学を読み解く一つの鍵を見出せるのではないか。

読者に自在な想像力の翼を与える大庭みな子の文学世界の一端でも、本書に収録されたエッセイや論文から感受していただければと思う。大庭文学を愛する者たちで編まれた本書が、読者と読者をつなぐ文学の未来に拓かれていれば編者としての喜びである。

椎名美奈子・学生時代の未発表の手紙（田澤信子宛）

生きものたち

田澤（現姓・斎藤）信子さんは、みな子が新発田高等女学校専攻科に在籍していた時の同級生である。みな子は一九四七年四月、満一六歳の時に新潟高等女学校専攻科に入学し寄宿舎生活を送る。しかし、授業にも教師にもなじめず、二学期から新発田高等女学校専攻科に転校した。その時に出会い「生涯の友」となったのが信子である。信子は「比叡平のほととぎす」（「月報」日本経済新聞出版社版『大庭みな子全集』第22巻）で、夫婦同士の交流を語っている。

手紙①は、大学への進学を希望していたみな子が学びを深めるために、さらに新発田高女から新潟女子高校（旧新潟高女）に戻り、寄宿舎に入ったことを伝える四八年四月のものである。出たり入ったりする自分を「不義理な私」と語っている。

手紙②、③は、津田塾大学に入学した年の五月と八月のもので、大学での生活と新しい環境が綴られている。女学校時代の同級生の変化は、強く印象に残ったようである。

手紙④、⑤は、津田の記念祭での演劇上演で演出と役者を兼ねて頑張っていた時期のものである。公演パンフレットに「伯父ワーニャ解説／チェーホフと其の時代」（全集23巻収録）を書いている。なお、④は月不明。

手紙⑥は、翌年に卒業を控えたみな子の心境が綴られている。率直でありつつシニカルであるような、後の小説に登場する人物の雰囲気が感じられる手紙である。

（与那覇恵子）

①一九四八年　十七歳【四月二十一日】

田澤さん

この言葉を聞いて下さる人が側に居なくなった時たまらなく淋しいのです。

寄宿に入りました。穴澤先生の長い〳〵説教と共に。私の様子、不義理なことをした人間にお口をきくのもお厭かも知れませんわね。

本当に御免なさい。何とおわび申しあげてよいかわかりません。もうこんなこと考えるばかりでこの半月ばかり疲れきってしまったのです。

精神的な疲労といふものがこんなにこたへるものとはしりませんでした。

此の間はお花見有難う御座いました。大変御馳走様になりました。でも私には其の物質的な御馳走より貴女のその真心の暖い友情といふもの、方がより有難く嬉しく思ふのです。

今迄私にも、友達と称する知人は沢山ありましたけれど貴女の様な方にはまだ一度も会ったことがありませんでした。何ういふ意味でかって？　それは沢山の方面からですわ。

多分私も昔と変って来たのかも知れませんが――。

友達に対する私の感情の持ち方が。

私常に変化しようと思ふのです。私の性格の変遷といふものが――。私にその境遇の様々であったことを教へてくれるのです。

ぼんやりと昔のこと考へてみることあります。

それこそ慰めに満ちた悔恨と涙で飾られた追憶なのですけれども。

人間の嬉悦の持ち場所が過去の場合と現在の場合と未来の場合と、あると思ふのですが。

私がその何れに属するか時々迷ふことがありました。そして不思議なことに私が最も清純である時未来を想い、醜悪である時現在に幸を求め、倦怠しきってゐる時に過去を慰める様な気がするのです。

×××

寄宿舎にはすぐ馴れるでせう。

馴れるといふことをどういふ風に解釈するかは問題ですが。どうも私は今頃素直でなくていけません。始終こういふ風に馴れるといふこと一つにさへ単純な解決を与へようとしない程、ひねくれてしまってゐるのです。

今度の日曜日若しかしたら新発田へ行くかも知れません。でも当になりません。新発田に行くことは私にとってたまらない苛責を感ずるのですが、それも自分で耐へなければならないのが義務かも知れません。

びしゃ〳〵と雨が降ります。

加治の桜は痛んだでせうね。

五十嵐トシさんから皆のお金まとめて頂きましたからお送りします。バス代や何かです。

萩野さんは帰ってゐましたから御安心下さいませ。
あの汽車に乗ってゐたのださうです。
貴女も新潟にいらしたら是非お尋ね下さいませ。
お部屋は、広瀬、野水、田中、笠原良の諸嬢と妹とです。
食事のベルが鳴りました。では又
四月二十一日　　美奈子
信子様

②一九四九年　十八歳【五月十二日】

すっかり御無沙汰致しました。相変らずですから御安心下さいませ。

武蔵野は今すっかり緑に覆われて、そしてすみれの花が綺麗です。よく晴れた日には富士の山がみえます。学校の周りは、灌木の雑木林が続きそして青々とした麦畠があります。ぼく〳〵とした黒い土や、萌え出たばかりの、若々しい軟らかな葉や、よく澄んだ、小川の水や、美味しい味のする薄緑色の空気が、私を喜ばせてくれます。

人の息の一杯に充満した、電車の中や、埃にまみれた、大通りや、ちっともぼんやりしていられない東京の街と何という相違でせう。

学校にはすっかり馴れました。そして誰とでも話します。新潟の話をするのです。広い平野や、佐渡のみえる、砂丘の陰や、プラタナスの街路樹や、そんなことを語っていると自分が楽しくなります。寮生活には馴れておりますから、ホームシックにはか丶りませんが、夕方になると色々なこと思い出します。備前さんの裏のあのからたちの垣根の陰の小径も、はんの木の影のうつった小さな小川も皆、美しい夢と一緒に思い出します。夕日のおちる頃は綺麗だろうなあ、等と思いながら。

洋裁の方は如何ですか。羨ましいです。私はブキッチョで何にも縫えないのですもの。今度夏休みに教えて戴きませう。

此の間巌本真理のヴァイオリンの独奏を聞きに行きました。G線上のアリアや、ヴェートーベンのロマンスやスウーベニールや、アヴェマリアや皆懐かしいものばかりです。寮にいるとラジオも滅汰にきかずに、美しい音楽に接することが少いので不幸です。其の上、音楽の時間はありませんし、益々音痴になるでせう。

此の学校の生徒は実によく勉強します。私はそんなのあまり好きじゃありません。驚嘆して傍観しています。英語の辞書と、白壁がお友達なのです。寮の設備は割によくて、綺麗です。椅子にベッドです。でもベッドというものは蒲団がずりおちて嫌いです。英語の授業は皆目解りません。全部英語で講義をなさるのです。全く悲哀です。その外嬉しいこと、いえば、仏文学の辰野隆さんや、英文学の土居光知さんや美術史の上野先生（美校の校長）のお講義が聞かれることです。大学になってからは専門学校の時程語学はつめこみませんがそれでもとてもつらいのです。

街にはあまり出ません。その上お友達も少いので。早く夏休みになればよいと思います。夏休みにはお遊びにいらして下さい。今度海の近くです。然し相変らずのアバラ屋です。私達の同級生の人達はどんなになったでせうね。私は以前のある田舎の女学校の時の友達にあってびっくりしました。まるで変っていました。燃えるような唇に熱っぽい目をしていました。それでも「私、ちっとも変っていないでせう」と言ひました。私は悲しくなりました。そして銀座で一杯八拾円のココアミルクをおごってくれました。

今度上野の美展え行くつもりです。

東京は煩瑣で、皆自分だけの道を見詰めてさっさと歩いて行きます。楽しそうな人もあり、疲れきった目をしている人もあり、只悲しそうな人もあります。でもそれ〴〵その人なりに生きてゐます。私も私なりに生きて行かねばならないと思っています。

アリアの音楽を聞いているような気持です。静かな夕風です。随分くだらないことをくど〳〵と書いたようです。御免なさいね。

私もきっと疲れているのですね。この手紙を読んでいて、そんなにお感じになりませんか。今度書く時迄には、楽しくそして元気になっていませう。　きたない字で御免なさい。

今上田先生にもお手紙書きました。

あの先生にお会いになりますか。

備前さんのおうちの方にお逢いになったら良ろしく仰言って下さい。

ではお体暮々も大切になさって下さいませね。

お家の皆さまに良ろしく。それから他のお友達におあいになったらよろしく。

さようなら

五月十二日

美奈子拝

信子様

③一九四九年　十八歳【八月十七日】

その後如何ですか。新発田え行き度い行き度いと思っていますが忙しくて行かれそうにもありません。何しろレポートが皆目出来ていないのです。貴女と大変お逢いしたいのですが、私が新発田へ行ってお連れしてこようと思っていましたが出来そうにもありません。その上、今南浜村全村赤痢のまんえんで、家の方も大変忙しく女中が盆で家え帰っておりますので、大変です。そんなことはいいとして貴女にお会い出来ないのが一番残念です。

毎日何をしているのかわからずに日が暮れて行きます。

一生をこんな風にして過すのかと思います。そして一寸悲しくなります。

お友達が欲しい。本当のお友達が欲しいとつくぐ\思います。一人で沢山だとか、人間なんかつまらぬだとかの気の利いた口をきいていてもそんなの痩我慢にしかすぎないのですもの。

毎日何をしていらっしゃいますか。卒業して変ったかしら、などと思っています。私自分のことはあまりよくわかりませんが多分大して変っていないだろうと思います。東京にいたって田舎の方で都心まで行くのには一時間もかかりますから銀座へも滅多に出ませんし、映画だって一学期中一回か二回しかみませんでした。見たいという意欲が起らないのです。東京で女学校の三年生の時一緒だった友達に会いました。強烈な化粧をして、胸を張って歩いていました。そして私を銀座えつれていって、スペシャル・コーヒーをおごってくれました。私は二年前のこの人の面影を何処かに探し出そうとあせりましたが、それは苦労なことでした。私達は笑って話して笑って別れました。お互いに、社交辞令の繰返しでした。私は努力しましたけれどそれしか出来なかったのです。私はその日寮え帰って一日中ぼんやりしていました。時が変らせたのかしら、そんな風に考えました。嘗つて仲のよかったその頃の話題を頭の中に思い浮べました。それは皆微笑ましいものでした。

都会の埃と、塵芥、汗っぽいむっとした嗅、電車のひゞき、いそいで歩いていく人の後姿、そんなものと、今の緑の匂と、潮風と、白い道、を比較してみてあまりの相違に驚きます。私は何だってこんなことを言い出したのでしょう。多分、寂しくなったのです。夏休みなんてつまりませんのね。

私、貴女とお友達になったこと、とても嬉しいと思いました。貴女はとてもいい方なのですもの。これは正直な話よ。面と向って言うとあまり美しくきこえませんけれど。

下町のお家えいらっしゃるのですか。夜、去年の夏を思い出します。氷水をのみましたね。何杯も何杯も。あの冷い味を思い出します。

何時か又、お近くに暮すことが出来る様になったらと思います。東京えいらした時は是非およりト下さいませね。貴女おひとり位なら寮えだって宿めて差上げられます。津田のある辺りもいいのです。昔の武蔵野の面影が充分に残っていて。

家えも一度是非来ていただきたいのですが、夏は暑くて歩くのが大変ですから、秋のお休みの頃がいいかしら。

その時はうんとお話しましょう。

二十二日の新潟の川祭りには行くつもりです。貴女はいらっしゃいませんか。

妹さんはどうなさいましたか。今度、高等学校ではありませんでしたかしら。新潟では西田校長に何度かお会いしました。

何だか今日は、いやな日です。ちっともいい具合に書けません。

ではお元気で。九月の四、五日頃東京え帰るつもりです。　さよなら

八月十七日

美奈子拝

信子様

④一九五〇年　十九歳【二十八日】 ※文面から推察して十月ではないかと思われる

長らく御無沙汰致しました。

その後如何お暮しでいらっしゃいますか。私は相変らず、大して面白くもなければ、従って、何の事件もない生活にうんざりしております。

朝夕は寒いと思う様になりました。

試験が終ったと思いましたら十一月の初旬にある記念祭で忙しいの何のといったら、ありま

せん。劇研に入っておりますので、その時上演するチエホフの「伯父ワーニャ」のことで、来る日も来る日も、頭を悩ましつづけです。

今日は、日本橋銀座、神田を、行楽の為でなく、所用のため歩いて来ました。何とつまらなく何と疲れたことでしょう。

寒くなって来ると、北国を思い出します。そして新発田時代のことを。夏休みにはとう〳〵いらっしゃいませんでしたね。恨んでおります。

貴女は夏にはお忙しいから駄目ですのね。今度は暮でしょうか。

疲れきっていやな日が続きます。劇研の連中ときたらそろいもそろって変り者ばかりで自分まで何時の間にか並の感情を保持することが出来なくなって行く様です。

彼女達のは、フランス趣味で、無暗矢鱈に感情の動揺があり、デカダンにあこがれております。その癖誰にでものぼせ易く好きになったり嫌になったりすることで生活しております。上演が間近いというのに、出演者は土曜日曜はランデヴーの為休暇を欲しがり、金曜日あたりからいら〳〵しております。

私は常識家すぎますので皆に嫌われます。

二学期に入ると英文学のリポートを二つ三つ書かねばなりません。本を探しておりますが、東大手に入らなくて困っております。山崎さんの御兄様が東京にいらっしゃるそうですが、東大の図書館からお借りしていただけないか、貴女からお願いしていただけませんかしら。大学院に籍を置いていらっしゃるのでしたら、お借りになれるのではないでしょうか。津田のプアーな図書館ではとてもたよりないのです。少しばかり頭がどうかしたのではないかと思います。何一つまとまった考がなく、始終ぼんやりしているのです。あの宿題をしなければならないだの、あ、あの台詞はこういう風にいわなければならないだのと考えが錯雑していら〳〵ばかりしております。もう長いこと手紙など書いたこともない様な気がします。

きっとこの手紙もおよみづらいことと存じます。またゆっくり書きます。

二十八日。　　みな子

⑤一九五〇年　十九歳　【十一月十日】

部厚いお手紙本当に嬉しく拝見致しました。此の頃、妙に何かゞ待たれてなりません。何か以外の何物でもないのですけれど。お父様がお悪いとか本当にいけません。どんなに皆様御心配のことでしょう。貴女も御無理を続けていらっしゃる様な気がします。くれ〴〵も御自愛なさって下さいませ。

記念祭がすんでほっと致しました。二日間ベッドの中から空を眺めて過しました。演劇に自信がなかったので、お友達は誰も呼ばずに、今年の記念祭は淋しう御座いました。お茶ばかり飲んでおりました。学生ホールでティールームが開かれましたが、次々と、様々なカップルの出入りするのを眺めながら、ぼんやり小説めいたことを考えておりました。

寒くなって、火が慾しくなり、炬燵の感触等身にしみて思い浮べます。昨夜は、文学座上演の「道遠からん」を観に行きました。岸田國士の作、並びに彼と福田恒存の共同演出で、清水学の装置、衣裳というレッテルで期待して行きましたが、作品全体の女に同情のないやり方に不愉快でした。

女が社会的、経済的、政治的実権を持った架空の社会に題材した風刺劇なのですが、女がみてあまり気持のよいものではなく、改めて、男性に挑戦したい様な気分さえおきるのです。岸田國士ってこんな人かと思いました。福田恒存は英文学の方で、津田へもいらしたことがありますが、私は彼の書くものはあまり好みません。尤もお話してみれば感じのよい方ですけれど。彼は私の後の席で、座って観ていました。三越劇場で、私は二三度彼をみかけたことがあります。小さくて、フランス趣味の洋服で、特徴のある大きな眼の持主です。

劇場を出てから、日本橋　銀座辺を例によってぶら〳〵歩き、それから、地下鉄で神田まで出てまた暇つぶしに、お茶の水の駅まで歩きました。ニコライ堂の十字架が孤燈の様に、青く光っておりました。赤い支那ソバ屋の提燈の下をいくつも通りすぎて、堂の横の暗い坂道を、自分の足音だけきゝながら通りすぎました。でも私は臆病なので、行き度いなあと思うところにも行けず、のりたいなあと思うところにものれず、そのまゝ素通りして、何時でも街を歩くのです。

今日は曇っていて、いやな日です。

秋には、磐梯山にいらしたのですって、羨ましい次第です。　本当に、貴女と一度旅行してみたい、と思いますのよ。

私は此の頃だん〳〵怠け者になっていくので、恐ろしくてなりません。生き方が不安定で心細いのです。

私ね、自分でお金がとれる様になったら、倹約して、時々、旅行をしようと思いますのよ。小さな貧しい旅でい、のですから。そして、貴女の様なお友達がいて下さると、嬉しいのに、と思います。北海道の旅は、義理で行った、友達がいやで不愉快なことが沢山ありました。

其の間、二三度貴女のことを思い出しました。

山崎さんのこと、御骨折下さって有難う御座いました。私からお手紙でお願いします。若し、おついでの時があったら貴女からもお口添え下さいませ。（注―以降裏面に書かれている）

冬にはお会い出来るでしょうか。雪が降るでしょうね、でも今度新潟に妹が下宿することになりましたから、新潟へ出られる機会も多くなると思います。そうしたら、新潟でおあい出来るでしょう。

新潟市白山浦二ノ十一　古俣ナカ方

椎名朝恵

遅くおなりになった時なんか御遠慮なくいってお泊りになって下さいませ。彼女は独りで淋しがっておりますので。ゆうべはぼんやり四時までおきておりました。少し頭がぼうとしております。今夜は劇研のコンパがあるのです。大変きたない字になりました。御判読下さいませ。

末筆ながら、御家の皆様にくれ〴〵もおよろしく　お父様の御全快祈っております。お見舞に行けなくて（私の父の時はいらっしゃいましたのに）申訳御座いません。御大事に。

十一月十日
美奈子

信子様

⑥一九五二年　二十一歳【九月二十二日】

お葉書嬉しく拝見しました。来年卒業で皆就職運動で血眼になっていますが、私は世の中を甘く見ている所為か、何だか少しも自分の事のように感じません。尤も私が運動したところで、成績は悪いし、実力はないしというのでは誰も相手にしてくれないでしょう。何処かゴウマンなところがあって、世俗的な地位なんか慾しくないわというようなヤセ我慢をして成行にまかせています。二年後には戦争が起るかも知れませんね、とうそぶいている偉大なる政治家もおいでのようですし、そうなれば前の戦争にこりている東京市民はいち早く逃げ仕度を始める事でしょう。そうなれば原爆にやられる前少しの期間は住宅難も解決つくでしょうし、軍需工場は社員を募集するので、きっと失業者もへる事でしょう。その頃私はまだ〴〵若い盛りの筈ですから、と此処まで考えたら、電燈が消えました。雷がとてもひどくて、稲妻が原爆を思わせる明るさで、光りました。

私はとても元気です。東京は秋魚が出始めて葡萄がさかりです。それから選挙、そんな訳で街もとても賑か。
夏にはお逢い出来ないで残念でした。
私は年々禄でもない人間になっていくようなので、貴女におあいするのが少し怖いような気が致します。卒業しても生きてさえ行ければ多分東京に居ると存じますが、そうしたら上京の節は是非お寄り下さいませ。きっとひどく貧乏しているかも知れませんが、私のところへいらっしゃれば、あまり常識的でないですから気がお楽のことと存じます。ではまた。
椎名美奈子
九月二十二日
田澤信子様

大庭みな子をめぐって

姉妹

津田の後輩　大庭みな子さんの思い出

赤松良子

大庭みな子さんの『オレゴン夢十夜』（一九八〇年）には、国連公使としてニューヨークに赴任していた私が、実名で登場する。当時、大庭さんは、オレゴン大学に招聘されアメリカに滞在されていたのだが、アメリカ国内で電話代が安い時間を見計らって、二人でよく、カリフォルニアとニューヨーク間で長電話をしたものだ。彼女はニューヨークの私の家に泊まりに来たこともあった。二人とも、日本に夫を残し、単身赴任でアメリカで仕事をしていた。

作品の中では、津田（津田塾専門学校、現在の津田塾大学）時代に、モーツァルトの『魔笛』のパパゲーノの歌を歌っている私のことが回想されていて、私のことを「声楽をやったらよいくらいのよい声」と褒めてくれているが、それは嘘っぱちだ。当時、私は下手でもかまわず大声で歌っていただけなのだ。

大庭さんは、津田の私の一学年下の後輩だった。彼女は西寮で、私は東寮と、寮は違っていたが、私が仲良くしていた同級生が西寮にいて、彼女の部屋とも近かったため、大庭さんとはわりと顔見知りだった。しかも、彼女はキラキラと才能のある人で、学内でも目立っており、ただの下級生とは違っていた。当時からこの人、ちょっとおもしろい子だと思っていた。

また、私は演劇部に所属し、英語劇でシェークスピアの『ベニスの商人』のシャーロック役を演じたのだが、私同様、大庭さんも芝居に興味があり、手伝いをいろいろしてくれたり、私の衣装係を担当してくれたと記憶している。

津田卒業後は、私は東大に進み、彼女は結婚して、アラスカに行ってしまったので、しばらくは連絡が途絶えたが、彼女がアメリカから帰国後に再会し、今度は家族ぐるみの親しいつきあいをするようになった。

実は、彼女との関わりは二重にあった。彼女の夫の利雄さん（当時、トシちゃんと呼んでいた）と私の当時の夫（後に離婚）は、偶然、同じ静岡高校出身で、利雄さんは、元夫の一年下の後輩にあたる。私たちは夫婦共々、同じ学校の先輩後輩の関係にあった。

そこで、休みの日には子どもを連れて、夫婦でお互いの家によく遊びに行った。私は当時、代々木八幡の家に住んでいて、彼女は渋谷の近くのマンションに住んでいたので、家も比較的近かった。家に着くと、それぞれの娘と息子をほったらかしにして、四人でお酒を飲みながら、いろいろ話をして楽しい時間を過ごしたものだ。本当にいい友達だった。

彼女の話はとにかく面白かった。また彼女自身、好奇心があり、労働省の役人であった私の仕事にも強い関心をもっていた。

実は、私たち二人には、夫婦とも学生時代の先輩後輩というだけでなく、さらなる共通点があった。実際の夫婦関係において、男女平等というより、女性上位だったことだ。彼女は専業主婦時代から、結構威張っていて彼女が中心の家庭のように見えた。利雄さんは彼女に尽くす、良い夫だと思った。

一方、私の方も天下に名だたる、女性上位の夫婦で、利雄さんも私の元夫も、亭主尻に敷かれて、それを恥じることとなし、という点も共通していた。そういうところが、お互いがそれぞれの結婚生活を、特に変に思わず、親しく付き合いができた理由の一つといえるだろう。

そのうち、私は労働省の婦人少年局長として、男女雇用機会均等法制定に向けて仕事が非常に忙しくなり、毎朝八時に国会に行き、帰りは夜中という生活をおくるようになった。仕事のために、国会に近い場所に引っ越しをして仕事に没頭した。

一方、彼女も作家として執筆活動が忙しくなり、私たちは以前のように会うことができなくなってしまったが、彼女は本を出版するたび、私に送ってくれたので、私の本棚には彼女の著書が沢山並んでいる。

時は経ち、私が文部大臣を辞めた後、彼女の比叡山の別荘の近くの琵琶湖ホールのオペラハウスの館長に就任することになった。大津に行くときの定宿にしていた琵琶湖のホテルからは、彼女の別荘がある比叡山がよく見え、そのうち遊びに行こうと思っていた矢先、彼女は亡くなってしまった。比叡山を見るたび、「なんで死んじゃったの、馬鹿」と思っていた。

私たち二人が出会った時代、それは、戦後民主主義が花開いた時代だった。男女は平等で、女性が男性と同じように学び、仕事をすること、夫婦は対等な関係であることなどを、多くの人が支持した時代でもあった。大学には、利雄さんや元夫のような新しい考えをもつ若い男性も少なからず存在した。ただそれは一時的な風潮であり、その後時代は変わっていった。

そして、私たちが学んだ津田は当時からフェミニズムの巣窟と言われていた。創立者の津田梅子先生は、男性と対等に、女性も職業をもち、経済的に自立できる女性を育てることを目指されたが、私も大庭さんも、津田のスピリットを継承した、といえるだろう。

私が成立にかかわった男女雇用機会均等法について、彼女と話す機会はなかった。もし話をしていたら、当時、女性運動に関わっていた人たちがその法の弱さに抗議したように、彼女は怒ったかもしれない。しかし、あの時、均等法ができなければ、今どうなっていただろうか。法律の不十分な点は、改正しながら前に進んでいくことが大切だ。

この春、今まで私が運動を進めてきたクオータ制導入の法案（「政治分野における男女共同参画推進法案」）が今国会（第一九三通常国会、平成二十九年一月〜六月）で成立する見通しだ。八七才の私は、今も、走り続けている。

（聞き書き　藤田和美）

コルク入りワインの幸福な夜

太田美穂

一九九二年、初秋のことだ。大庭先生から、いささか興奮した声で自宅に電話がかかってきた。何だか、いつもの先生とは様子が違う。

「あなた、よかったわね、稲葉真弓さんね、受賞したわよ、女流文学賞。私ね、頑張ったんだからね」

それを聞いた途端、私は受話器を握りしめたままへなへなと床に座り込み、「先生、ありがとうございます」と繰り返しつつ号泣していた。

河出書房新社に入社して三年、稲葉真弓氏の『エンドレス・ワルツ』という作品を手掛け、非常な手応えを感じていた矢先の予想を超えた朗報であった。新米編集者の殻を無様ながら徐々に破ろうとしていた時期であり、又、稲葉氏にとっても作家として大きな脱皮を成し遂げた作品での、女流文学賞受賞という輝ける知らせだったのである。

「私ね、頑張ったんだからね」――

二十数年が経つ今も、この時の大庭先生の童女のような声をはっきりと思い起こすことができる。人間は決して死なず、生きている者の中に永遠に生き続けるのだと、強く実感するのはこんな時だ。女流文学賞の選考委員であった大庭先生が、『エンドレス・ワルツ』を高く評価し、選考会で奮闘して下さった様子を想像すると、又涙がとめどなくあふれてくるのだった。あまりに泣き続ける私に先生も呆れていたことだろう。

「稲葉さんをお連れして、ご挨拶に伺います」

と、途切れ途切れに私は言った。

「そう、私ね、明日はダメだけど、明後日ならいいわよ」

相変わらず童女のような女学生のような先生の声に、我に返った。

(明後日！)

涙の乾かぬまま、頭の中は「明後日」の調整に向けてあれやこれやが駆け巡る。まずは稲葉氏に連絡をして、何がなんでも予定を空けてもらわねばなるまい。

その二日後、稲葉氏と私は中目黒の駅から大庭邸に向かっていた。夏の名残りか、うっすらと汗ばむ夜で、稲葉氏は黒の、私は白いスーツを着て、それぞれ花束とお菓子を手に持っていた。途中の青果店で色とりどりの果物を買い足し、手にいっぱい抱えながら、私たちは弾んだ声でお喋りをしながら歩いた。楽しい道のりだった。

出迎えてくれた大庭先生は、異国風の艶《あで》やかなドレスに身を包み、首元には黒のチョーカーに緑の石が揺れていた。先生は、チョーカーが本当によく似合った。私が思い浮かべる先生は、いつもチョーカーをしている。同時に、「王女」という言葉が立ち上がってくる。

居間に通された稲葉氏と私は、目にも鮮やかな料理の数々に息をのんだ。ファッションにしても料理にしても、創意工夫にあふれた先生のセンスは、唸るほどに見事なものだった。料理の中には後年、「ヤダの追悼料理」と先生が教えてくれた、サワークリームで肉を和えた絶品のお皿もあった。食の記憶というものは、懐かしい人をすぐそばに呼び寄せてくれる。かつての親友「ヤダ」の話をする先生のまなざしは、はるか時空を超え、私はそのまなざしの先にあるものを想像しながら、自身も過去や未来を自在に飛翔する感覚に包まれた。

作家は、「詩を書く作家」と「詩を書かない作家」の二つに大別されると思う。そして、この二つのタイプの作家には厳然たる違いがある。その意味においては、大庭みな子も稲葉真弓も詩人であった。詩人同士の言葉に惹かれ合い、二人の作家は初対面とは思えないほど意気投合し、大いに語り合った。

食卓にワインが出てきて（当時は今ほどワインが普及しておらず、誠に洒落ていた）、先生がワインオープナーを回し始めた。しかしコルクが柔らかいのか、なかなか抜栓できない。女三人で大騒ぎしつつ、悪戦苦闘するも敵は手強く、ついに途中でコルクが割れてしまった。

「しょうがない、中にコルクを落としましょう」

先生の果断即決により一件落着、私たちは、あらためて乾杯した。ワインにはコルク粒が少しだけ浮いていたが、それが黄金色に輝いて私たちを祝ってくれているようだった。そのワインの美味しかったこと！　生涯、あと何回あれだけ美味なワインを飲むことができるのだろう。

大庭先生が旅立って、十年の月日が流れる。稲葉真弓氏も三年前、六十四歳の若さでこの世を去った。三人で過ごした人生の一瞬を記憶しているのは、私だけになってしまった。

感謝と親愛に満ちたあの夜、私は確かに幸福だった。それは未だ色褪せず、むしろますます光を帯びて胸に蘇る。愛する懐かしい人との別れから時間が経つほどに、より一層彼らを身近に感じるのである。

浦島忌に想う文学の広がり

遠藤郁子

二〇一三年五月二四日の第四回浦島忌は大庭みな子さんの七回忌にあたり、みな子さんと親交のあった作家、編集者、大庭みな子研究会の会員や文学研究者など、合わせて約六〇名がアルカディア市ヶ谷に会し、ご家族とともに故人を偲んだ。

まず、大庭利雄さんが、みな子さんが亡くなった時に、「後追いは駄目よ」と、瀬戸内寂聴さんに止められたエピソードなどを交えながら、ユーモアたっぷりのご挨拶をされて、会が始まった。そして、献杯に立たれた瀬戸内寂聴さんが、利雄さんがいたからみな子さんはあれだけの小説が書けたのだと仰って、「今でも私は、大庭さんの小説を読むととてもかなわないと感じ」ると、印象深いスピーチをなさった。みな子さんに対する寂聴さんの真摯な友情の弁には強く心を動かされた。

賑やかなことが好きで、人の話を聞くことが好きだったというみな子さんを偲ぶ会に相応しく、その後も、豪華なメンバーがみな子さんとの様々なエピソードを語ってくださり、生前のみな子さんのお人柄に触れた思いだった。順に登壇してお話くださったのは、水田宗子さん、津村節子さん、黒井千次さん、岩橋邦枝さん、加賀乙彦さん、佐伯一麦さん、天野敬子さん、橋中雄二さん、宮田毬栄さんなどなど。

水田さんは、『山姥の微笑』（『淡交』河出書房新社、一九七九年六月）を翻訳したエピソードとともに大庭みな子作品の研究が海外にも広がっていることを述べられ、津村さんは女流文学者会でみな子さんに助けられた話をなさる一方で、「吉村には何もしてあげなかった」と仰って会場に笑いを起こさせた。黒井さんは、『K』という現代小説に女性登場人物が「トシになれ」と男性に求める、利雄さんの存在を念頭においたフレーズが出ていたことを紹介くださり、岩橋さんは、みな子さんのことを「色っぽい人」と称し、文章についての助言を丁寧にしてもらったとも明かしてくださった。加賀さんは、作家のヘンなところにも着目してほしいと、中国旅行で利雄さんがはぐれてしまった時にみな子さんが取り乱していたエピソードを披露され、佐伯さんは、みな子さんとの対談の思い出を語り、今でも「花の中に、鳥の声に、みな子さんを感じる」と仰ったことが印象深く思い出される。天野さんは、『浦安うた日記』（作品社、二〇〇二年一二月）中の「うらうらと今日またひと日トシといて幸せなりと涙ぐむわれ」などの歌をご紹介くださり、橋中さんは、「大庭さんの文学は I love you の文学ではなく I miss you の文学だ」とご自身の経験と重ねられ、宮田さんは、みな子さんとの長電話を見かねたお連れ合いに電話線を切られたエピソードなどをご披露なさった。

ここでの皆さんの素晴らしいスピーチのすべてを再現する術がないことが、本当に残念でならない。代わりにはならないが、一つ付け加えるならば、黒井さんがスピーチの中でご紹介くださった小説は、三木卓『K』（講談社、二〇一二年五月）である。三木卓自身が重ねられた「ぼく」という詩人と、同じく詩人であった妻のKとの四七年間が描かれている。一人娘を儲けて後、夫婦は長年にわたり別居状態となった。しかし、二〇〇二年、六七歳でKが癌を発病し、入院することになったとき、「ぼく」はKを看病する立場になる。手術を翌日に控えた日、夫婦は病室でこのような会話を交わす。

「どうだ、気分は。いよいよ、明日、やることになるぞ」

ぼくが枕もとでいうと、Kはいった。

「〈トシ〉、〈トシ〉」

「え」

「あなた〈トシ〉になりなさい」

「トシ？」

「〈トシ〉よ。これが〈トシ〉だったら、もっとやさしくしてくれたわよ」

そこでぼくは、〈トシ〉の意味をさとった。それは、大庭みな子さんの御主人の利雄さんのことである。彼は、晩年に病んだ大庭さんの面倒をしっかりと看ている、すばらしい夫である。Kは、ぼくにそのように丁寧に面倒を見てくれ、と命じているのだ。

「大庭さん、奔放でお元気な方だったけれど、いったんからだをこわされてからは、御主人をすっかりたよりになさっていらっしゃるじゃない。そして〈トシ〉はもちろん、とてもやさしくして下さっているのよ」

「〈トシ〉は、そうしたの?」
「そうよ」
本当に大庭さんは、御主人だけを頼りにしている。御主人は、たしかにそれにこたえている。ぼくは、思わず微笑したが、心境は、相当ずれていた。Kよ、きみはちょっと調子いいじゃないか、という気分だった。

それまで「ぼく」をまったく顧みず、「あなたに家へ帰ってきてほしくない」とまで言い放ち、長年別居状態だったKと「ぼく」である。Kの〈トシ〉は、いかにも都合のいい存在であり、「ぼく」の当惑も故あるものである。このような場面で夫婦の理想像かのようにフィクション化される大庭夫妻の在りようは、唯一無二のお二人の関係性を印象づけ、現代における男女関係の貴重なモデルとして改めて考えさせられるものと言える。ちなみに、Kの〈トシ〉発言があったとされる二〇〇二年は、ちょうど利雄さんの『終わりの蜜月』(新潮社、二〇〇二年八月)が出版された年でもある。

さて、貴重なお話が続いた浦島忌では、その後、研究会のドナテッラ・ナティリさんがブラジルに紹介するためにポルトガル語に翻訳した『むかし女がいた』(新潮社、一九九四年三月)の第二六章が朗読された。ドナさんがポルトガル語翻訳を、そして、同じく研究会のエマヌエラ・コスタさんが日本語の同じ箇所を、交互に朗読してくださり、大庭みな子作品の世界の広がりを味わった。

朗読された『むかし女がいた』の第二六章では、異国の大学で講演を行った「女」が、キャンパスで仲睦まじく過ごす若いカップルに目を留める。そして、以下のように閉じられる。

幾夜か明けて、長い金髪の乙女がある日、独りぽっちで教室に坐っていた。

「あら、彼はどうしたの」

「故郷に帰ったんです。病気で。でもほんとうにまたこの国へ帰って来られるかしら。あの人の国は政情不安で、帰国したっきりにならないとも――」

乙女は汗ばんだ長い髪をはね上げて微笑した。

「暑くなったから、結い上げたいけれど、彼が好きだった長い髪だから」

　人はみな今は長しと束けと言へど
　君が見し髪乱れたりとも
何げない調子で、何かが変るが、何かが同じように続いてゆく。


時間の流れのなかで、人々は一時触れ合い、そして、また別れてゆく。この浦島忌にも、みな子さんとあるひと時を共にした人々が集った。この集いの中心にいたはずのみな子さんの不在は、今は決定的に変わってしまった「何か」である。しかし、浦島忌で会場に共有された思いは、確実に、今も続いている「何か」、そして、これからも続いてゆくであろう「何か」の存在を照らしている。それがたぶん大庭文学の世界なのだ。

会の最後にご挨拶された娘の優さんは、「私は文学の世界で育ち、母とも今もその中でつながっている気がする」と仰っていた。生前のみな子さんと面識のない私が、このたびの浦島忌の場に居合わせた不思議な縁も、大庭みな子文学の豊かな広がりがもたらしてくれたつながりなのだろう。みな子さんご本人が亡くなった今も、文学が私たちをつなげてくれている。利雄さんが「全集が刊行されたことでみな子の文学館ができたのだと思う」と冒頭のご挨拶でも仰っていたが、この「文学館」が私たちの集う場所なのだと、改めて、文学によってこそ果たすことができた出会いに感謝したひと時だった。

私の中の大庭みな子

ドナテッラ・ナティリ

大庭みな子さんに最初にお会いしたのは、一九九三年、まだ私が明治大学大学院の留学生だった頃です。与那覇恵子さんと一緒に、当時の目黒のお宅に伺いました。その日、何の話をしたのか、現在では定かではありませんが、それでもはっきりと私の記憶に残っているのは、大庭みな子さんの優しさ、歯切れの良い口調、鋭いまなざしです。おいとまする時に、その年に福武書店から出版された短編集『雪』をいただきました。その晩、さっそく読み始め、非常に優艶な文に惹かれました。

その後、私は、外交官である夫と一緒に三年間の北京滞在を経てブラジルに渡りました。夫にとっては祖国への帰国でしたが、私にとっては、まさに新しい土地での生活でした。二〇一三年に夫の勤務で再び日本に来ましたが、子育てをしながらブラジルで暮らした一五年間においても、私は日本の文化、文学に対するつきせぬ興味が消えることなくありました。

ブラジリア大学の図書館で偶然に大庭みな子の『三匹の蟹』の英語訳を見つけました。いっきに読み、非常に面白く、衝撃的な印象を与えられました。「三匹の蟹」の主人公である由梨は、外国での生活の中で周囲の環境と知人に対して強い違和感があり、深い孤独感に襲われ、またアイデンティティや実存的な危機などを感じます。

当時、ブラジルという異国で生きはじめていた私は、由梨の気持ちにすごく共感し、感銘をうけたのです。大庭みな子さんは「日本を離れて、外国へ行くと自分が見えるんです。自分の異様さとか、自分が変だとか…。それはかなり大きなきっかけかもしれませんね、自分というものを見直すという意味で。」（「作家のデビュー作『三匹の蟹』」『大庭みな子全集第24巻』二八四頁、日本経済新聞出版社）と書かれています。たしかに、長いこと外国に住んでいる経験として、外国人としても女性としても、どうにもぬぐいがたい疎外感のなかで、自立と自由な考察の可能性が大きくなるということは私自身も体験したことでした。

長年ブラジルに住みながらも、イタリア人である私の考え方は、同じラテン系のブラジル文化ともしばしば対立して、自分の存在の「違和」を強く何度も感じました。しかし、それは否定的な経験というよりも、むしろ、内省の時期で、個人的な成長のきっかけにもなったといえます。つまり、異国文化との対立の中で、自分の本質を見直し、新しい生活の事情に適応しながら、新しい自己を発見したということです。その一方で、故郷への感覚が変わり、自分自身の社会的な確信がゆらぎ、寂しいこともありました。それよりも異文化や外国語の新しい世界に入り込むと、自分を失うことよりも、より新しい自分を見つけられる感動が大きかったと思います。さらに、大庭さんの文学の多くの登場人物と同じように、異文化の孤立状態の中で、自分の想像力をつかって、自由に生きることができるのです。
不思議なことに私は、かつて多くの日本人の移民の地であったブラジルに住む運命に恵まれ、さらにブラジリア大学の大学院で学ぶことで、私の日本文学の研究者としての可能性が見えたのでした。三人の子供を育てながら首尾よく国家試験にも合格し、日本文学の教師となり、職業的に自立の道を踏むことが出来ました。みな子さんが述べていたように、外国に住むことによって、自分の可能性が大きくなるということを私自身も経験したのです。

私は、十八年ぶりに日本に戻ってきました。「大庭みな子研究会」に参加した時、初めて大庭利雄さんにお会いしました。その時から、いつも優しく気さくな利雄さんから、こよなく愛していらした奥様みな子さんのことについていろいろ教えていただきました。みな子さんの独特の思想と美学がもっとも表現されている『寂兮寥兮』や、遺言だといわれている『むかし女がいた』など、様々な作品を勧められましたが、その中で、私は『むかし女がいた』に圧倒的に惹かれました。
『むかし女がいた』は、『三匹の蟹』や『浦島草』のような小説と比べ、瀬戸内寂聴氏が「本質的な詩人的素質が存分に発揮された作品である」(「解説」『むかし女がいた』新潮文庫第二版)と指摘されているように、まさに、小説というより、むしろ韻文と散文、記憶と虚構、過去と現在が自由に溶け合うという本領を発揮していて、ほとんど散文詩だと思われます。

大庭みな子さんは『むかし女がいた』で、愛読されていた『伊勢物語』の「むかし男ありけり」という有名な書き出しをつかって、古典文学のパロディをおこないました。古典文学の聖典にしたがい、自分の心に浮かぶイメージと回想をつぎつぎとそのままに書き下ろし、いろいろな無名の女のイメージや体験などを二八の章にわたり語るのです。しかし、各章に現れる女はたんなる想像ではなく、実際に大庭みな子さん自身の思い出を軸に用いて、表現されたものです。「昔めぐり逢った人たちが遠いところから次つぎにやって来て、話し始めるのを、そのまま書きとめた」（日本経済新聞出版社版全集第13巻、五五五頁）と、みな子さんはあとがきで述べています。

この本は、大庭みな子さんの体験を思わせるところもありますが、単なる私小説に終わることなく、無名の女が声をあげるという工夫をして女に能動的な主体の役割を与える作品ともなっています。さらに、男女関係の問題に関して広くて独自の感覚を提示して現代日本のジェンダー論としても優れています。

私はこの著書を読むたびに、知らない女の人の生き方や考え方を覗いている気がし、彼女たちの不満、苦労、反抗心にこころ動かされ、没頭してしまいます。ひとにはそれぞれ異なる物語があり、記憶があります。そのなかに原爆被爆のトラウマ、山姥のメタファー、神話や民俗学についてなど、大庭みな子さんの一生の重要なテーマを認めることができます。

私にとって『むかし女がいた』の日本語の文体は非常に面白いものです。読みやすく魅了されるのですが、その一方で文が長く、擬声語や副詞が多く、語り手がいきなり一人称から三人称に変ったりするので、戸惑わされるところもあります。みな子さんは若い時に詩作をしていたからだといえますが、小説を書きはじめた時、韻文から散文に移行しましても、みな子さんは絶え間なく詩的な資質を示して、詩的散文なる文章を創作するのです。さらに、一九七〇年代から日本の古典文学（特に王朝文学）を熱心に掘り下げた後、その作風と美意識を自分の文学に融合させました。したがって、大庭みな子さんの文体は非常に非線形で、筋によっては心理的なニュアンスを大事にして、とてもルーズ（柔軟）なものとなります。

私はポルトガル語で翻訳する機会を与えられた時に、非常な困難を感じました。それは、作家の文章の詩的なリズムや回想、風景、イメージの連想的なコネクション、つまり、その叙情的な素質は外国語に翻訳したら消えてしまう可能性があり、原作に忠実な翻訳をするためには、本当に手腕のある翻訳者が必要とされると思ったのです。

"Traduttore, traditore" というイタリア語の警句があります。翻訳者は裏切り者、つまり、どんな翻訳も原文を忠実に伝えることはできず、どうしても原作者の意を裏切ってしまう、という意味です。たしかに、百パーセント完璧に言葉をうつしかえることは不可能でしょう。なかでも詩の翻訳は最も困難です。周知のように、一篇の詩と相対するとき、私たちは、その詩を形づくっている言葉の意味だけではなく（あるいは意味以上に）言葉のもつ音や響きやリズムも重要な要素として味わいます。ところが、音とか響きとかは言語文化的なものであるがゆえに、まさに翻訳しようがないのです。ですから「裏切り」の度合も、詩の翻訳のときが最もひどくなるわけです。詩の場合は、どんなに優秀な翻訳でも必ず原作の美しさや精神がなくなってしまうと考える人もいます。つまり、詩の翻訳とは、ほとんどありえない出会いだといわれています。

それにかかわらず、私はその出会いが、いくら未完のものになっても、避けては通れない裏切りだと考えています。翻訳は、異なる歴史、文化、風俗、習慣、生活様式に近づく方法であり、または、作家の「メッセージ」を、言葉の壁を越え、限界域において正確に伝えようとする訳者の試練の「場」

だともいえましょう。

　そういうわけで、翻訳者の作業とは、仮に詩人の才能がなくとも、母語と外国語の知識や教養の深さにおいての忍耐や献身によって、原作にできるだけ忠実である翻訳をめざそうとすることです。原作と同じくらいの魂がこもった感動される美しい翻訳が生み出されるとすれば、どうでしょうか。ただ、翻訳者は注意しなければならないことがあります。ある程度の「裏切り」が避けられないとすれば、なおのこと原文に謙虚でなければならない、ということです。それには、翻訳者の存在はできる限り消える必要があります。語るものはあくまで原著者であり、翻訳者ではないからです。その危険を避けるために、須賀敦子氏が書かれているように「好きな作家の文体を自分に最も近いところに引き寄せておいてから、それに守られるようにして自分の文体を練り上げる」（『須賀敦子全集第二巻』河出文庫、四三九頁）ことができます。

　私の「むかし女がいた」の翻訳を大庭さんが読んでくださることがありえるなら、はたして満足してくださるかどうか、はなはだ疑問だと考えています。が、しかし、私はこの三年間彼女の文学を読むことで、確かに私のなかにみな子さんの一部が生きていると感じられるのです。

　次に私が翻訳した「むかし、女がいた。〜いつの間にか小説家が職業になってしまっていた」（『むかし女がいた』「26」『大庭みな子全集第13巻』日本経済新聞出版社、五三七〜五三八頁）のポルトガル語訳を載せます。

"Você acha que pode dizer tudo que lhe passa pela cabeça? Se você pensa que pode fazer isto e viver neste mundo, está errada!"

Era esta, especialmente, a reação do marido, diante de algum sentimento expresso pela mulher, precipitadamente, sem pensar, mais que por causa de um desabafo exagerado durante uma briga de um casal.

O tom de voz do marido era, por sua vez, tão calmo e quase confortador, que ela poderia ter ignorado completamente suas palavras. Mas, ao contrário, estas se fincaram profundamente no coração da mulher, deixando uma ferida aberta pelo resto da vida.

É possível que as palavras do marido tivessem mais a intenção de confortar a si mesmo do que de agredir sua mulher, porém, a falta de pudor daquela frase obscureceu o mundo dela, como um grande ganso que encobre o céu.

Contudo, a mulher agarrava-se à lembrança daquelas palavras esperando o dia em que pudesse ter um confronto com o homem, e, a partir daquele momento, viveu pensando apenas na melhor forma de se expressar para atrair a atenção das pessoas com seus escritos, e de como sobreviver.

Assim, foi escrevendo aos poucos o que pensava, até que de repente havia se tornado escritora de profissão.

Mukashi Onna ga Ita: "Era uma vez uma mulher" *(capit. 26)*

Tradução de Donatella Natili

Era uma vez uma mulher que, com o passar da idade e a tomada de consciência de si, começou, sem um motivo definido, a ter sentimentos de raiva. Quando tentava entender a razão disso, acabava achando que devia ser porque teve a má sorte de ter nascido mulher. Eventualmente, começou a anotar aquelas sensações, até que um dia se deu conta de ter se tornado uma Escritora.

Isso aconteceu de forma natural, mas, inevitavelmente, as mulheres ativas no movimento feminista começaram a discutir suas obras, pois o que ela escrevia era escritos de uma mulher. Na época, as mulheres do mundo inteiro haviam começado a reclamar com unanimidade sobre a forma injusta como haviam sido tratadas até então, e, rapidamente, começou a se difundir um movimento social chamado feminista.

Tudo parecia se entrelaçar e começar a mudar lentamente. Todavia, a mulher não se considerava uma ativista, pois ela não buscava um objetivo pessoal. Apenas, sentia a necessidade de escrever sempre seus pensamentos cotidianos, e chegou a publicá-los só porque lhe foi dada a oportunidade de fazê-lo.

Em certo momento, a mulher havia se convencido de que, mais do que preferir morrer diante de uma vida em silêncio, para ela, sem dúvida, viver significava revelar seus pensamentos, mesmo que isto fosse arriscado.

Quando era ainda muito jovem, a mulher havia feito o que quase todo mundo fazia por convenção naquela época: casar um homem. Um dia esse homem, seu marido, lhe disse:

専業主夫という選択――大庭利雄氏に聞く

藤田和美

省三はカブラをすりおろしていた。朝からカブラ蒸しを作るつもりで、銀杏だのキクラゲだの百合根だのグジだのととり揃え、頭をひねっている。

『啼く鳥の』では、自ら仕事をやめ、小説家である妻の秘書となった夫、省三の家事にいそしむ様子が随所に描かれている。妻の好物である越後ののっぺい汁、関西風の昆布だしのとり方に凝っている自慢のきつねうどん、ブランデーにオレンジとバターの香りを思い出し、よし、今度あいつを作ってやろうと唾を呑みこみ、思い巡らすクレープ・スゼットなど、いずれも、妻を喜ばせるためにこだわりをもって作った（作ろうとした）料理や買い物、雑巾縫いなどの家事行為を通じて、従来の性別役割を超えた、新しい男性像の魅力を際立たせている。

与那覇恵子氏が指摘するように、省三は「女性を抑圧しない男性」（「ありうべきものへの羅針盤」『大庭みな子全集』第24巻月報24、日本経済新聞出版社、二〇一一年）であり、イクメン、家事ダンが標榜されるようになった昨今においても、その男性像は斬新である。

この省三のモデルでもある大庭利雄氏に、二〇一五年七月四日（土）の午後、浦安のご自宅で約三時間にわたりお話を伺った。今回、その中から専業主夫の選択に関するエピソードをいくつか報告したい。

利雄氏が専業主夫になったいきさつについては、今までもいくつかのインタビューや、『終わりの蜜月――大庭みな子の介護日誌』（新潮社、二〇〇二年）などで、ご本人によって端的に紹介されている。当時、会社役員となっていた利雄氏は会社に将来性を感じられず、退職して作家である妻の秘書として生きていくことを事前に相談することもなく、突如決めたというものだ。会社を退職したのは、一九八三年の五四歳の時で、『啼く鳥の』は、翌一九八四年から連載が開始された。

利雄氏によると退職前は、毎日、中目黒の自宅を八時半に出て、有楽町のオフィスで九時から一七時半まで勤務し、帰りに買い物をして一八時には帰宅するという生活だった。もともと仕事一筋の「モーレツ社員」ではなく、「マイホームパパ」で、仕事をやめる前から、皿洗い、掃除、育児など料理以外の家事は普段からおこなっていた。洗うことに関しては特に「神経質」で「潔癖症」だった。

その後専業主夫になり、妻が執筆している時と文芸家協会の集まりに参加する時以外は、ほとんど行動を共にするようになり、利雄氏は料理も担当するようになった。スポーツクラブや映画や音楽などの趣味の外出にも二人は一緒だったので、利雄氏がぬれ落ち葉よりもっと大きくてはがれにくい「台湾ヤツデ」のようであると妻から時に揶揄されたり、「そんなにはりつかないでよ」「目障りだからいないでよ」と言われたこともあった。

料理については、まずチャーハンから始め、人参とごぼうを炒めたキンピラや、妻が好んだのっぺい汁などを妻に作り方を教わるなどして、レパートリーを徐々に広げていった。妻が倒れてからは、週四日お手伝いを頼んでいたが、料理だけはすべて利雄氏が担当していた。のっぺい汁について『啼く鳥の』の中でも記述されているが、利雄氏自身、大庭作品の日常の生活場面の描写については「これは実話だ」と思うことが多々あるという。

今回、直接お話を伺って、二人がいかに強い絆で結ばれていたのか、なぜその関係性が揺るがなかったのか、それを解く鍵が、利雄氏の次の言葉から見つかった。「我々は波長が合いすぎた」。しかし「空気のように何も感じない存在にはならなかった」。「二人は違うから魅力があった」「リスペクトする立場で、相手の立場をみとめ、存在を尊重する関係だった」「妻が自分の思うままに生かしてあげたい」。相手のすべてを受け止め、支えるという利雄氏の愛のありようは、常に相手から刺激を受けながらお互いを認め合い、慈しむ男女の対関係を現実のものとしたのだった。利雄氏が専業主夫を選択した発想の源泉はここにあった。

専業主夫という現象は、八〇年にジョン・レノンが主夫となったことが日本でも報道されていたが、当時は一般に理解される状況にはなかった。ビートルズの歌は好きだったが、人物そのものに関心がなかったという利雄氏の専業主夫の選択にジョン・レノンは関係がないとのことだが、みな子氏は「くり返す反省の中で　日本とアメリカ　体験的比較子育て考」（一九八〇年）の中で、アメリカでは「男のひとたちもよく子どもをみる。育児を分担するという感覚は、これはヒッピー運動の残したよい面」

（日本経済新聞出版社版全集第24巻、一九五頁）として言及しており、大庭夫妻が渡米した一九五九年から一九七〇年までのアメリカ社会の風潮が二人に影響を与えたことは確かだ。また、利雄氏がその関係性について強い関心をもっていたのは、サルトルとボーヴォワールに対してだった。

妻亡き後、料理のレパートリーが豊富だった利雄氏が自分のためにこだわりの料理を作ることはないという。

大庭みな子のグルメと新潟

川勝麻里

大庭みな子の小説やエッセイには、本人が食に関する好みを口にする割合と比較すると、若い頃には意外にも料理や食事の記述が少ない。固有名詞や商品名程度は出てくることもあるが、料理じたいの描写が若い頃の小説にはほとんど出てこない。料理の描写が出てくるのは晩年である。それも昔を回顧する文脈においてのみ登場する。そうした回顧と料理の関係を紡いでいくのが、『浦安うた日記』（作品社、二〇〇二年一二月）や『ヤダーシュカ　ミーチャ』（講談社、二〇〇一年五月）である。

夫婦の共有の記憶を描くこれら二作では、みな子と夫の利雄は、ニックネームであるナコ（奈児）、トシ（杜詞）という名で登場し、視点もナコとトシを行ったり来たりして定まらない不思議な文体になっている。二人で一つの世界を作っていたと利雄は言う。エッセイ類は夫婦で共同創作もしている。夫が書き、みな子が手を入れた。初期の頃は、「貴方これ引き受ける気がある」と聞かれて引き受けても、「貴方って私とは全く違った世界なのね」と言って気に入らず、原型をとどめず修正していたが、晩年は、夫が「代作をするシャドウ・ライターみたいで気がひけるね」と言っても、「私が貴方という亭主を選んで共生しているのも私の能力のうちだし、（略）夫婦がグルになって生きるのは恥ずべきことではないわ」と主張し、ほとんど修正しなかったという（大庭利雄「回想解説」『大庭みな子全集』第3巻、日本経済新聞出版社、二〇〇九年七月）。そうした共同作業が最終的にたどり着いたのが、この二作のような口述筆記とも言える。

実録らしい『浦安うた日記』では、夫婦共有の記憶として食べ物の記述がある。病のため車椅子生活となり口述筆記していた、その叙述形式にふさわしい内容とも言える。

みな子の実家の正月は、みな子の父が茨城県出身だったため、元日は、関東風に鶏肉、三つ葉、焼き餅を入れた雑煮を食べ、二日目に越後風料理を食べた。母を思い出し、手のかかる越後風の料理を、晩年のみな子は作るようになっている。越後（新潟）の「のっぺい汁」は、「貝柱、塩鮭を刻み、大根と小芋を刻み、牛蒡、人参、水菜を刻み」、「上がりにはイクラを散らす」料理である。それはお正月の雑煮になる料理でもあって、「焼き餅ではない煮餅を入れる」。正月には、この雑煮に並べてお汁粉がつく。そして、大根、人参、イクラが入った酢の物や、白菜と大根の漬物を並べると、越後の正月がやって来る。「雑煮とお汁粉を代わりばんこに食べて酢の物を食べる」（以上『浦安うた日記』）のである。鮭の味噌漬けや、鮭の焼漬けは、新潟の「おふくろの味」とされるが（河内さくら『おふくろの味 新潟料理全114品』新潟日報事業社出版部、一九八三年一二月）、「のっぺい汁」にも鮭が入っていて、故郷の料理である。

『浦安うた日記』によれば、ナコ（みな子）がトシ（利雄）の家を初めて訪れたとき、新潟のサクラマスの味噌漬けを持って行った。以後、味の虜になったトシは、後に赴任するアラスカでも十一年間、鮭や鱒釣りに明け暮れた。ナコは、「白夜の海から戻り玄関口にどさりと獲物の鮭を投げ出すトシの姿に、一方では深夜に始まる獲物の始末に迷惑を感じながらも、一方では妻子に餌を持ち帰る原始の男の姿を重ねて浮き立つ心もあった」。

「新潟」（『ヤダーシュカ　ミーチャ』）によれば、トシは「俺は巨大なキングサーモンを妻子の前にどさっと投げ出すときが一番生き甲斐を感じるのだ」と釣り具の費用を正当化していたが、このトシの台詞は、妻子のために鮭を持ち帰って投げ出す夫の姿を見るのが喜びだったとする『浦安うた日記』のナコの発言と抱き合わせになっていると言える。鮭の記憶は、夫のものでもあり妻のものでもあり、夫婦共有の歴史的記憶として描かれる。

そして鮭料理は、生まれ故郷の新潟と、みな子が第二の故郷と呼ぶアラスカを、記憶の糸で結ぶ料理であるとも言える。サクラマスの手土産の記憶があるからこそ、アラスカでもトシは鮭に舌鼓を打っていたと書かれている。

茶の記憶も、やはり新潟とアラスカを結ぶ。アラスカには、呪術師と医者を兼務する長老（シャーマン）が伝えてきた薬草があり、葉も茎も棘に覆われたヤツデのような野草が地方にあり、「鬼の棍棒」と呼ばれている（『浦安うた日記』）。みな子はこの茶を糖尿病治療のために飲んでいた。

かつて新潟の実家では、みな子の父が、いろりの一角にうずくまって、手の脈で時間をはかりつつ自分で茶を淹れたという。みな子の父は酒が飲めないので、酒に代わる贅沢として、親友の葉茶屋主人から最上級のお茶を仕入れては、家族に振舞っていた。晩年のみな子と利雄も、五十年間の夫婦生活を思い出しながら、「味噌を味醂で溶いたものに薄塩をした鮭を漬け込んで焼いたものを静岡茶の水茶で食べ」（『浦安うた日記』）ている。夫婦では、静岡茶以外にも、宇治茶、村上茶、ヴェトナムのジャスミン茶、中国茶、ダージリン、ロシアのウラル山脈の茶などを楽しんでいたようだ。新潟の村上茶は「トシとナコの茶」とも呼ばれ、静岡茶同様、鮭茶漬け用に使ったようだが、ふるさとの茶であり、父親の茶を思い起こす味だろう。中野孝次も「認める」村上茶は、「神奈川近代文学館でもこのお茶を出すことにしたと聞いたことがある」（「ある正月」『ヤダーシュカ　ミーチャ』）という美味しい茶で、村上は緑茶の産地の北限の土地である。

このように、鮭にしろ茶にしろ、食べ物はこれまでの夫婦の来歴と結びついて、新潟とアラスカという二つのふるさとを結びつけている。新潟の鮭のふるさとの味があり、さらに鮭が恋人当初からの思い出の味でなければ、アラスカにおいて鮭を味わう楽しみも半減したことだろうし、ふるさとの茶の記憶がなければ「トシとナコの茶」もないだろう。

明治後期から大正初期生まれの人の食事の聞き書きと農業データによれば、稲作一辺倒の新潟では、タンパク質は大豆製品からとった食事が多く、「漁村を除いて、動物性食品をとることは、とくに日常食では少ない」（日本の食生活全集15『聞き書　新潟の食事』農山漁村文化協会、一九八五年八月）とされる。つまり、動物性タンパク質を食べる習慣が当時の新潟にはなかったことになるが、「チコ」や「唐人さん」（『ヤダーシュカ　ミーチャ』）によれば、奈児は朝から肉を注文するほどの「肉食」である。特にシャトーブリアンステーキが好物である。もっとも、蟹ときゅうりのサラダも好物らしいメニューとして登場はする。一方、杜詞はマグロのトロ、キングサーモンの塩焼き、ハッシュドポテトが好物であり、魚好きとされている。肉にしろ魚にしろ、動物性タンパク質を好む食生活だったようだ。こうした動物性タンパク質は、外食の記憶と結びついている。

「新潟」では、新潟市中央区関屋本村町二—二三〇—一が結婚前の旧宅で、すぐそばにホテルイタリア軒があったと記されている。一八七四年、新潟を訪れたフランスのスエリ曲馬団の料理人だったイタリア人ピエトロ・ミリオーレは、怪我により新潟に置き去りにされたが、同じ曲馬団に雇われていた権助とおすいという地元民に介抱された。県令・楠本正隆の援助でミリオーレは牛鍋屋を開き、おすいと結婚したが、この牛鍋屋は一八八〇年に火事で焼失する。その後、三階建ての西洋料理店を開いたのがこのホテルの始まりである。現在はハヤシライス、ボロニア・ミートスパゲッティーほかを提供しているが、イタリア軒はイタリア人による西洋料理店ということから、おすいがつけた名称である。イタリア軒は戦後、米軍施設として接収されたこともあったが、一九七四年に立て替えを経てホテルとして開業した。このホテルはナコとトシが初めて「料理らしい料理」として食事した店で、二人は新潟を訪れるたびにここに宿をとっていた。「どうやら二人の記憶のもっとも確かなのは美味しいものを食べたときの記憶に結び付く」とみな子は書いている（『ヤダーシュカ　ミーチャ』）。夏の食後は加治川に水着で出掛けるのが定番コースだった。これに類するホテルでの食事は、紙幅の都合もあるので割愛するが、作中に他にも出てくる。肉食か洋食（フレンチ）がみな子の好物の外食として登場する。

面白いのは外食が肉食で、家庭料理が夫の好物である鮭などの魚料理という点だろうか。新潟とアラスカ。外食と家庭料理。そうした観点から見ると、作中の料理も色々に見えてくるようである。

「放浪する魂」の拠り所——大庭テクストにおける「父なるもの」

市川紘美

大庭みな子の父方の親族にあたる椎名美知氏は「芥川賞作家大庭みな子と実穀拾八番屋敷」（『文芸阿見 第一九号』二〇一四年）において椎名家の人々について言及している。「父『三郎』が実穀の椎名家に遠慮したように、『大庭みな子』もまた、実穀の椎名家への何らかの遠慮があった」、作品中で地名を変更することで「実穀椎名家とのかかわりを避けた感がある」と述べており、文学研究の場においても茨城を考察対象としたものは見当たらないと指摘する。その上で、実穀を「彼女の心の故郷とも言える父祖の地」と位置づけ、「放浪」というキーワードのもと「父祖の地への万感の思い」が作品に溢れ出ているとする。こうした椎名氏の言葉から筆者が興味を抱いたのは大庭の祖父「椎名忠治」の存在である。

『舞へ舞へ蝸牛』（福武書店、一九八四年一二月）は、小説というよりもエッセイとして捉えるべき作品であり、主人公「私」の親族にまつわる多様なエピソードが語られている。「父」に関するエピソードのなかに、「父」が自分のことを指して「こういう放浪の身の上では」と話していたことが語られる箇所がある。海軍の軍医であった「父」は、戦後、医家を開業する際に婿養子の義兄に気兼ねして妻の郷里を選んだ。

「身勝手な放浪のあげく、おれに帰って来られたのでは、義兄貴も気分が悪かろう」という口調には、一度、郷里を後にしたからには死ぬまで放浪するしかないといった意志的な感じもあった。私もまたどの土地に行っても、自分を寄辺のない身の上というふうに感じ、それだけに人の情けにも感じ易く、あり得ない故郷を恋うていたように思われる。（大庭みな子全集　第9巻　三六二頁）

長男でありながらも土地を離れて他県で死んだ「父」、そして一時期日本を離れて外国で暮らした「私」。「放浪」という性質は「私」が「父」から受け継いだもので、若い時分、アメリカへ渡ろうと計画していたという父方の祖父「椎名忠治」にまで遡る。つまり、「放浪」という言葉は「私」個人としてではなく、一族の大きな流れのなかにおいて捉える必要があるといえる。

作中、母方の祖父「森田省策」について詳細に語られるのと同様に、父方の祖父「椎名忠治」についても様々なエピソードが語られる。「忠治」と共に過ごした時間が少ない「私」にとって、それらの多くは親族から聞いたものばかりである。だが、たとえ伝聞や推量の形であっても「私」は「忠治」という人物を語らずにはいられない。

しかし、私は十二、三になる頃から、この祖父の存在を動かない決してこわれない、いつも自分たちをじっとみつめているへんな石像のように感じ始めた。彼はたとえそばにいなくても、いつも私たちの後に立って私たちを動かしているえたいの知れない力を持っているように思い始めた。

都会風に洗練された言動が多少知的な感じも与えた母方の祖父省策とは対照的に、無言で動かない土くれのようなこの人物は、今も私の中に確固たる地位を占めている。（前同 第9巻 四三二頁）

都会的な母方の祖父に対し、父方の祖父は土俗的な人物として語られる。しかしそれは決して否定的なものではない。子孫の行く末をじっと見守る確固たるその姿は、旅人を守る道祖神のようだ。作中には椎名家を育んだ土地である茨城の象徴とも言うべき「筑波岳」に関する記述があるが、そこで繰り返されるのは悠久の時を越えて人間の営みを見守り続けてきた山の姿である。「私」の目に映ずるその姿に一族を見守る「忠治」の姿が重ねられてはいまいか。

「父」は終生、筑波の山を眼に浮かべ、「私」は「故国のゆれ動き方に、声をあげて泣き叫びたいような思いや、狂気の高笑いで顔をそむけたいようなことがよくあった」と語る。「放浪の身の上」だからこそ故郷や故国をより一層求めてしまう。原初的で力強く、ものは言わぬが常に見守り続ける存在が拠り所として背後にあるからこそ、「放浪の身」であろうとも祖先と同じように「森を伐り開いて生きのびて来た」。ここに「私」が茨城の祖父「忠治」に惹かれてやまない理由がある。

『舞へ舞へ蝸牛』から約一〇年後に発表された長編小説『二百年』（講談社、一九九三年六月）は、父方と母方の血の物語をより熟成させた作品となっている。茨城で育った「わたし」は、母方の一族である「高浜」(茨城の同じ地名からとったか)の人々について語るわけだが、彼らは実際の父方と母方それぞれの親族の特徴を織り交ぜたような人々として描かれる。つまり、大庭みな子に繋がる親族の血を凝縮したような家族構成として虚構化されているのである。

『二百年』では、曾祖父「直治」(祖父「椎名忠治」に当たる人物)が百年ほど前に購入した一冊の本を切っ掛けとして六世代にわたる一族の物語が展開するわけだが、「直治」以外は祖母から孫に至るまで樹木に関する名を持つ女性に焦点が当てられている。結果、生命を産み繋いでいく女性たちの存在が前景化し、「放浪する魂」を有する一族の血を受け継いでいくという意識が一層強調される。

　私が笑うと細くなる梅子の眼について文句を言ったとき、なぜかわたしは唐突に、石岡の菩提寺の過去帖で見た先祖の中に、「この者、何年何月出奔して行方知れず」といった記述が二箇所くらいあったことを思い出した。国を捨てて放浪する魂を持って生まれるのも多分血のせいなのだ。直治、檀、桂、また、檀の夫、桂の夫はそうした血を持つ女の因縁によってひき寄せられた同類である。血は生き続ける。

(前同　第14巻　一五〇頁)

一冊の本を媒体として「直治」を土台とする一族の過去と現在と未来とが繋がっていく。「直治」から子孫へ、それはまるでしっかりと地に根を張る大木の枝葉が大空へと伸びていく様を思わせる。大庭は遠い祖先によって作品を書かされてしまうという旨のことを述べている。大庭テクストのいわゆる「山姥」に対峙し得る「父なるもの」の存在として大庭の二人の「祖父」に光を当てたい。

付記　作品本文引用は日本経済新聞社版全集に拠る。

みな子は何者？

谷　優

母みな子が亡くなって十年になる。

わたしも六十になったので、時間の流れが速い。「おや、もう十年」という感じである。でもその十年の間に、母の古い友人や文学仲間が毎年のように一人、二人と世界から抜け落ち、残っておられる方も心は別のところを見つめていたりする。周りがだんだん寂しくなってきた。反面、仲間に加わった人たちもいる。子供たち（みな子の孫）の連れ合いはいずれもみな子に会うタイミングを逸したが、家族の一員に定着している。みな子のひ孫も二人加わり、上の子は曾祖母によく似た目つきで、同じ頑固さをもって世界に対峙している。本書の執筆に加わった大庭みな子研究会の皆様も、生前のみな子には会わなかった若い研究者が多いが、それでも彼女の文学遺産を守り伝え、それぞれご自分の方向に展開している。みな子がいなくなっても世界は確実に動きつづけ、時間は流れている。

その時の流れにわたしたちはポッと泡のように現れ、「ここは何処？」「わたしは誰？」と考えるうちに、いつの間にかまた消える。消え行く泡を見送る者は「あれはどういう人だったのだろう」と首をかしげながら自分が消える日を待つ。

みな子は三十八歳の時に自分の母（椎名睦子）を亡くした。みな子自身が亡くなったのは七十六歳の時だから、人生のちょうど半ばということになる。祖母の最後の十年、わたしたち一家（みな子、利雄、わたし）はアメリカで暮らしていたので、わたしが八歳と十一歳の夏休みに一時帰国したのを除いて、共に過ごす機会はなかった。それでも、睦子とみな子は毎週欠かさず航空書簡を交わし、日常の出来事を報告し合い、読書中の本についての感想などで青い紙面をびっしり埋めた。「わたしに本の読み方を教えてくれたのはお母様だった」とみな子はよく言っていた。祖母は読書魔だったし、頭脳明晰で人間をよく見る人でもあったので、すぐれた批評家だったにちがいない。いずれにしても、子供のわたしから見て、母は祖母を敬愛していた。わたしは二回の夏休みに接しただけだが、堂々とした存在感のある人だった。母をたしなめることもあったので、わたしはいたく感心した。「相変わらずだらしないわねぇ」とか、「お姑さんのことをそんな風に言いなさんな」と言ったりする。母をたしなめる人をそれまでに見たことがなかったので、大したものだと思った。

一家が帰国し、母が作家として本格的に歩み始めた頃には、睦子はもういなかった。母はそのことをひどく悲しみ、「まだ話したいことがたくさんあったのに」とか、「楽しい思いを全然させてあげられなかった」と悔やんだ。

それから三十数年、母は祖母のことを考えつづけ、作品にも書いた。そして書いているうちに、祖母の捉え方が大きく揺らいだ。それまで見落としていた小さな事柄、隠れていた古い記憶が蘇ったのだろうか。それとも、自分が歳をとることで見方が変わったのか。「お祖母ちゃまってどういう人だと思った？」とわたしにも聞いたりした。「お母様は何でもよくできる人だった」と改めて感心することもあれば、「あの人、大したことなかったような気がする」とつぶやくこともあった。

父親の三郎のことも考えた。わたしは小さい頃、祖父は少し頭の悪い頑固者としてプレゼンテーションされ、中学の入試に落ちた話などをよく聞かされた。反面、睦子のほうは「開校以来の才女」として評価が高かった。ところが、三十年間あれこれ考えているうちに、勢力のバランスが崩れたようだ。祖父は実直に自分の道を歩き続けた聖人君子に近づき、祖母は「少し高級なミーハー」に格下げされた感があった。とは言え、母は最後まで「よくわからない」と言いつづけた。

そういうみな子こそ、何者だったのか。

母と一番長い時間を過ごしたのは間違いなく夫の利雄である。作品も大方読んでいるし、この世でみな子を一番よく知っている、と言っても良い。ただ、わたしが見るところでは、父は最初から最後まで母の魔法にかかりっぱなしで、常に目が眩んでいた。目が眩んでいるからこそ見える真実というのもあるが、それはあくまでも二人にとっての真実であり、ほかの人の参考にならない。

今生きている人の中で母を一番古くから知っているのは二つ年下の妹、わたしの叔母の朝恵である。わたしと同じく、生まれたその日からみな子がいた。心やさしい叔母は誰よりも姉を慕っていて、この十年間ずっと「お姉様がいなくなって本当に寂しい」と嘆きつづけている。「頼れる人がいなくなって心細い」とも言う。母はたしかに妹の面倒をよく見た（見させられた）ようだが、面倒を見る代わりに相当の暴君だったようだ。「お姉様に何か言われると、蛇に睨まれたみたいで何も考えられなくなる」と叔母はもらしたことがある。わたしにとって母は決して「怖い人」ではなかったし、さほど「頼れる人」でもなかったので、叔母の言葉には驚く。

母は気の強い人だったが、わたしには遠慮があった。まず、「こんな世界にこの子を産んでしまった」という「親の原罪」のようなものがある。わたしも子供が二人いるので、この部分はよくわかる。それに加えて、母は育児よりも作家になるための自分磨きに多くのエネルギーを注いでいたので、それに伴う後ろめたさのようなものがあったようだ。わたしは母親としてのみな子に不満はなかったが、何かしら負い目を感じているらしいと気づいてからは、なんとなくその弱みに付け込んだりもした。母の弱さのもう一つの原因は、子供を外国で育てたことにあった。両親が「事の事情」を完全には理解していないことに気づいたのは、小学校低学年の頃である。言葉を正確に聞き取れていないし、アメリカ的常識にも欠けていた。そのため親としての保護能力が今一つに感じられ、その分わたしの立場が強くなった気がする。

さて、魔法にかかった父、蛇に睨まれながら頼りきっていた叔母、無防備な子供のような親だと思っていたわたし。「本当のみな子」はどの人だろう。

わたしたち三人に限らず、母は接する相手によって自分の気持ちまで大きく変わる人だった。ある時、岩波ホール総支配人だった高野悦子さんがこう言われた。「大庭さんには、その時話している相手に『世界であなたが一番大好き』と思わせる特異な才能があった」と。たしかにそういう面があった。しかもそれは「嘘」ではなく、その瞬間は本当にそう思うのだ。母は基本的に人好きでサービス精神も旺盛だったので、自分が好意を抱いている人は可能な限り喜ばせようと努力した。ひねったものを好む相手なら適当にひねくれてみせたし、逆に、自分が好きでない相手なら、意地悪くその人を煙に巻き、自分を誤解させる方向に誘うところがあった。父、叔母、わたし…みんな性質の違う人間なのだから、みな子は当然のように姿を変えて向き合った。「どれが本物？」と問うこと自体、意味をなさない。

しかし、厄介なことに、母にはさらにもう一つ別種のあり方があった。文筆家としてのあり方である。わたし自身は、みな子の作品をほんの一部しか読んでいない。日本語学校もない外国で育ったため、最初は漢字力が足りなくて読むことができなかった。日本語が少し楽になった二十代以降も全作品を読もうとは思わなかった。読んでも、すでに知っているような話が多かったし、原液の母を「薄めた」ものに感じられたからだ。本物の母はもっと生きいきしていたし、もっとデリケートだった。小説を通して見えるものにはあまり魅力を感じなかった。

ところが、母が亡くなってからの十年、二十五巻の『大庭みな子全集』の編集作業や、それを機に立ち上がった「大庭みな子研究会」にささやかに関わるなかで、「人間大庭みな子」とは別次元の「作家大庭みな子」の存在、そして二者の関係について考えるようになった。どちらが「より本当」のみな子なのか。また、両方を知らなければ「みな子を知っている」とは言えないのか。

シェークスピアという詩人・劇作家がいた。「近代人を創った人」と言われるほどに、ありとあらゆる種類の人間――リア王、コーデリア、ハムレット、イアーゴなどなど――の心の隅々まで潜り込み、その動きを緻密に捉えて記述した。なのにシェークスピア自身がどういう人だったのか、誰にもわからない。信条的に旧教だったのか新教だったのか、性的嗜好がどうだったのか、基本的なことすら謎に包まれている。しかし、シェークスピアの文章は紛れもなくシェークスピアの文章であり、独特の鋭い感性と理性に貫かれている。彼にも個人としての在り方があったにちがいないが、作品からは読み取れない。ストラットフォードに置き去りにされて「二番目にいいベッド」しか遺してもらえなかった妻アン・ハサウェイは人間ウィルを知っていただろうか。「ベッドの謎」くらいは解けたかもしれない。しかし、仮に夫の性癖を熟知していたとしても、彼の戯曲や詩を知らなければ、「世界のシェークスピア」は知らなかったのだ。後世に残り、世界にとって大切なのは人間ウィルではなく、彼が残した作品だからである。

＊＊＊＊＊

みな子は何者？

いろいろな人にとっていろいろなもの。利雄、朝恵、優が消えれば、わたしたちが知っていたみな子も一緒に消える。しかし、みな子が残した作品は残る。それを読む人がいる限り、みな子はその人を通して生き返る。しかし、みな子は作品に自分のすべてを注ぎ込んだわけではない。そこに収まらなかったものがたくさんある。利雄の妻ではないみな子、朝恵の姉ではないみな子、優の母ではないみな子が存在したのと同様に、作家であることを撥ねつけたみな子もいた。作品からはみ出したもの、最後まで書かなかったもの、語られないまま忘れ去られるものが背後にあってこそ、作品の輪郭が見えてくる。

書簡・利雄日記から

トーテム

藤枝静男と大庭みな子 ——浜松を背景に

宮内淳子

藤枝静男と交流を始めた時期について、大庭みな子は「わたしが三十代の末だったと思う。不勉強で、それまでは全く知らない方だったのに、わたしが書くものを発表し始めた頃、注目して下さる気配があったので、不可解なものに近づいてみる気持ちがあった」（「春の湖」、『文学界』一九九三年七月）と回想している。「三匹の蟹」が群像新人賞を受けて『群像』（一九六八年六月）に掲載されたことから、大庭と『群像』との関わりは濃く、その後も作品がよく掲載された。藤枝静男の方も、昭和二〇年代には『近代文学』を主な発表の場としていたが、三〇年代からは、その代表作のほとんどが『群像』に載った。雑誌を通して、デビュー時から大庭みな子の存在は認識していたはずだし、藤枝が好意的な評価を漏らせば、編集者から本人に伝わったであろう。

大庭が、アラスカから日本へ拠点を移したのは一九七〇年。ちょうどこの頃、大庭の弟である椎名睦郎が浜松聖隷病院に勤務し始め、後にこの地で開業した。父の三郎も浜松の睦郎宅に移ったので、大庭は父や弟を訪問するため浜松を訪れるようになった。そしてその折には藤枝静男宅へも足を運んだ。藤枝は、一九五〇年より浜松市で眼科医を開業しており、一九七〇年からは同医院を長女夫婦に任せて引退したので、時間にゆとりが生まれていた。

その一九七〇年十二月三日の藤枝静男宛葉書には、「先日はお陰様で大変愉しいひと時を過しました。十何年ぶりに訪れました浜松の変りように目をみはる思ひでございました」とある。十何年ぶりというのは、大庭利雄が旧制静岡高校生だったことと関係しているだろう。大庭利雄の両親は、浜松出身であった。浜松は、まことに縁の深い土地だったのである。

話が前後するが、「浜松の変りよう」に目を見張ったという藤枝静男宛葉書は、浜松文芸館に寄託資料として収蔵されていたものである。二〇一四年九月一〇日、女性文学会のメンバー六名で浜松文芸館を訪ね、藤枝静男宛大庭みな子書簡八通及び葉書一〇葉を閲覧、複写した。藤枝静男の著作権継承者である長女の安達章子氏の許可を得てのことである。安達氏と大庭利雄氏には、あらかじめ書簡と葉書の掲載の許可も得た。これらは同館へ出向いたメンバーによって起こされ、本書に掲載されている（七八―八八頁）。以下に引用する書簡はすべて、このとき浜松文芸館で閲覧、複写したものである。

大庭は母親の睦子を一九六九年五月に失った。母は藤枝と同い年の一九〇七（明治四〇）年生れだったため、藤枝について、「その時代に共通した言いまわしで、わたしの耳にはなつかしいもの言いを聞かせて下さった方だ。わたしはときに親に反抗する気分で、わざとおっしゃることに同意せず、ろくでなしな意見を吐いて様子を窺うと、びっくりしたような大きな眼をぎょろりとさせて沈黙なさる。それが見たくて、簡単には同意しないことにしていた」（「春の湖」）と書いている。「バリ島紀行――

藤枝さんのこと」（『群像』二〇〇二年八月）によると、大庭は大胆にも、藤枝に志賀直哉の文学を「本当にいいと思われますの」と聞いたという。このときも、「びっくりしたような大きな眼をぎょろりと」していいったん沈黙したに違いない。藤枝にとって志賀直哉は特別な存在である。それを知った上でこういう発言をする大庭の大胆さには驚かされる。信頼関係があってのことであろう。

藤枝は、大庭にとって父親を連想させる存在でもあり、「人と話をする時にきちっと背筋を伸ばして対応する古武士のような姿勢は、私の父の姿に重なる懐かしさがあって、親しみが湧いてたびたび訪問したのかも知れない」（「バリ島紀行――藤枝さんのこと」）と書いている。両親を思わせる雰囲気に、つい甘えたくなることもあったようだし、藤枝もそれを理解して受け止めていた。藤枝が二人の娘の父であったことも、大庭の心情を受け入れやすくしていたかもしれない。

一九七九年九月八日の藤枝静男宛書簡には、「ふん〳〵聞いて下さるのでつい図にのってつまらないことをたくさん申上げました　でもとても愉しうございました」とある。藤枝は、よい聞き役であったらしく、会って話せないときは大庭の方から電話をかけていた。一九七九年九月末より一二月初旬まで、交換教授としてオレゴン大学に滞在したときは、「大陸の盆地の大学町に来て二週間経ちました。青い山脈みを眺めながら木に囲まれて暮しておりますと、大都会の暮しが異常なものに思われてまいります」（一九七九年十月十五日）と始まる手紙を書き、その末尾に、「東京にいるときはつまらない電話を度々さしあげて、恥じ入っております」とある。一九八五年六月二十五日の書簡は、「御家族の皆様におよろしくお伝え下さいませ／いつもお優しく電話をとりついでいただけます／感謝しております」と書いている。浜松文芸館の調査のあと、ご挨拶にうかがったとき、安達章子氏は大庭みな子からの電話を取り次いだことがあると思い出してくださった。

大庭みな子は、藤枝静男の海外旅行に二回同行している。一回目は一九七七年八月十九日から二泊三日の韓国、慶州への旅であった。大庭の父、三郎は一九七六年に浜松で亡くなった。大庭はその一周忌に来た際、藤枝宅を訪問し、偶然聞いた韓国慶州の旅の話に乗った。このときのことを、藤枝は、「勧誘すると「わたくしもまいりとうございますわ」と瞬間的に賛成したので合計四人の旅行ということになったのである。その女言葉の優美さに似ぬ決断の早さにはちょっと驚いたが、それは広漠たるアラスカに十年以上も家庭を持って外人族と交ったという前身から考えて当然でもあると思った」(「韓国の日々」、『海』一九七八年一月)と書いている。この文章では引き続き、旅行中の大庭の、人怖じしない素直な物腰、なめらかな英語、寛容な態度などを、好意的に書きとめている。このとき、藤枝は六十九歳、大庭は四十六歳。

次の旅は、一九八四年八月末のことであった。藤枝の知人たちがバリやボロブドゥール遺跡を見に行く観光団を組織したが、そこに大庭夫妻も参加した。このとき、藤枝は七十六歳で、高校生の孫娘が同行した。大庭みな子は藤枝没後「バリ島紀行――藤枝さんのこと」を書いたが、藤枝の方ではもはや旅の記録を発表することはなかった。

大庭みな子は、藤枝が主催した浜名湖の会にも参加している。この会は、藤枝に招かれた人々が一泊して心行くまで歓談を尽くすもので、一九六六年七月から毎年夏に開催された。はじめは『近代文学』同人が中心だったが、やがてその枠を越えて、若い世代の参加も増えた。場所は、浜名湖の弁天島にある旅館に固定された。「毎夏一回、延々として一回の休みもなしに十八年に及んで、ただ中途に平野と荒君の二人を失ったのみという息の長い存在を誇示しつつあるのである。加うるに近年では杉浦明平を加え、続いて小川国夫、立原正秋、高井有一、中野孝次、加賀乙彦、紅一点の大庭みな子に至る若手（も可笑しいが）とにかくまあ元気には欠けるところのない中年連中をも迎えて膨れあがり、夜半過ぎまで飲みまくり喋舌りまくって一向に飽きることを知らないというのが現状」（藤枝静男「弁天島会同」、『日本経済新聞』一九八三年八月七日）とある。浜松文芸館に寄託された藤枝の資料のうちには多くのアルバムもあり、その中にはこの弁天島の会の写真も多い。確かに大庭みな子を除くと男性ばかりだ。アルバムには、参加者がわかるよう余白に名前が書きこんである。客に混じって坐っている和服の女性のところには、同じ文字の大きさで「女中」と、いちいち律儀に書きこんでいる。その真面目で何のてらいもない「女中」の文字に、ふいに藤枝静男らしさを見て、にんまりしたことであった。

大庭の書簡には、浜名湖の会に参加したあとの礼状（一九八五年六月二十五日）や、『海燕』新人賞の選考会と重なって参加できないことの詫び状（一九八六年九月五日）などもある。

藤枝静男は浜松市在住で、一九七〇年まで眼科医が本業だったこともあり、文壇での交流が盛んというわけではなかった。狭く深く、『近代文学』同人である昔からの友人たちを中心とした交友関係が続いていたが、そういう中で、大庭みな子との交流は異色に見える。大庭の方では、藤枝の文学には幻想的な翳があって読者を触発する魅力があり、それは藤枝が師と仰ぐ志賀直哉の文学にはないものだと書いていた（「バリ島紀行――藤枝さんのこと」）。大庭が藤枝文学の魅力としてあげる要素は、実はそのまま大庭のものでもあった。そういえば、彼が早くにその才能を認めた笙野頼子や同じ浜松在住の吉田知子など、藤枝が交流を持った女性作家たちには、現実を見つめつつ、確かな筆力で幻想世界に達する、という共通項がある。藤枝と大庭の交友は、浜松という地縁の上に、さらに文学的な親密さが加わって続いたものであった。

大庭みな子・藤枝静男　往復書簡

藤枝静男から大庭みな子へ

一九七五年六月六日（消印は六月七日）

拝啓　少々お暑くなりました。只今は御新著有難うございました。表紙の奇抜さには驚きましたがまたなかなかいいと思い賛成です。中味はこれから拝読いたしますが十日くらいしてからでしょう。僕は意気衰えてダメですからまた活を入れに寄って下さい。草々

このごろ山地蔵と古い画を手に入れましたから来たとき見て批評して下さい。

一九七七年三月二十九日

拝啓　昨日は御親切な電話をかけて下さって感謝しました。齢とった妻でも、死なれると若い妻のような気になって考え思い出すのです。今まで考えていたことが嘘であったとは思わないけれど、ちがうところ

があり、それは新しい何かが私につけ加わらないとダメだろうと思い、またつけ加えたつもりでもまたダメであった事を自覚するに違いないとも思います。とにかく努力するほかありません。自分の事ばかり申し上げてすみませんでしたが貴女様の父君の亡くなられたことやはり心から同情しお悔やみ申し上げます。

他に申しようもありません。

ご健康を祈ります

敬具

一九八二年一月十一日

拝啓　只今成瀬書房から「私家本」を頂戴、有難うございました。美しくできました。表紙ほかの絵はやっぱり面白く、字は無邪気で愛嬌があり、よくできました。僕のこしらえた印を使ってくれてありがとう。僕は今円地さんの「鴉戯談」の書評で閉口中です。十日位してもまだうまく行かないので六枚半という長い約束をしたのは失敗でした。後半が余りに常識的でツマラナイのに前1／3が余りに面白いので困るのです。イヤになってるけどもう一度読んで考える他ありません。その前に、これから「三匹の蟹」を拝見します。そして気を取り直して書くつもりです。御礼のみ草々

一九八二年七月七日

拝啓　御新著「寂兮寥兮」大変よく出来、午后今再読し了り改めて敬服しました。大変中味も表現も好く喜んで居ります。

先夜はいい着物で気持よく感じました。埴谷君柱の角にミケンを打つけて随分出血し眼鏡のワクも折れ飛んで吃驚し心配しまし

たが本人は酔っていましたから平気で、翌日の話では朝六時まで本多と議論していたらしく、本多も本多で、いい加減で寝かせればいいのに、やはり昔の習慣はやまない、貴女は泊らなくて好かったです。翌日楽しみの鰻は午後三時ころ行ったので五時まで休業故、已むなく駅で分れました。

朝食の時佐々木君が版画をチャブ台の上で作って見せました。大変面白かったです

草々

一九八二年十月二十五日
拝啓、先夜はおめでとうございました。さぞ疲れた事と想像します。御主人、お嬢さまに久しぶり御目にかかり大変愉快でした。
あのマンダラはネパールあたりのもので時代は鎌倉初期だと云って居りましたが勿論、も少し下ったところかと思います。ただ手置きが好く、大きさも手頃と思いました。虫眼鏡でないと見わけがつかぬ位ですが何と云ってもあっちの方のもの故エロチックな場面があって困りますが曼荼羅故仕方ありません。
皆様に何卒宜しく

草々

一九八三年八月三十日
拝啓「帽子の聴いた物語」を只今拝受、ありがとうございました。早速はじめの五つを拝読しました。面白く読みましたのであとを今日じゅうに拝見いたします。造本活字が好いので読み易くこれは僕が何時も装幀してもらう辻村君らしくてやはり感心しました。あのマンダラ図は同君の持ちものような気がします。
コレを書いたところで僕の二階の部屋から

南西二〇〇米ばかりの家が出火し煙がかなりひどく入って眼が痛くなりました。家の前の道が消火ポムプに占領され、じき消えましたから部屋に戻りました。僕は東京に居る下の娘と女の小学中学生の孫に連れられて月始めから二週間ばかりのヨーロッパ団体見物に行きやっぱり面白く感じました。十七日最終の新幹線で浜松に帰ったトタンにあの大暴風雨になり、運がよかったと㐂びました。パリーで女スリに会いましたが、紙入れの入っている左のポケットをさぐらないで右ポケットばかり一生懸命カキマワスので馬鹿な奴だと思い、一寸面白かった。

お礼のみ　草々

一九八三年十月二十五日

拝啓、今日は結構なものを頂戴して有難うございました。生もの故すぐ娘夫婦と私とで夕食の酒の肴にします。

　きのう「世界」の大岡、埴谷対談を見ていたらあなたの事が出てきたので驚きました。僕は近いうちに中川一政氏と対談しなきやあならないので安受け合いしてしまつて後悔しています。ウツカリ「する」と云つたら「参考までに」と云つて詩や絵の写真や対談のリコピーを一杯送つて来たのですが、それが岩波の雑誌なのかNHKなのか、スグ包み紙を捨ててしまつてわからないので閉口してます。

一九八四年九月十四日

拝復　バリ島の写真を有難うございました。随分よくとれているので驚きました。僕でも写せるかも知れないと思うくらいハツキリとれていて器械がいいのではないかという感じがしました。御手紙の字がこれもうまくて感心しました。非常にうまいので家中で驚ろきました。今時という冠をつけなくてもいいくらいだと思いました。曳出しにしまつて置こうと思います。御主人にどうか宜しく願いあげます。

草々

一九八四年十二月十五日

拝啓「舞へ舞へ蝸牛」をいたゞき恐入ります。昨日は上京して旧近代文学同人たちとの例年の会に出て夜おそく帰宅いたし、御本を頂戴いたしました。それで今日は午頃まで寝て居りましたのでこれから拝読いたします。　御礼　草々　藤枝静男

御主人に宜しく

大庭みな子から藤枝静男へ

一九七〇年十二月三日

先日はお陰様で大変愉しいひと時を過しました。

十何年ぶりに訪れました浜松の変りように目をみはる思ひでございました。

御上京の節は、またおめにかかってお話など伺いたくお待ち申しあげております。御礼まで

一九七七年五月三日

先日は立派な色紙をありがとうございました。墨の色も行の言葉もお心のあり余るものです。

このところ閉じこもりがちで、世の中の事をはかないものに思い始めていましたので

いっそう、心にしみました。
浜松には、またお訪ねします。もっとほんとう
もしかしたら、これから、もっとほんとう
のことをおっしゃりたい気分におなりかも
しれません。そしてそのことを奥さまは、
きっと、うなづいてお聞きです。
お元気をお出しになりますように！
御冥福をお祈りします。

大庭みな子

藤枝静男様

一九七九年九月八日

藤枝静男様

ふん〳〵聞いて下さるのでつい図にのって
つまらないことをたくさん申上げました
でもとても愉しうございました
ご家族のみな様によろしく

大庭みな子

一九七九年十月十五日

大陸の盆地の大学町に来て二週間経ちました。

青い山脈みを眺めながら木に囲まれて暮しておりますと、大都会の暮しが異常なものに思われてまいります。

志賀直哉を研究している若いアメリカ人の学者が来年日本に行ったとき、藤枝さんにおめにかかりたいと言っています。彼は柳宗悦にも興味を持っております。日本語をどうにか話せる人ですが、御紹介申し上げてもよろしうございましょうか。

私はこちらに来て、少しのんびり仕事をするつもりでおりましたが、ぼんやりしている時間ばかりありますのに仕事は少しもはかどりません。

雨の中で楡や楓が色づいて落ち始め、やが

て、針葉樹だけの暗い森になることでしょう。オレゴン州は木の国です。御大切になさいませ。東京にいるときはつまらない電話を度々さしあげて、恥じ入っております。

藤枝先生

みな子

一九八二年一月一日

自分がとても違ってきたと思うようになり、救われております。利雄のギックリ腰は［五～六字分不明］やっております。私は泳いでおります。五〇〇メートルくらい。娘は言語哲学をやってこの先何年大学にいるかわかりません。親が親なので仕方ありません。

一九八二年十月二十日

藤枝静男様

谷崎賞の会にお出ましいただいてほんとうにうれしうございました。自在天の曼荼羅となつかしい言葉の宝箱毎日ながめております。街をゆく花のように美しい少年少女を見て

今年花似去年好

と思えるほどにやっとなりました。歳々年々人不同よりよろしいかと存じます。ともあれ何れをも含めた感じがあり、一八二一ヲ生ズ、二八三ヲ生ズを二八二となさったことなど思い出しております。

この曼荼羅はどこの国のいつごろのものでしょうか、本の装丁に使わせていただいてよろしいでしょうか

実に実に気に入り自在天になったような気分になっております

お大切になさいますように
御礼まで　　　　　　　　かしこ　　　みな子

一九八三年五月七日
写真を送っていたゞいてありがとうございました。よい記念になります。急に暖かくなつて、頭がぼーっとしております　前に書いた作品を読むと少しは頭がはっきりしているところもありますけれど、呆れ果てるような底の浅い文章で厭になります。ぼーっとしている中で、最後までぼけないところだけを見つめるしかありません。御礼まで　御大事に　かしこ

一九八三年十一月一日
お葉書嬉しく拝見しました
長崎のおくんちというお祭を見て参りました。　最近はあまり東京にいなくて、旅ばかりしております。放浪の生涯が似つかわしいようにも思つております。十一月五日（土）夜八・五五分から、『寂兮寥兮』をラジオドラマにしましたのをＮＨＫ・ＦＭで放送してくれるそうです。
御時間の御都合がおよろしかつたらお聴きいたゞければ幸せに存じます。
御家族の皆さまにおよろしく　　かしこ

一九八四年九月十二日
藤枝静男様
この度の旅の写真ができました。
他の方々のものもございますので一緒にお送りします。
お話では月に一度くらいお会いになる機会があるとかうかがいましたので、そのときにでも写っている方々にお渡しいただければと存じます。お陰様で愉しい旅でございい

ました
今「群像」の埴谷さんのお作品を読んでおります。何となく
その気分が伝わってくるのを不思議なものに思いながら読んでおります。
やっと涼しくなりほっとしておりますが夏の終りの寂しさが身にしみます
旅のことがお作品になるのを心待ちにしております。御一緒させていただいた皆さま方におよろしくお伝え下さいませ
急に気候が変ります。御大切になさいますように

みな子

一九八五年六月二十五日

藤枝静男様

ほんとうに愉しい会でございました
いつもはめったにお目にかかれない方々とお話させていただき、歴史的なものを味わうことができました
藤枝様とお近づきになれたことからつながる不思議な縁に打たれました
ルオーの絵の深い色や八高時代にお書きになった詩と文字のすがゝしさが目に焼きついております
御馳走をいただきました御礼を申上げておりますところ
お話がはずんでいらっしゃいましたようなので
失礼致しましてお赦し下さいませ
また雨になりました
御大切になさいますように御家族の皆様におよろしくお伝え下さいませ
いつもお優しく電話をとりついでいただけます
感謝しております

かしこ

大庭みな子

一九八六年九月五日

藤枝静男様

九月八日の浜名湖の会、その日が福武書店「海燕」新人賞の選考会で参上できません。今まで毎年お招きいただき、今年は藤枝様に感謝の気持を表わすということで楽しみにしておりましたのにほんとうに残念で申し訳けなく思っております

他の皆々様方ともお目にかかれないのが寂しうございます

小さな子供を連れた娘一家の逗留は吹きすさぶ嵐のようで、その昔自分が同じようなことをしたのが思い出されます。

此の度はゆかれませんがまたべつの機会にお訪ねしたく思います。

御家族の皆様におよろしくお伝え下さいませ

御詫びまでにしたためました

かしこ

大庭みな子

一九八七年二月一日

しばらく前から小倉に来ております。娘が子供を生みますので。自分の子供を育てるときにはほかのことを考えていて失ってしまつたものを今みつけて、驚いております。一月もこんな風にぼんやりと過していましたら、きっとものゝ考え方がすっかり違ってしまうかもしれません。何かべつのことをすれば落すものものもべつで、何と欲深なことだろうと呆れております。

門司の港の丘に立ちましたら、本州と四国と九州の山々が見えました。

一九八七年十一月十四日

藤枝静男様　　十一月十四日　　曇

秋の終りで、ときどき雪混りの雨が降ったりしております。御機嫌如何ですか

私はどういうわけか、また遠い国に来ておりますが、日本語の喋れない国で暮らすのは耐えられないことだと身にしみて思うようになりました

文学というものを、自分が何かを得るためのものと考える時期がやっと過ぎ去ったよう気がしております。それは丁度ある時期を過ぎると幼児を芯から愛おしい気分で眺めることができるような気分に似ていて、他人に与えることが苦痛でなくなるということのようです。もっともあなた様から御覧になれば、私は幼児に比《（ママ）》しいので、滑稽なことのようにお思いかもしれません。

お幸せにお暮しでしょうか。憂鬱になったとき、ぶつぶつ言うのを聞いてくださる方がないのはとても淋しいことです。でも、いつも感謝しております。それから、お弱くおなりのようにお思いになったとしても、悲しまずに、子供のようにおなりなさいまし。いつか、ぜひ伊豆にお越し下さいませ。そして、お話をお聞かせ下さいませ

御家族のみなさまによろしく

お話したくなったので、書きました。

大庭みな子

大庭利雄日記抄——大庭みな子との日々（一九八七年一月）

大庭利雄

☆一月一日（木）快晴、午後から北風強く寒くなる

除夜の鐘の終わる頃大鳥神社初詣で。

八時起床一応テーブルに雑煮とおせち料理を揃える。年寄りのママゴトといった感じ。瀬戸内氏によれば正月は独り者の女にとっては一番腹立たしい、淋しい、憂鬱な季節だそうだ。子供のいる家にだけ笑い声が湧き上がる季節。年寄りはそれを横目で笑みを浮かべて眺めながら過ぎ行く時間をいとおしむ。

みな子は野間さんの家が留守で帰って仕事。

☆一月二日（金）曇り、肌寒い、午後一時雪

初夢はなにを見たか思い出せない。

夜野間宏から電話。昨日みな子が留守中に行って数の子や鮭を置いてきたことのお礼。長電話で野間さんのことも頭がおかしいと笑いながら言っている。幽霊の部分であなたに次々に復讐してあげるなどと脅かしている。「私は個人的な恨みを買うようなことはしていない」と彼は言うがみな子は「個人的などというのがそもそもおかしい」などと咬み付いている。

☆一月三日（土）曇り後晴れ、暖かくなる

外山良子（※オレゴン州在住の図書館学専門家）みな子の「啼く鳥の」に触れているが「彼女は私の作品を正しく？　理解してくれる」と満足げ。起承転結が見え見えなのは読み続ける気がしないと彼女は言う。

☆一月四日（日）

みな子窪川泰子（※佐多稲子の長男窪川健造の妻）と下町を歩いてくるといって十時家を出て渋谷で待ち合わせ。浅草へ。昼を「むぎとろ」で。正月メニューしかなく最低ひとり五千円くらいはかかったらしいが満足している。目黒は静かだが浅草は大変な人出らしい。やはり人間はどこかにいるわけだ。暗くなっても帰らず例に依っていろいろな妄想が浮かび、墨田川に浮かぶ死体の様や、残した原稿はどうすべきかなどと他愛のないことを考え始めるが、六時過ぎひとり笑いをしながら帰宅。なにしろ凡そ方向感覚のない二人づれで歩くわけだから道々人に尋ねるが「あそこを右に曲がって次に左に曲がって仏壇屋のある道を行けば――」と言って、こちらが礼をいうと帽子を取って頭を下げる寅さんのような人がいたり、交番で若い巡査に「アメ横は上野のあっちでしょうか、こっちでしょうか」などと窪川夫人が妙な聞き方をすると大きい地図を拡げて一生懸命教えてくれた話など珍道中をやってきたらしい。まあ良い精心《ママ》のリクリエーションだったようだ。抹茶、呉服類、帆立貝など買ってくる。

　大島元日から微震動を観測、気象庁特別火山情報を出す。

☆一月五日（月）曇り、一時雪ちらつく

　午後野間宏からTEL。日本の多国籍企業化についての本を紹介して、読んだらその感想を報せて欲しいという。水の次はこの問題が日本にとって危機だということらしい。ジャーナリズムの不在について嘆き、新聞社は地方の民放の割り当てを受ける為に政府にまともにたてつけないという。あいもかわらず憂國の士ではある。みな子にはこの前に脅迫？されたか今日は話をせずに電話を切る。

☆一月六日（火）曇り後晴れ、昨夜は東京で五センチの積雪

　窪川さんが姑が自分が買ってやったものまで「これはあの時息子に買ってもらった」「娘に買ってもらった」などというので腹を立てているとか。「よくもあんな感性で小説が書けるわね」と手厳しい。「あなたのお母さんも同じことをしたのよ」と矛先はこちらに向いてくる。女の恨みは確かに何時までも欝積するのは生理的なものなのか、それとも社会的なものなのか、倒れた林達夫（※思想家・評論家）氏に補聴器を付けさせて文句を言い続けた彼の奥さんの話を思い出す。

☆一月八日（木）快晴、春のように暖かい

朝の水で入れたお茶が今までになく美味しく入る。（入れるとか入るというのも考えて見ればおかしな表現だが）水でひたひたにして二分。甘露、甘露といった感じ。父三郎（※みな子の父、医者）がよく脈で時間を測りながらお茶を入れてくれたものだがあの時はそれほどその味を楽しんだような記憶がないとみな子はいう。多分由布（※娘・優のこと。気分によってこの表記が使われている）にこの入れ方を教えても若い時には無視をするか、あるいは本当にその味が分からぬかもしれない。しかし、教えておけば我々の年代になった時その言葉を思い出して樹（※みな子の孫、優の子供たつき）にまたそれを語るに違いない。親子の間に伝わることは直接の伝授よりも昔の記憶というかたちで伝わるのかもしれない。

☆一月九日（金）快晴、異常な暖かさ

金曜だがスポーツクラブへ。７００《メートル》、５９・８《キロ》。

帰りの道でふと地震のことを考える。小さいときから異常に暖かい時母が『今日は地震がありそうな位暖かいわね』といっていたのを時々思い出す。この自由が丘の町ならビルのガラスも落ちまいし、などと考えながら歩く。ダウンジャケットの下はしっとりと汗をかくほどの暖かさ。不思議なことに予感は当たり３・１４pm振幅は小さいが奇妙な上下動をかなりの時間感じる。てっきりこの揺れ方は大島爆発に違いないと思ってテレビのスイッチを入れるが、震源は三陸沖、盛岡の震度は五だが被害はほとんどなかった模様。それでもテレビは番組を変えて地震のニュースをかなりの時間流す。みな何か事件を待ち構えている風潮があるようだ。

みな子今日は高見順賞の選考会とて朝から詩集を読み頭が痛くなったといって寝ている。それでも食欲だけはなくならないといって昼はちゃんと食べる。「あなたに豚、豚と言われているものだから自分が豚になって狼に追われている夢を見たわ」という。

☆一月十日（土）晴れ、気温少し下がる

三田文学に辻章氏の小説が載っている。最初の作に比べて自分の子供を距離を置いて眺めることが出来、かなりの成功作とみな子はいう。これだけの客観性を保って自分の障害児を書くのはなかなか出来るものではないという評価。とにかく読み始めて途中で終わりのページはどの辺かななどと探すこともなく読み終わった小説は最近少ない。作者が批判する教師の立場も、それに腹を立てる作者の立場も比較的公平に客観性を持って書かれている。これなら芥川賞候補に推してもいいわとみな子は言う。

ある人を知っていても、その人の配偶者を見るとその人のことがもっとはっきり判るような気がするがあなたもそういう経験はない、というがなかなか思い当たらない。みな子の場合と違って、男との付き合いでその奥さんに会うという場合も案外少ないし、仕事で付き合う結婚した女性との接触も案外なかったから、そういう経験もなかったのだろう。

あんたは仕事を辞めたら一切外界との接触に興味がなくひとりで用もなく外に出ることは全くしないけど少しおかしいいんじゃない。大庭家の男は皆変わっているのではと遺伝の話になってしまう。

中村真一郎の話は聞いているとあんなに面白いのに、同じ事を彼が小説に書くとどうしてあんなに詰まらなくなってしまうのだろうとみな子。話術と書くこととは全く別の世界のことらしい。一つの理由は彼が女性に持てて持てて持ててしょうがない話をするが、聞き手は既に夫人の話を聞いていて彼がそんなに持てるようなポテンシャルを持ち合わせていないことを知っているから彼がそのように話をすることが面白いのだが、それを自覚しない彼自身が自分は持てるということを書いてもちっとも面白くないわけだ。

尾形公正（※みな子の妹朝恵の夫）氏よりTEL。ウイナーとノイマン（工学社）の本が面白いからといって説明してくれる。話を聞いていると野間宏をすぐに思い浮かべる。どちらも真面目で不器用な人たちだ。

みな子朝ぎっくり腰の兆候ありとコルセットなどをしているが重症ではないもよう。

☆**一月十一日（日）晴れ後曇りかなりの寒さに戻る**

みな子腰が更に痛くなったといって寝ているが、昼近く歩いたほうが良いかもといって渋谷に絵を観に行くことにする。バスで東急本店へ出る。道玄坂上から東急本店への道は暫く振りに歩くがかなり改築が進みラブホテルが軒を並べる。この業種も昔の淫靡な面影はなく市民権を得たと言わんばかりに堂々として、道を通る人も若い女性もなんの屈託もない。お泊り一人五千円、二人七千円とある家もあり、単独宿泊を認めるところもあるようだが、大抵は休憩三千五百円、泊り五千五百円というのが相場のようだ。

まず七階の赤坂更科に入ってカレーうどんと力うどんを食べる。さすがに800、750円という値段だけあって、汁の味もむかしの関東風の強い味付けからは変わっているようだ。そばやに関する限り、いや食べ物に関しては関西が関東を完全に席巻してしまった。客は年配の夫婦が多いようで若い人はすっかりそば屋からは遠ざかったようだ。

食後雅叙園のコレクションの日本画展を観る（日本画抒情名作展600円）昭和初期から戦争直前まで雅叙園が華々しい宴会場であったときに買い集めたものらしいが鏑木清方、伊東深水、橋本明治の名前なども見え、みな子に言わせれば戦争前夜のデカダンのような空気がかいま見られて面白かったとのこと。美人画展といってもよいほど美人画が多いのが特徴だが当時の美的感覚もいまとは大分違ったものであったようだ。美術家の多くは戦争のような弾圧の季節を感じればデカダンスに流れる他に表現の道はなかったのだろうか。芸術の流れは孤高ではなく政治に押し流される悲鳴でもある。

樹の土産におもちゃでもと玩具売り場に行くが、子供の創造性を奪うようなものばかりで腹が立つ。けばけばしい色の既成品そのものといった感じのものばかり、子供は造ることを忘れて与えられたものを選ぶ自由しかない。そして自分の好きな物を選ぶ自由も実はなくて、人が持っている物を買う自由しかないのが現状のようだ。レゴという輸入の組み立ておもちゃの売り場がかなりのスペースを占めているのが救いだが、これも日本のメーカーの知恵でも入ったのか、モーターが付いたり余計な人形の姿が入ったりで昔の単純な基本的なデルタやブロックとはかけ離れて行くような気がする。

ささ舟で遊んだ昔のことを言うとみな子は「舟を流せる流れもないじゃない」とすげない。それにしてもこんなおもちゃで育つ子供たちのことを心配しないのだろうか。木琴売り場で小さな男の子がかなり正確なリズムで叩いていた。本当に音楽の好きな子なのだろう。彼にとってはほかのおもちゃは不用でいつまでも木琴で遊び続けられるに違いない。

☆一月十二日（月）曇り、今冬一番の冷え込み

　みな子の夢。自分の学生が家に来たとき未だ布団も片付かない部屋にどうぞといって招き入れたとあなたのことをなじっていたら、あなたの胸の左が（左ということをはっきり覚えている）が女のように膨れているのでどうしたのと覗いて見ると腫れ上がっていた。「二三日前からこうなっているのに君はいままで気が付かなかった」といって今度は利雄の方が非難した、という夢らしい。「それにしても言葉の端はしに普段の口調が出るものだなと夢の中でおかしく思っていた由。

　田中阿里子さんの一昨日の話の中で「高橋たか子は中京の人で、左京の人は云々」という下りがあったとか。京都という所は全く複雑なところらしく、朝のテレビでも祇園の祭りに招かれた男は、見合いや結婚を前提としているものだとか、しきたりというパスポートがないと入れない町らしい。

　みな子頭がくらくらすると言う。肥り過ぎがまた急に心配になったらしく食を控えるというが、どうもコンスタントにすることはないようだ。

　夕方から雪が降りはじめる。中部以西は新幹線の遅れなどが早速出る。

　60年の国民栄養調査の結果国民の半数以上が「運動不足」を意識し、実際には肥満体なのに自分ではそう思わない人が十《パーセント》近くいるというニュースが一日中流されてみな子は「なんとばかげたことをお金を掛けて調査するものだろう」とあきれている。

由布にTEL、樹になんのおもちゃがよいか聞く。

☆一月十六日（金）晴れ、気温上がる

朝のテレビで中学、高校の保健室が大繁盛の話。身体の病気よりも心の病気の相談に来る生徒の方が多いらしい。三分の一の生徒が何らかの理由で保健室を利用し、気が休まるとか、受け持ちの先生よりも相談しやすいということらしい。ということは普段生徒たちは孤独ということになるが、どう考えても我々の子供の時代の方が子供は子供の世界に放置されていたような気がする。親たちが子供の世界に足を踏み入れて干渉するようなことは少なく、子供は子供の世界で悩みながらも問題を解決して、しかもいまのような悲劇は少なかった。いじめもあったが、おとなの世界に持ち込むこともなくなんとなくその問題を卒業したし、被害者が道を誤るというようなことも殆どなかった。いまのように親たちが子供の世界に口を出せば出すほど子供がむしろ孤独感に襲われるのは皮肉な現象だ。

テレビには教育番組以外に子供の時間を作る必要はない。大人は声を出さずに子供のやり方を見守っていればよい。親切めいた助言は子供のためにではなく、子供に媚びる大人たちのエゴの結果でしかない。物を売るためにメディアを通じて子供に媚を売る、あるいは子供をダシにして親の財布の紐を緩めさせようとする結果が横暴な子供を生み、世の中を狂わせる。

昼過ぎフーコーの「性の歴史―快楽の活用」を読んでいたみな子そばへ来ないかという。本に刺激されたか誘いを掛ける。滑らかとはいい難いが済ます。「また、した」でもあり、「まだ、出来た」でもある。本もテレビもまだ刺激剤の役目は果たしている。

英雄などことを成す人物は性的には不能とか同性愛とか正常でない人が多いというのは事実のようだ。良き配偶者を得て満足出来る人間は人を踏み敷いてまで自己の欲望を遂げようとする動機は少ないだろう。あるとすれば女に唆されることが多いのでは。

女の部分を猫の舌に嘗めさせたらというと、あなたは昔から同じことを言っていると言う。動物は人間の異性?に対しても性的な刺激を感じるのだろうか。人間は花の匂いにも惹かれるくらいだが。柳斎志異に自分の犬と夫の留守の間に関係を持った女が、その犬が夫を咬み殺した罪で投獄され、獣姦の場面を物好きな有力者の前に曝す話などをする。「わたしも変名でそんなのを書いて見ようかしら」などと言う。

五時前みな子は講談社の人たちを八芳園に招待しているので歩いて行くが、目黒の辺りまで散歩がてら同行する。みな子は帯が回らなくなったといってふうふう言ってるが、それでも少しは減って58キロくらいにはなったという。これ以上では帯に中継ぎが必要だと限界値に近い。

京樽に寄ってカレーなどを買う。

みな子十一時帰宅。八芳園の後都ホテルに行って話をしていたという。野間社長はビートたけし事件以来調子が悪いらしく来られなかったとのこと。都ホテルは講談社側のおごり。お祝いに携帯用の鳩居堂の筆墨のセットを貰ってくる。

☆一月十七日（土）晴れ、暖かい、夕方には南風が吹く

十一時二人で目黒へ映画を観に出掛ける。開場が十一時半なのでそれまで東急ストアーで時間を潰す。古書店を覗きみな子の本があるので買う。「栂の夢」、「霧の旅（上下）」それぞれ300円、「淡交」600円、他の作者よりも高い値が付いているのは気分が良いとみな子。ということは希少価値ということで喜ぶべきか悲しむべきか。

ギュネイ（※トルコの映画監督）の「道（※一般的な邦題は「路 Yolo」）」とフランス映画の「哀れなトリスターナ」の二本立て。

「道」はかなり骨の折れる映画だがギュネイの作品の中では一番評判がよいらしい。カメラは美しくサイレントの場面が多く、前衛的な手法だが話がやや込み入り過ぎている感じ。もっとも我々にとってはどのトルコ人も同じ顔に見えるから話が分かりにくいこともあるのだろう。それにしてもイスラム系の人たちの哲学は違うことは判っても理解の外にあることを痛感する。あの国でウーマンリブの活動をしたら皆魔女裁判のように抹殺されるかもしれない。Sanyer のワイフの Marta が「わたしはあの国には住めない」と言ったそうだが確かなことだ。Necmi だって国には帰ろうとしないだろう。殺人犯が一時にせよ監獄から保釈されるのも面白いし、そのような犯罪は家名を汚す度合いが、女の売春ほどではないという考えも女にとっては耐え難い不平等だろう。

トリスターナの方は十九世紀末の頃のスペインを舞台にした養父に妻とされた女（カトリーヌ・ドヌーブ）の話。ひどく意地の悪い強烈な個性の持ち主の彼女に結局は暴君の養父が振り回される話だが、日本人の感覚では描き得ないような密度がある。顔といい性格といい終始高橋たか子のことを思い浮かべて観ていたが、みな子は由布のことを考えていたという。いずれにしろ大差はない。「これからも映画はやはり時々観るべきだわ。ああいうのを観ると闘志をかき立てられる」という。

一茶庵で昼とも夕ともつかぬ食事。山かけそば（９２０円）鴨なんばん（１，３００円）値段も高いが味も良い。関東風の濃い汁だが薄味でだしがよくとってある。三十人も入れない座敷だけで家庭のような調理場でやっているが固定客をよく掴んでいる感じ。近くのコーヒー屋 Kaffa に入ってウインナとカプティーノ（いずれも４５０円）ここも行き付けの客といった感じの客のいる店。コージーコーナーで菓子を買って帰る。これは一個百円。

深夜映画、ヴィスコンティの「異邦人」。若いときのこの小説の読み方はまばゆい太陽が殺人をさせたというようなことに興味を持たせたが、主人公の置かれる社会の不条理性とか神の否定とか、当時の西欧キリスト社会にとっては衝撃的であったに違いないが東洋ではそれほどでもないテーマを西欧的な感性だけで読もうとしていたのではとも考えられる。「異邦人」で既成のキリスト教的倫理感を解体したが、「ペスト」ではその崩壊の中でも肯定的に生きるということをカミュは書いた点では、まだキリスト的ではあるが、とにかくこの頃から西欧と東洋の文化がぐっと近づいたことは間違いない。

☆一月二十三日（金）曇り、夕方から雨に変わる

朝から風邪気味、筋肉痛。ぶらぶらと過ごす。

牛久の母に電話する。和子さんもそれほど迷惑そうな調子でもなかったとみな子は言うが、母の方はあまり幸せそうな声でもない。

戦争は男が他の国の女を取りに行くことだと三枝和子が書いているが私もそういう気がするわ、とみな子。潜在意識としてはあるかも知れないがどうも納得できないが女から見ればやはりそう映るのかなとも思う。

埴谷雄高氏にTEL、藤枝さんの様子を聞く。調子の良いときは分かるが日によって波があるとのこと。つれあいに先立たれるとぼけてしまう人が多いようだ。悪妻などはぼけ防止の最善の道具かもしれない。「小言いふ為に生れし女かとつくづく見ればまた小言なり──筏井嘉一」（※新聞の読書欄から引用）同じく、「口小言うるさく妻は老いにけりどこ吹く風とわれも老いにき」

夕方から南の風が強くかなりのまとまった雨。

☆一月二十四日（土）曇り、暖かいが寒冷前線通過し気温下がる

風邪やや回復の兆し。

昼は歩くことを兼ねて中目黒の「おつな寿司」へ食べに行く。ペンの会でだれかに教えられたところとか。まあまあのものを食べさせる。3，200円。寿司ののれん分けは十五年から二十年の奉公が必要だが、簡単に独立して別の店名で営業するものが増えて来ているとか。鯵がおいしいというが今は季節外だが所によって旨いところがあるとか、いまでは関西の鯵も九州の鯵も築地に入り、品物も六段階に分かれているとか。熱海辺りの寿司屋でも仕入れは築地というのが誇りになっているそうだ。流通機構の実態は常識を遥かに超える変化を遂げている。

道を歩きながらみな子、小説は考えずに書きはじめ筆の赴くままにするのが一番結果が良いようだということを「かたちもなく」の頃から会得ではなく体得したという感じがするという。どこへ向かって進むか判らないのだが思いもよらぬ想念が筆のままに浮かぶときが一番気持ちよいという。起承転結を考えたものはそれなりのものがあり「浦島草」や「ふなくい虫」がそうだが、いまはああいうはっきりしたものは書きたくない、人生そのものがどこへ行くか判らぬのだから小説だってそうあるべきというのが彼女の論理。

うすら寒く天気が悪いのでスポーツクラブは休み。

防衛費一パーセント枠撤廃の閣議決定、五年前には到底不可能と思われることが殆ど抵抗もなく実行に移される。憲法改悪も、海外派兵も、スパイ防止法も、そして言論統制も五年後には国民はどういう感じで受けとめているだろうか。

深夜映画、82年作の中国映画「駱駝の祥子」強い女が印象的だが「阿Q正伝」のほうが詩的のようだ。淡々とした作風は中国の作品に共通のようだ。

【解説】与那覇恵子

利雄五十四歳、みな子五十二歳の一九八三年七月、利雄氏は二十八年間勤めた会社を退職する。そして「みな子の秘書的役割」を果たすようになる。秘書の役割ではないだろうが、利雄氏はずっと日記をつけており、それが時にはみな子氏の書くエッセイにも重宝したようだ。三十年間余の日記は四百字詰原稿用紙で二万枚近くにもなるらしい。

本書に収めた日記は一九八七年一月のものである。毎日記されており分量も多いけれど、掲載にあたり日にちを選び、内容も一割から二割程度に抑えた。家族や友人、他の作家に対するみな子の辛辣な批評の言葉も記されているが、背景がよく分からないと誤解を生む可能性もあるので、微妙な個所はすべて割愛した。利雄とみな子の日常の雰囲気が伝わる所や文学論、芸術論が伝わる部分を抜粋するよう努めた。三十年前の日記だが、利雄氏の社会に対する憂いを帯びた眼差しは時代の様相を映しており、社会の記録日記として、最近の状況と比較して読むのも一興である。

夫・利雄がとらえたみな子の姿も印象深い。大庭みな子の小説やエッセイを読んだ時とはまた一味違う大庭みな子像が表れているのではないだろうか。

（※）に、必要に応じて説明を入れた。

書簡からよむ大庭みな子

与那覇恵子

大庭みな子は生涯にどの位の手紙を書いたのだろうか。家族や友人はもちろんのことだが、作家仲間に送ったものも含め膨大な量の手紙が残されている。手紙は、往復書簡という形で雑誌や新聞に公開される場合もあるが、ほとんどの場合は二人の人間の間で交わされる私事である。しかし読者は、作品は当然のことだが、作家にも興味を抱く。好きな作家であればなおのこと、その人柄をも知りたいと思うだろう。書かれた作品と書いた作家の総体として、その〈文学〉を深く理解したいと願うものである。

作家に限定せずとも偉大な業績を残した人物の内面を、手紙から浮き彫りにすることは可能である。津田梅子がワシントン在住のアデリンに送った三十年に亘る私信をもとに綴られた『津田梅子』（一九九〇年）は、「梅子を公的な歴史上の人物から血の通った一人の女性として屹立させ、その脈打つものを現代の世に生きる人たちに伝える」（『大庭みな子全集　第13巻』日本経済新聞出版社　二〇一〇年五月、一九九頁）評伝となっている。

『大庭みな子全集　第25巻』（以下、巻のみ明記。二〇〇九年五月）には、一九四九年から一九八〇年までの間に大庭利雄氏と交わされた二十年余の往復書簡九五三通が収録されている。利雄氏は「「未発表のものは出すな」というみな子の遺言」ではあるが、「書簡とは読む相手がいるということでは公表に準ずる」と「解釈」（第25巻七頁）し、公表にふみきった。津田梅子もまた、私の手紙は、あなたとあなたの夫に書いているので「お二人の間だけのことにして下さい。私の手紙を日本人に見せることだけはしないで下さい。」（第13巻二七頁）と書いていた。だが、私信から魅力的な評伝が生まれたことも確かである。ここでは大庭文学のさらなる可能性を探る糸口、大庭文学の背景を知る貴重な資料としていくつかの書簡を紹介したい。

野間宏と大庭利雄への手紙

「三匹の蟹」で群像新人賞と芥川賞を受賞した一九六八年、大庭みな子は三十七歳であった。十一歳の時に「ユーゴーを読み非常に感動して将来作家になる決心」をし、さらに「小説を書きつづけることを条件に大庭利雄と結婚」したと「自筆年譜」（『三匹の蟹・青い落葉』講談社文庫、一九七二年）に記している。学生時代には演劇にも情熱を傾けていたが、小説を書きたいという思いは終生変わらなかった。みな子は「私に文学を教えてくれた師がいるとすれば、それは野間宏である。／彼は私に基礎的な文学の読み方を教え、文学の精神、詩というものを教えてくれた人」（第6巻二二三～二二四頁）と語っている。この師と呼ぶ野間宏宛の書簡九二通が神奈川近代文学館に所蔵されている。またみな子は外国に出かけた時など、カーボン紙を敷いて手紙を書いていたようで、下書きも兼ねた複数のノートが残っている。ノートには埴谷雄高、高橋たか子、小島信夫、加賀乙彦、野間宏、サイデンステッカーなどに宛てた手紙文がある。これらの手紙は活字化されていないものもあるが、まずは野間宏との文学的交流を、閲覧した書簡や残されていたノートに綴られていた文章、さらに大庭利雄氏が所有する書簡を織り込みながらみていきたい。

閲覧した書簡のなかで、みな子が野間宏に宛てた最初のものは一九四九年六月二十八日付である。まず「先日は色々御親切に御指導下さいまして有難う御座いました。」とあるが、その内容には触れられておらず礼状の域を出ていない。この時みな子は十八歳で、津田塾大学に入学したばかりである。ちなみに野間宏は既に『暗い絵』『崩壊感覚』『青年の環』を刊行していた三十四歳の気鋭の作家であった。ちなみに野間宅訪問は友人の紹介である。この年の七月五日には静岡で大庭利雄と出会ってもいる（利雄氏とみな子の往復書簡の概要については「第25巻解題」参照のこと）。夏休みで帰省した新潟の実家から野間宏に送った手紙には実家でのこまごました日常生活を綴りつつ「好きな作家のものを系統立てて読めと仰言いましたが」（七月二十四日付）なかなか思うようにいかないと述べている。

一九五一年八月十三日の手紙には、先生の所に伺い始めて三年近くになるが「相変らずぐらぐらして、不安定な生き方」に「憂鬱」だとある。五二年四月十一日付には『真空地帯』を読み、「何処のところで泣いたのかよく思い出せない」けれど、急に迫ってくるものがあり「泣きながら頁を繰って」いた、「はげしい憎悪と愛情がなかったら、ああいうものは書けないと思います」と綴られている。

みな子は五四年五月、雑誌『トロイカ』に随想のような小品「彷徨」を、椎直子の名で発表している。その中にも「私が野間さんに頭を下げるのはその優しさの故である。そして本当の優しさは、はげしい憎悪の中からしか生れて来ない。憎悪のないいたわりは感傷でしかない。」（第23巻四二頁）、と論じている。物事の本質は相反するものを通してしか生まれてこないというこの観点は、大庭のエッセイ集『野草の夢』（一九七三年）に収録されている「なぜ書くか」の中の「美しいということ――、芸術においてこれは何ものにも先行する。もっとも美しいということは必ずしも快いものとは限らない。非常に醜いものの不快なものが美に通ずることもある。」という言葉につながり、「美とは人間が心を動かすもの」（第3巻二〇四頁）と断定する。「美」に感動するから「美」を生みたい、それが大庭みな子の書く理由でもあったようである。

五三年の野間宛書簡は未見であるが、五四年一月一日付の手紙には「何がほんとうの美なのか」、だんだん分からなくなったと語り、「美を創ろうとして醜をつくっているような気がしてなりません。ひとを憎むことだけが毎日のようです。愛することできなくなりそうでそれが一番恐ろしう御座います。」「御作拝見する度に暖かくなります」と記している。さらに一月二十三日付には「先日はお忙しい中色々お教え下さいましたことほんとに嬉しうございました。昨年以来さまぐ〵なことですっかり駄目になりそうです。／どうにかして立ち上りとう御座います。少しも美しくない幻想に閉じこめられ、毎日が怖しう御座います。どうしたらよいのか教えて下さいませ。／同封の詩読んでいただきとう存じます」としたためられている。

野間はそれに真摯に応えている。みな子が分岐点にいることを理解し、「暗い詩」を書いているが、ここを突き抜ければ「芸術家」になれるとエールを送り、苦しみのなかから「出口」を見出すほかないと励ましている（五四年一月二十五日付）。ちなみに同封されていた短い六篇の詩は『錆びた言葉』（一九七一年）に収録された「ジュラルミンの指」（一九五四年）の一部「あなたは／ジュラルミンのような／五本の指で箒を握って／それを川に掃き捨てました」や、「悪夢」（同年）の一部「黒い血の色の／しらみ　しらみ　しらみ（略）一本一本の髪の毛に／メデューサの蛇のように／鎌首をもたげるしらみ」（第17巻二〇～二一頁）に再生されている。

野間の手紙にみな子は、医者に死んでしまうと脅かされるほど体が弱り友達の所から通院している近況を語りつつ、「書けなくなったらどうしよう、と頭が変になりそうです。」「一番苦しいことは一人の人間を通してみた今までの私の美に対する感覚が全く当てにならないものだったということです。」「陰惨な情熱を捨てたい」が、「当分駄目です」（二月一日）と返信している。

ところで、一九五三年三月に大学を卒業したみな子は、この年十二通の手紙を利雄に送っている。秘めた恋心を持ってみな子と手紙の交換をしていた利雄は、彼女にフィアンセがいることを知る。それでもこれからも友人として付き合いたい、という苦渋の決断を下した手紙（「十月二十一日」第25巻二九頁）を送る。みな子の返事は「今も、私の貴方に対する気持は以前と少しも変ってはおりません。今迄、私は貴方とほんとうに自由な気持でお話してきたようでした。そしてそのことはこれからも、続けられていくとすれば幸せなことだと思っております。」と誠実に応えた上で、「結婚してもよいと思っていたひと」がいたこと、さらにその人とは別の「一人の人間を愛する為に自分の情熱のありったけを注ぎこんで」愛したが報われず、今は「毎日がたゞ耐えることの連続」（十月二十四日第25巻三〇頁）

だと記している。利雄はみな子の苦悩を真摯に受け止め、友人として彼女と実際に出会い、様々なアドバイスを行なっている。「僕は貴女が何かクリエートする事を祈って居ます。」「どうか自分を投げ出す様な事はしないで下さい。」（十一月二十四日第25巻三二一頁）と、現在の状況から逃避せず脱出の手段として書くことを勧めている。しかし、みな子からの返事は体が思わしくなく建設的なことが考えられないという弱音が多い。

五四年一月の利雄宛書簡にも野間宏宛と同じように「一番恐しいことは美というものがわからなくなりそうなこと――。おこがましくも芸術を得ようとして、美の本質に対する自分の眼を信ずることが出来なくなったら、敗北です。」「この三日殆ど食事もとらず寝たきりです。私はもういまほんとうに独りきりです。どうして生きていったらよいかわかりません。」とある一方、「それでも死ぬまで斗うつもりです」「私は人間を信じなければならないと思っています。」（二十日第25巻四一一頁）と、健気な姿勢も見せている。さらに二月三日の手紙でも「勢一杯美しく生き度い」「健康になり度い」（25巻四四頁）と、前向きな言葉が綴られている。さらに九月一日の手紙には「あなたが　睫を上げると／野山みんなの芽が　頭を擡げ／裸の光が　踊り始める。……」（第25巻九五頁）とうたう「芽ばえ」というタイトルの明るい詩もしたためられている。

さて、五三年にみな子に起こった出来事は小説の形では『霧の旅』（一九八〇年）の百合枝の学生時代のエピソードとして「七竈」「通条花《きぶし》」に挿入されている。先述した利雄宛十月二十四日の手紙に書かれている二人の人物像は安規夫、遥に投影されている。さらに利雄氏は「事実とはだいぶ離れた想像の世界に漂う」「自伝的な作品」（第7巻「回想解説」四六一頁）として二人の男性との関係を詳述している。また五四年三月四日付野間宏宛の手紙に同封されていた詩は「男に」というタイトルで再生され『錆びた言葉』に収録された後、『霧の旅』のなかで「あなたがたは／遠大な嘘をつく／わたしたちは／すぐはげる／こまごまとした嘘をつく」「そのせいか／わたしたちは／ついた嘘を／片端から忘れてしまい／あなたがたは／嘘をほんとうだと／思い始める」（第7巻一三八～一三九頁）と、主人公百合枝の男へ捧げる言葉として詩われている。

水田宗子氏は、省三（利雄氏がモデル）と結婚して作家になった『霧の旅』の百合枝は「女としての自我と作家としての自我を共存させる道をいまだ見出し得ていない。」（「共生と循環―大庭みな子の〈森の世界〉の変容」第24巻四五二頁）と論じ、『啼く鳥の』（一九八五年）の百合枝において「作家としての自己出産も成し遂げる。」（同四五五頁）と指摘した。水田氏の分析は大庭みな子の小説の足跡を追ったものであるが、それは作家の足跡とも重なっている。一方で、作家になる以前の手紙を追うことは小説の生成過程を照射することにもなると思われる。手紙にちりばめられた言葉や思いがどのように小説に変奏されていったのか。評伝や作家論を編むうえでも書簡は重要なテクストとなるだろう。

書簡からみえる文学への道

一九五四年五月二十九日付野間宏宛には、野間宅でお喋りしたことを書いた後で「全てのことに歩みの遅い私」、「一秒一秒がぎり〳〵音をたてて回転するような世界の中では、私のようなのろ〳〵とした歩き方は容赦なく除外されてしまうかも知れません。」と、社会との歯車がうまく合わない「自分」

について述べている。野間宅を訪問した時に、野間氏に「世界が狭い」と指摘されたようで、「大変世界が狭いのは本当です。けれど若し私が雑に公式的に自分の世界を拡大したら、それは私にとって都合のよい妥協の理由ともなり得ますし、その中から逃れる全てのものが非芸術的な忌わしいものになってしまいます。」と、自分の立場を率直に語り反論してもいる。そして五三年に起った暗い状況からやっと抜け出したようで、「おす、め下さいました中篇は個人の幻滅を描きたいと存じます。」とあり、原稿を書く意志もみせている。

五四年三月二十日付利雄宛の手紙にも「文学なんて、と思うのですが執念深くて仲々止められません。とりつかれたら、魔物みたいなものだと思っています。」（第25巻四八頁）と、断ち切れない文学への思いを語り、「当分書けそうにはありません。随分長く。でもあなたとご一緒なら書けそうな気もします。独りきりではとても書けません。」（八月九日、第25巻八八頁）と、利雄の同道を求めている。二人は様々な紆余曲折を経て五五年十二月四日に結婚する。みな子が実家に戻っていた時の利雄の手紙には「どう見ても炊事から芸術は生れさうもない。」（五五年十月十一日、同二八四頁）、「炊事はサボっても勉強して下さい。」（五五年十月十二日、同二八六頁）。「結婚してからだん〲年が経つと、身体の一部のように君がなって了った。」けれど、それは「物を書こうという君をスポイルするような気がして心配です。」（五八年五月二十五日、同五八九頁）。「僕は君というものを詩とか文学とかそういうものと切離して考えられないのが誇らしくもあり」（五九年一月十八日、同六六八頁）と記し、書くみな子を第一義に置いている。

前述した自筆年譜の「小説を書きつづけることを条件に大庭利雄と結婚」というみな子の言葉は、

書くことへの二人の共感意識から生まれたものであろうか。手紙に書くことによって夫婦の関係も創出されていったのではないだろうか。他者に向けて自己を語る行為がある「事実」となっていく。それはまるで言葉によって空間を生み出す創作行為そのもののようである。そういった意味で、膨大な書簡は習作ともいえるだろう。

結婚後に野間宏が送った手紙は、結婚を通じて創造の世界が広がることを期待する文面となっている。みな子から送られて読んだ作品についても触れられており、「ごてごてした作品」「ねばねばした」作品が「大事だ」と指摘し、そのようなものを書き続けて、その上に「構築された作品」を、たてるのが良いとアドバイスを行っている（五五年十二月十三日付）。野間の言う「ねばねば」「ごてごて」した作品が何を指すのかは不明だが、後の日本の田舎の入り組んだ人間関係や世界全体の不穏な空気を、「産む性」としての女性の身体感覚を軸に幻想的に描いた『ふなくい虫』（一九七〇年）をイメージさせる。

野間宏は群像新人賞の選考委員でもあった。野間は選評で「日本文学の（世界文学のという言葉を当然使ってよいのである）もっとも上質の作品群のなかの一つ」（『群像』一九六八年六月号）と高く評価した。みな子はその「選評」を読み、礼状（六八年五月八日付）をシトカから送っている。しかし、「本当を申しますと、私自身はあの作品はそれ程気に入ったものではなく、ノートもとらずに書いて、気紛れに送ったというようなものですのに、こんな風に皆さまが褒めて下さったりして私はいくらかどぎまぎしております。／今読み返しますと、スケッチ風な線の力はあるところもあるように思われますけれど、何にしても自らのもののことは、あまりよくわからないのです」。次号に出す「虹と浮橋」、「私は本当はこちらの方を余程心をこめて書いたのです。それで、先生に読んでいただきたいと思いお送りしたのでしたが御返事がいただけませんでしたから、がっかりして『三匹の蟹』を書きなぐって出してみたのです。」と、評価に異を唱えるような思いを率直に述べている。

二十代で両作を読んだ私の感想を述べると、ポップな会話と端正な内面描写が交差する「三匹の蟹」より、ある意味「ねばねば」「ごてごて」した作品である「虹と浮橋」（『群像』一九六八年七月号）に深く共感した。もっとも八〇年代以降、大庭作品の「ねばねば」「ごてごて」さは、そう感じさせない軽やかな言葉の展開をみせ、表現空間を広げていくことになる。

響き合う言葉の世界

大庭作品に手紙形式のものは多い。芥川賞を受賞して日本に戻った一九七〇年、『婦人公論』にシトカで暮らした十年余の生活を回想しつつ一九六九年の現在を語る書簡形式のエッセイを連載（一月号〜一二月号）し、それは七一年四月にエッセイ集『魚の泪』として刊行された。利雄氏は『魚の泪』について「日記風なエッセイで「Xに」という手紙形式をとった以外にはほとんど誇張も創作もなく、事実そのものの報告と言っていい。」（『最後の桜』河出書房新社・二〇一二年五月、一八頁）と述べている。しかし、さらに「事象に対する好奇心は明らかにかけている」が、「人の心に関することは見ていないようでちゃんと独特の目で記憶に留めている。」（同二九頁）と記す。「誇張も創作」もないけれど、「独特の目で記憶」されたことを読者ではなく「Xに」と、語る方法。この特定の相手に語りかける形で表現される書簡形式の文体そのものに、現実に交わされる手紙文とは異なる一人称独白の語りという虚構（創作）の方法が組み込まれているのではないだろうか。『魚の泪』は全集でもエッセイに分類されているが、手紙形式のエッセイを装った小説といっても良いように思う。大庭作品は日記、手紙、手記、随筆、小説、詩といったジャンルを超えて展開していくが、その萌芽が『魚の泪』には認められるのである。

利雄氏は『魚の泪』について「日記風」とも語っていた。日記という形式もまた自分の心情を吐露するモノローグでありつつ、書く自分と書かれる自分（他者）のダイアローグでもあろう。国際交流基金による交換教授として一九七九年九月末から十二月初旬までオレゴン大学に滞在した経験をもとに書かれた『オレゴン夢十夜』（一九八〇年）は、日記形式である。この作品について利雄氏は「創作ではあるが日記の形になっているし、登場人物も実在の人物が実名で記録されている。」（『最後の桜』六三頁）と述べ、松岡陽子マックレインは「書かれていることのほとんどが事実だったので、後で同じように感じたスティーヴや良子さんと「創作」だなんて、と笑ってしまった。しかしさすが優秀な小説家、事実にしろ創作にしろ、すべてが面白く書かれていて感心した。」（第6巻「月報」）と語っている。確かに『オレゴン夢十夜』の語り手「私」はみな子を、「夫」は利雄氏を彷彿とさせる。

例えば「電話」の章の「夫は私以外のものには全然興味がないと言い、何もせずに、朝から晩まで私にまつわりついていさえすれば決して退屈しないなどと妙なことを言って私を虐める。」（第6巻三八九頁）という箇所は、かつてみな子が利雄氏に送った手紙の内容とは反転している。

一九七〇年三月、みな子はシトカから日本に戻る。利雄が帰国したのは四ヶ月後の七月。わずかな期間の別れではあったが、二人の間で頻繁に手紙が交わされていた。「あなたのことばかり考えて暮らしています。」（四月十八日、第25巻八四七頁）。「あなたがいるからと思い、それだけで生きているような毎日です。（略）あなたがいなければ仕事もなにも出来ないし、する気もおこらない。よく、世の女流作家が一人で暮して、一人で書く気になるのが不思議です。／わたしはもう何も書く気になれず、あなたが商売を始めるなら、その店番でもします。」（四月二十九日、同八五一〜八五二頁）。「あなたが居なければいったい何のために生きているのかわからない。」（五月十日、同八五六頁）。「あなたのことばかり考えて暮しています。あなたが居なければ、とても生きられない、他に何があっても生きられない、あなたは必要条件です。だから、私を生かそうと思ったら、どうかそばについていて頂戴、わたしの生存はあなたにかかっています。」（六月四日、同八六二頁）。

小説の中の「虐める」というのは逆説的な表現なのか。八〇年に刊行された『オレゴン夢十夜』の「私」と夫との関係は、七〇年四月の往復書簡から見るみな子と利雄氏の関係とは反転しているようにも見える。もっともさらに十年前に利雄に送った手紙（一九五九年一月十七日）には、『嵐が丘』のなかのエミリィの言葉「彼は私なのだ」を取り上げ、それはつまり「恋は同化することだ」と書かれていた。「少女の頃から私はこのエミリィ程の情熱家だと己惚れていました。」（同、六六八頁）とも記していた。

小島信夫は『オレゴン夢十夜』の「私」に注目して、「私」を次のように語っている。

彼女（大庭みな子・引用者注）はアメリカのオレゴン州に出かけて行く。彼女に似た文学者「私」が夢のありかを求め確認しに行く。（略）

しかしこれは「私」なのだろうか。「私」を置いてきたのか、持ってきたのだろうか。（略）

「私」はオレゴン州で、夢にあわせながら「私」を生きてみせるという離れ業をやらせるほかに「私」を清潔さでもってみる方法はない。「私」はそこで日記ふうに生きる。(略)「私」がこんなによく分る小説はめったにない。
(「本　生きた小説」『新潮』一九八一年二月号)

小島の「「私」を置いてきたのか、持ってきたのだろうか。」という指摘は、その後の大庭文学の流れを理解するうえで重要である。「私」は作家大庭みな子にも、作中の「私」にも、そして作中の夫にも成れる「私」である。敷衍すると〈だれ(なに)にでも成れる私〉の創出、ということになろうか。つまり『オレゴン夢十夜』は、「事実」と「創作」という範疇を超えたのである。三浦雅士は「文学史に則った論を展開することがまるで無意味なのではないか」「詩とか小説とか批評とかいった区分などつい最近の夢まぼろしにすぎないといった感想を抱いてしまう。」(「解説　永遠の男女」『オレゴン夢十夜』講談社文芸文庫・一九九六年一一月)と語っている。三浦の言葉は近代文学のタームでは名づけることのできない文学が出現したことを示唆している。それは「書くことによってはじめて発生」(『私という現象』冬樹社・一九八一年一月)する「私」という概念に通底する。他者に向かって自分のことを書く、手紙という形式が「私」の創造の源になったといえるのではないだろうか。

最後に利雄氏の「誓約書」とみな子の「遺書」(写真版/一一八―一二二頁)についても触れておきたい。手紙以外で重要な二つのテクストだと考えられるからである。以下に「誓約書」と「遺書」の全文を示す。
「私が萬一他の女と寝た場合には殺されても/一切文句を言いません。/利雄/昭和四十二年四月

廿九日／You may kill me if I slept with another girl.／Toshio Ohba」

みな子の小説の登場人物のエピソードでもあるかのような文面である。利雄がトロントに出張に行く前日のもののようである。

「遺書」は訂正の跡がある短めのものと、小さな巻き紙に丁寧に書かれた長めのものが残されていた。両方を挙げる。二つとも一九八六年十二月十二日の日付があるが、長めのは封筒に入れられ表に「遺書」、裏に日付と名前が記されていた。こちらが正式のものであろう。

「此の世に生き長らえる／ことで死を深めたく／ありません。命を断ち、／新しい芽の中にかたちなく生き続けること／にします。／死後の原稿の発表は／一切しないこと。／葬儀、供物、墓は不要。／骨はシトカの海に／機会があったら撒いて／下さい。／文芸家協会に／百万円寄付のこと。／一九八六年十二月十二日／大庭みな子」

「この世に／生きながらえる／ことで死を／深めたく／ありません／命を断つことで／永遠に生きる／ことにしました／今後は／新しい芽の／中に生き続け／ます／死後三十年を／経て発表する／ことと明記／した以外の／原稿は／焼き棄てる／こと／葬儀、墓は／不用。／骨は機会があれば／シトカの海に／撒いて下さい。／大庭みな子」

遺書に関しては利雄氏も何の心当たりもないという。どう読み取っていくかは、今後の課題である。

大庭利雄自筆誓約書（みな子宛）

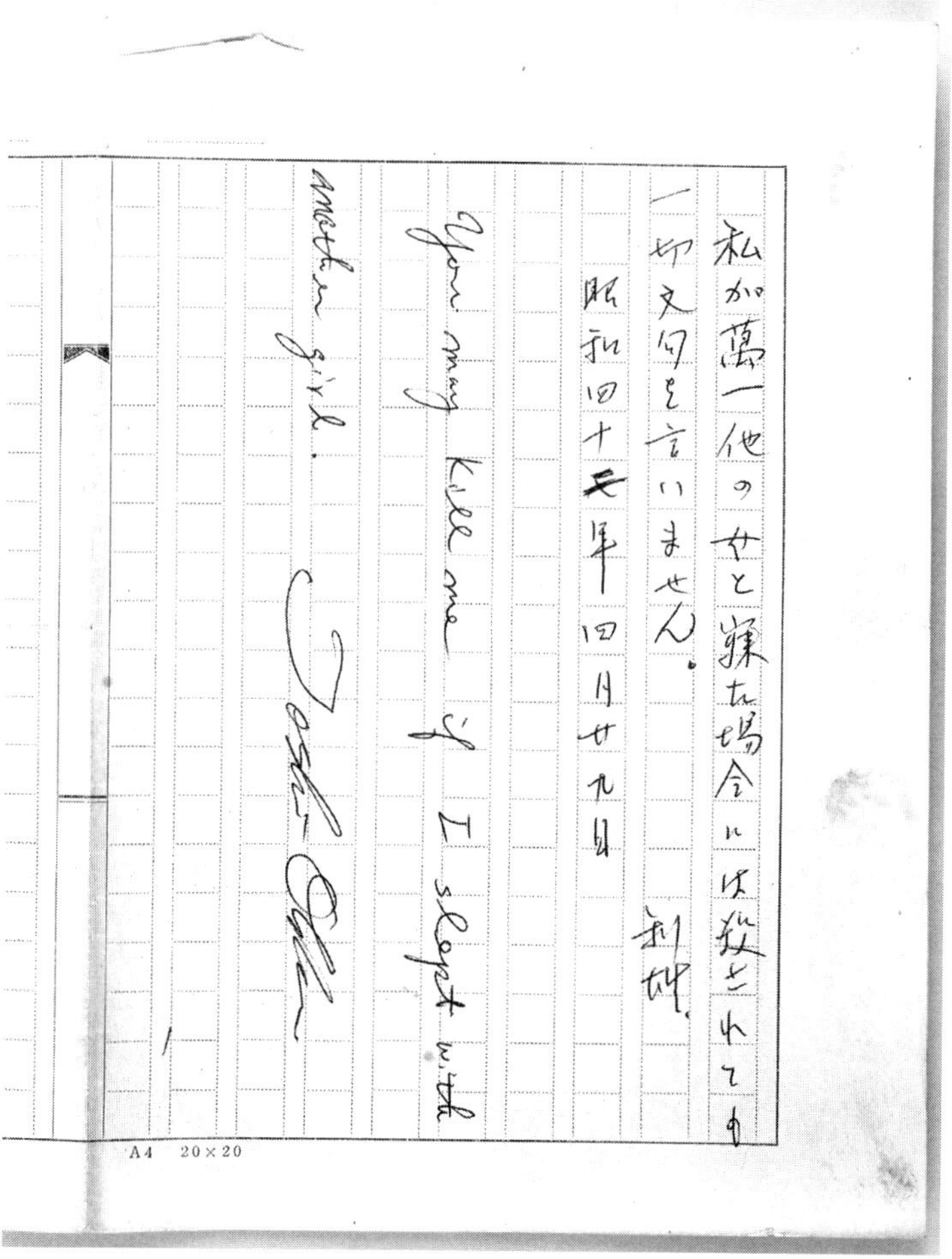
私が萬一他の女と寝た場合には殺されても
一切文句を言いません。
利雄
昭和四十七年四月廿九日

You may kill me if I slept with
another girl.

A4　20×20

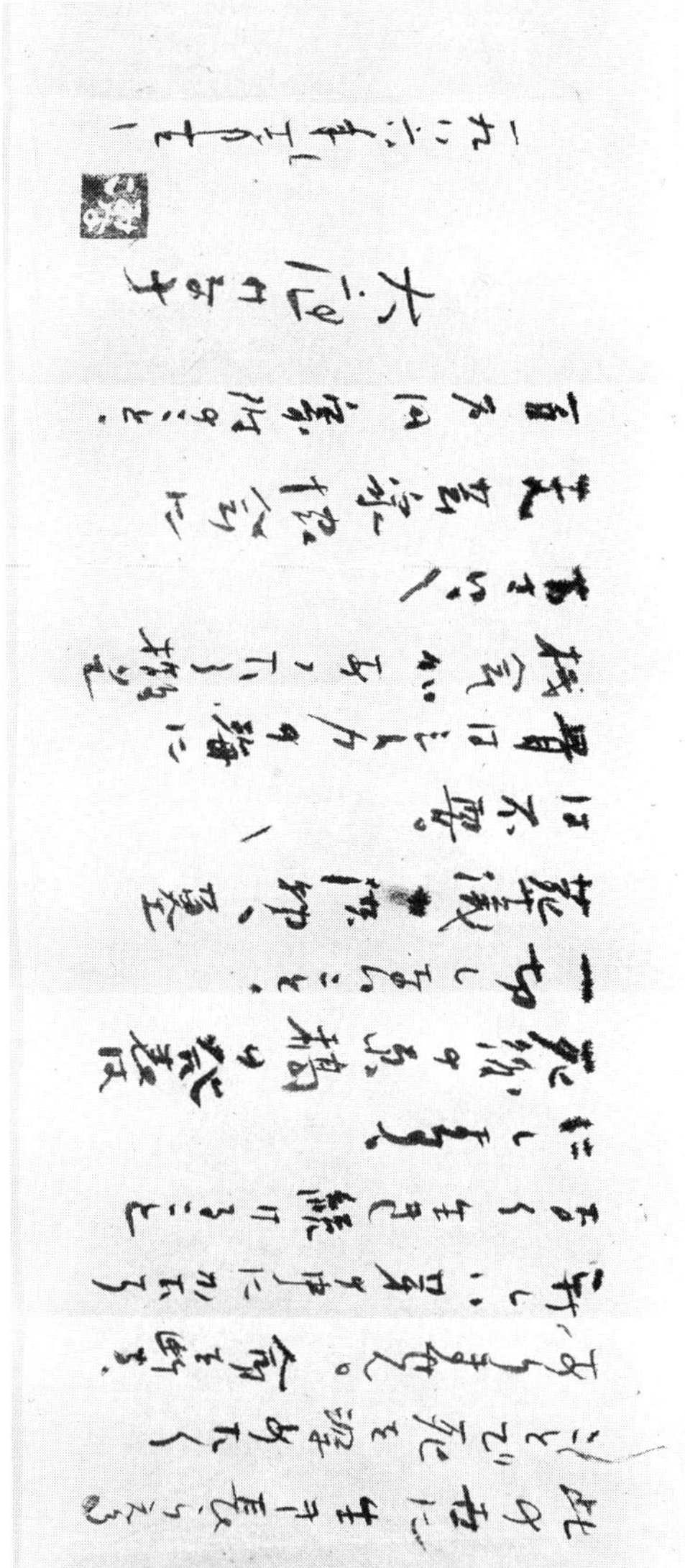

大庭みな子自筆遺書（その一）

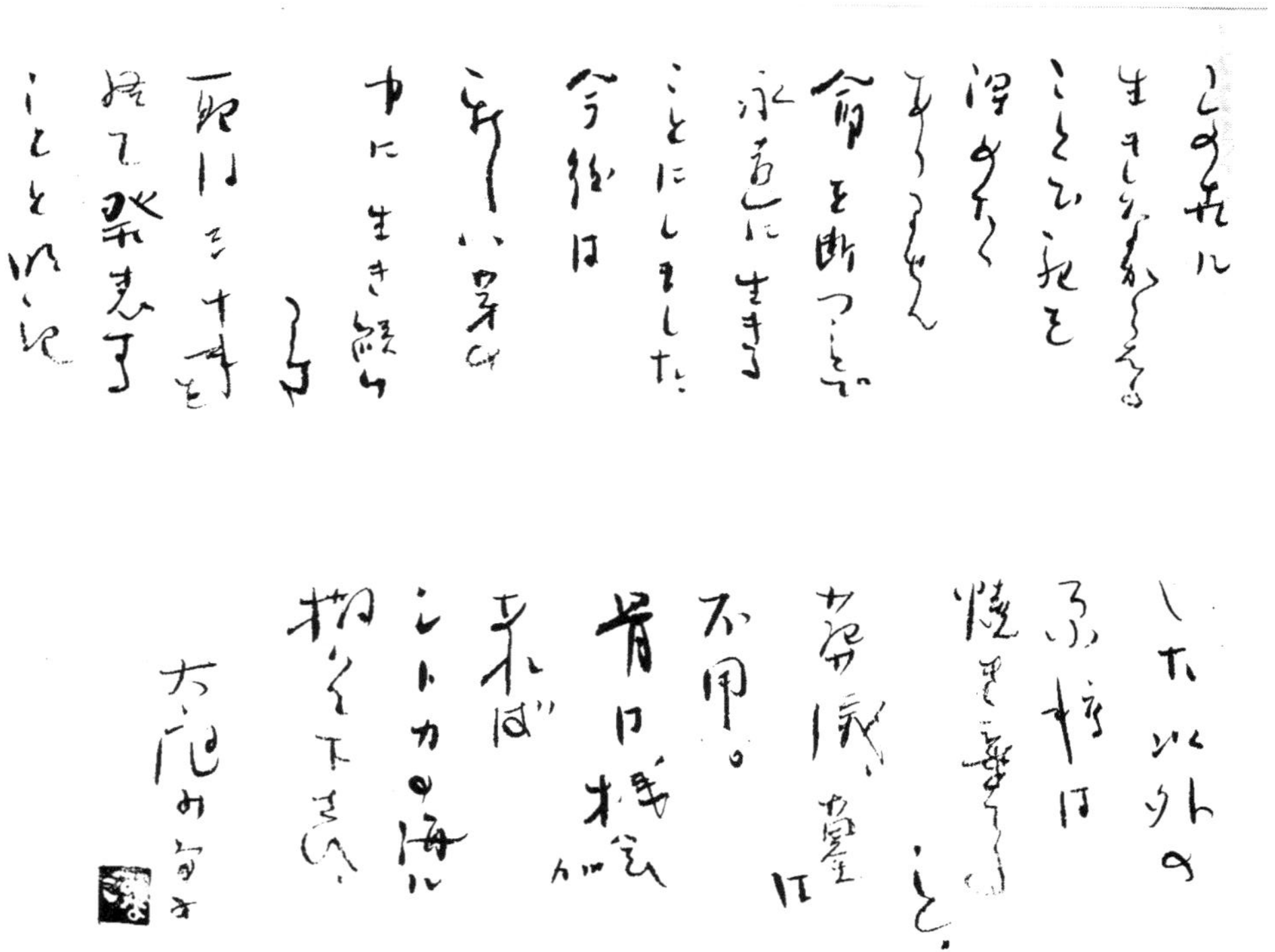
こわれ
生きしかばねとなる
ことで死を
汚したく
ありません
命を断つことで
永遠に生きる
ことにしました
今後は
新しい宇宙の
中に生き続け
ます
一部は三十年を
経て発表する
ことを記
した以外の
ものは
焼き捨てること。
葬儀、墓は
不用。
骨は機会が
来れば
シトカの海に
撒いて下さい。
大庭みな子

大庭みな子自筆遺書（その二）

遺書の入っていた封筒

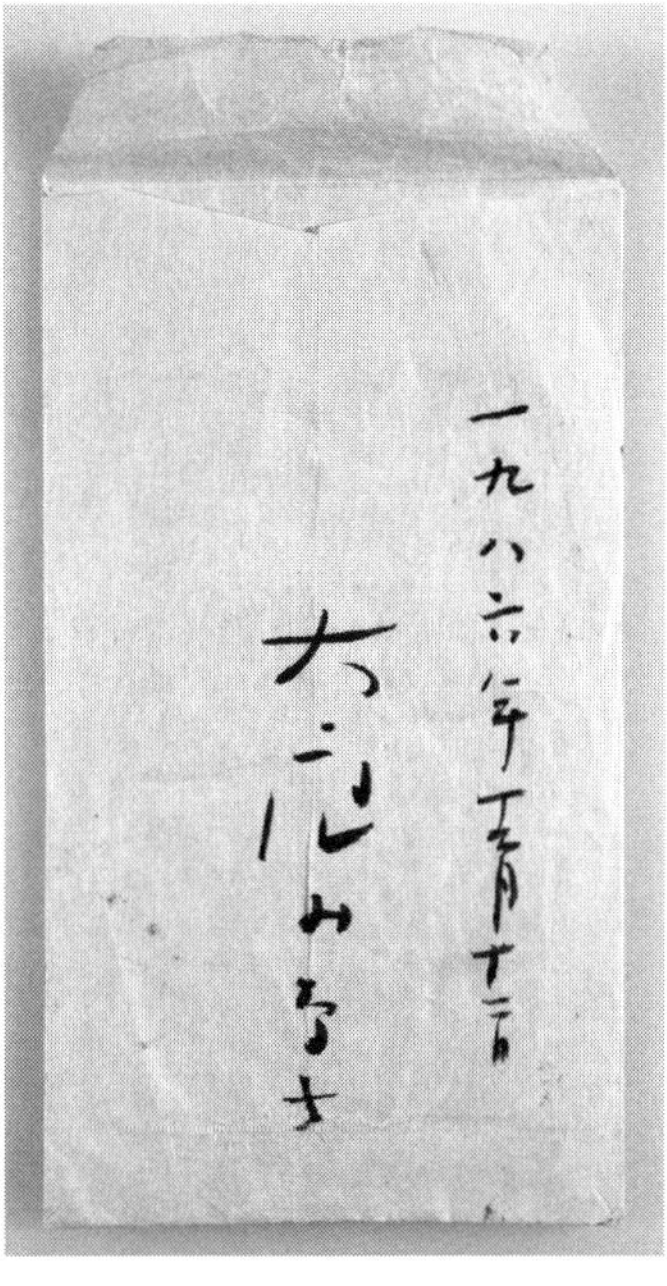

「誓約書」と「遺書」の掲載については利雄氏の許可を頂いた。誓約書が書かれたのは昭和四十二年（一九六七年）四月二十九日、みな子三十六歳、利雄三十七歳の時である。利雄は四月三十日にトロントに到着した旨の手紙（日本経済新聞社版全集第25巻）を送っており、出張前日にしたためたようである。

「遺書」は訂正の跡がある短めのもの（その一）と、小さな巻き紙に丁寧に書かれた長めのもの（その二）がある。両方とも一九八六年十二月十二日の日付があるが、長めのものは封筒に入れられ表に「遺書」、裏に日付と名前が記されている。みな子五十六歳の時である。

大庭作品をめぐって

『ヤダーシュカ　ミーチャ』論

羽矢みずき

1

小説『ヤダーシュカ　ミーチャ』（講談社　二〇〇一年五月）は、随筆集『雲を追い』（小学館　二〇〇一年二月）に続けて発表された。

これらの作品は作者が一九九六年の夏に脳梗塞の病に倒れる以前から執筆され、その後は夫・大庭利雄氏の協力を得て口述筆記で完成させた作品群である。

『雲を追い』では、作者が興味を持った歴史上の人物や、学生時代の思い出、アラスカで出会った友人との交流などが夢の中の出来事のように語られていく。この作品では、この題名に決定した理由が書かれているが、季節ごとに姿を変える雲に「雲の魂」を見出す作者は、「どこから雲が湧くのか、どこに消えたのか、しばらく雲を追うことにしよう」という決意を持ってこの随筆を始めている。様々に形を変える雲も実は形のない「ただの霧」であり、「何かの形に見える不思議さは、人間の姿そのものと重なる」として、脳裏に浮かぶ多くの人々との消えては浮かぶ出会いの記憶を追い求める構成になっている。

加賀乙彦は、『雲を追い』の連載途中で「雲は病床からの景色」になったことを指摘しているが、病床という場を得て作者のイメージはさらに変幻自在の雲のように広がりをみせる世界へ飛翔していくのである。


半身が不自由になり、二十四時間フルタイムの第二の蜜月時代に入ってしまえば、そこには世間とは隔絶した小さな世界が生まれる。杜詞や未無や奈児という固有名詞は一般には通用しないだろうが、それはもう我々の世界ではどうでもいいことで、我々の関係は「連れ合い」でも「夫婦」でも何でもない、ただトシとミナコの関係であり、その名前以外には表現のしようがないというのが結論である。

（大庭みな子「杜詞と奈児」『雲を追い』小学館　二〇〇一年二月　七四頁〜七五頁）


大庭みな子・利雄夫妻が互いを「奈児」と「杜詞」と呼びあうようになったのは、夫の利雄氏の仕事で一九五九年から一九七〇年までの一一年間をアラスカ州シトカで過ごしたことに理由がある。長い外国生活で、互いを名前で呼び合うことが習慣化したのだという。

しかし、この特別な呼び名が単に習慣化したという以上の意味を持つことは、同書を読み進めるうちに明確になっていく。この呼び名は、病に倒れ半身が不自由となった作者と介護する夫の利雄氏とが構築する「世間とは隔絶した小さな世界」において、二人をより密接に結びつける役割を果たしていく。夫に介護される時間を「二十四時間フルタイムの第二の蜜月時代」と表現し、口述筆記という作業を通して生まれる濃密な時間は、すべてのしがらみから解き放たれたひと組の男女の姿を浮き彫りにする。

闘病生活の中での口述筆記の作業について、「失せた記憶を杜詞が読んでくれる当時の日記に耳を傾けながら、寄せ集め、その当時をもう一度生きる気分にもなる」（『雲を追い』）という作者の実感は、利雄氏の語りが新たな物語を生産し、本来の語り手である大庭みな子が聞き手という新たな役割を担っていたことを示している。大庭みな子と利雄夫妻の分身である奈児と杜詞は、夫妻の語りから紡ぎ出される夫婦のあり方を作品世界において体現していく存在なのである。

2

『ヤダーシュカ　ミーチャ』は、アラスカで奈児と杜詞夫妻が知り合ったポーランド人の夫婦との関わりを幻想的に回想する「ヤダーシュカ」（『群像』一九九六年一月）、「ミーチャ」（『群像』二〇〇一年一月）などの作品と、それとは対照的な奈児と杜詞の穏やかな日常を描いた「ある正月」（『新潮』二〇〇〇年六月）、「新潟」（『新潮』二〇〇一年二月）などの作品とで構成されている。

これらの作品では、奈児の故郷である新潟を二人で訪れ、美しい自然を満喫しながら旧交を温める。旅先でも続けられる杜詞の献身的な介護の姿が、故郷の持つ包容力と重なり、作品を読む者に安心感を与えていく。作者の脳裏に浮かんでは消える漠然とした人や物が、語られることで明確な形を与えられていく面白さが読み取れる。

一方、穏やかな夫婦関係とはかけ離れた一面を、短編・随筆集『風紋』（新潮社　二〇〇七年八月）にみることができる。この書に、大庭みな子は作家小島信夫に対する思いを書いた。「生涯人間のことを考え続け、人間の心理の不思議さに捉えられ、その心の動きの妖しさを追い続ける態度は世俗を超越」し、「ひたすら彼独自の文学を追い続けた」として高く評価したのだ。この評価について世間から「小島信夫氏へのラブレター」だと囁かれ、口述筆記をしている夫の感情まで推し量られたことが、巻末に収録された大庭利雄氏による「おかしなおかしな夫婦の話」に書かれている。

時にはみな子の幸せのためには他の男に任せて自分は身を引くべきかと散々悩みぬいたこともあるが、幸いにみな子の選択はこちらに向いたので利雄はそれだけで満足であった。やがてそれは「そうだ、みな子を望むとおりの自由な世界に泳がせよう」という決意に変わり、自身は暴れん坊の孫悟空を手の平に乗せて泳がせよう、もし觔斗雲に乗って他の男のところに移ってしまっても、そのときはそのときのことだと腹を決めればいい、自分はじゃじゃ馬馴らしに徹しようと、今みな子が彼岸で聞いたら腹を立てそうな傲慢ともいえる心境になった。（略）「利雄が浮気をすれば刺し殺す。しかし、みな子には自由を与えよ」という不平等条約（本書一一八頁参照―羽矢註）にサインさせられる結果となった。以後みな子は時には自由の世界を旅したこともあったようだが、利雄に報告にない旅はしなかったと信ずる。そして彼女の取材の旅の相手をさせられた方にはご苦労様でしたと感謝したい。

（大庭利雄「おかしなおかしな夫婦の物語」前掲書　一四四頁）

利雄氏が自ら「世間の常識を離れた」夫婦関係だと表現するように、夫の恋愛は許さないが妻である自分の恋愛は認めよと望む「不平等条約」を結ばされたのにも関わらず、利雄氏は妻を自分の掌の上で奮闘する「孫悟空」に例えて慈しんでいる。さらに「本当はもっとみな子を、利雄が本気でハラハラするような、空想でもいい、妄想でもいい、非日常の世界に飛び回らせてみたかった」という一節には、切ないまでの妻への愛情が読み取れる。

ヤダーシュカとミーチャという名のポーランド人夫婦との恋愛を介在させた不可思議な関係も、「利雄が本気でハラハラする」「非日常の世界」で展開されたことのようだ。妻の恋愛を「旅」だと理解し、その「旅の相手」にも感謝する利雄氏の寛容さに、「世間の常識を離れた」夫婦という像が浮かび上がる。

みな子の方は「貴方はどうして嫉妬《やきもち》を焼かないの、愛情がないからじゃない」と責め、「私が浮気するのは貴方を妬かせるためにしているの」そして「貴方は私の浮気を楽しんでいるんじゃない」とエスカレートするが、馴れ合いの夫婦は危険な状況になることなくこんな会話を交わしていたものだ。利雄にもみな子の旅の報告を楽しむ心理もあったことは確かであるし、みな子に言わせればグルの夫婦関係が成立したようだ。

（大庭利雄「おかしなおかしな夫婦の物語」前掲書　一四五頁）

深く理解し強く結びついて歩んできた夫婦ゆえに起きる「馴れ合い」という現象。利雄氏が自分たちを「馴れ合いの夫婦」と断言して静観しているのとは対照的に、大庭みな子は「馴れ合い」の関係に陥ることを愛情の不在として恐れ、常に夫の愛情を確認していたいという願望に駆られていたのではないだろうか。

病に倒れたみな子の記憶の中から立ち上がらせた『ヤダーシュカ ミーチャ』は、現在と過去の空間を自在に結びつけることで成立した。回想によって浮かび上がる過去の夫婦関係は、口述筆記という特殊な形態により現在の時間の中で共有されていく。

妻の不自由な半身そのものになり、献身的に尽くす利雄氏の行動には、夫婦という関係性における本質が映し出されているといってもいいだろう。しかし、みな子は病に倒れてもなお、常に利雄氏の愛情の深さを確かめることに情熱を傾けていた。

ミーチャと奈児の恋愛関係を許容する杜詞。しかし、その関係に対して死をもってミーチャに罰を与えるであろうヤダーシュカ。そのヤダーシュカの行動を確信するミーチャ。複雑な感情が交錯する四人の関係を、三〇年以上を経た現在の時空に口述筆記という形で炙り出していく。一見穏やかな介護に見える二人の時間は、現在に至るまでの夫婦の歴史を明らかにすることに費やされスリリングな時間を内包しているといえるだろう。

3

大庭みな子の初期の作品には、ウーマン・リブ運動が盛んになっていた時代状況を背景とした芥川賞受賞作品の「三匹の蟹」(『群像』一九六八年六月)がある。また、「海にゆらぐ糸」(『群像』一九八六年一〇月～一九八九年九月）にも、一九五〇年代のアラスカのセント・ミカエルで、離婚後一人で子どもを育てるシングルマザーが登場し、結婚という制度から自由な女性の姿が描かれていた。「未開の人種達の間では自然界の木とか草とか、山とか谷とか、動物に人間の同化した生活感情ともいうべきものがあり、お互の間の意志の疎通は信仰に近い形で信じられている」（「三匹の蟹」）というように、人間の生活が自然と融合し一体化するという古くからの信仰を持つアラスカの地が、人々との国境を越えた交流を実現させ、主人公の夫以外の男性との恋愛を「自然」に生じた出来事として形象化させた神秘的な場所として描かれている。主人公奈児も時代の新風と無縁ではなく、夫との関係や結婚という制度の有り様を改めて問い続けていた。

利雄氏は回想のなかで、長年にわたり親交を持ったヤダーシュカ・ミーチャ夫妻について語っている。

「ヤダーシュカ」の口述に入ったのは発病後二年近く経って病状も安定期に入り始めたところであった。ヤダーシュカ・ミーチャ夫妻はもうこの世にはいなかったが、「私が書いておけばあの人たちはいつまでも生きているのよ」と言って、この世で識り合った人たちの話しを活字にすることを決め、口述を始めた。

（大庭利雄「回想解説16〝不思議な脳〟が生んだ終末期の作」

『大庭みな子全集』第16巻　日本経済新聞出版社　二〇一〇年八月　五一〇頁）

利雄氏によれば、「他国の侵略を繰り返し受けた歴史の犠牲者のポーランドの人々」であるヤダーシュカ・ミーチャ夫妻は、「複雑な心の襞の多い人柄」で文学にも造詣が深く親交を重ねたとある。また、大庭みな子には「〝識り合う〟と書きたくなる人」という区別があったとされ、この夫婦もその中に組み込まれる人々だったとされている。

わたしたちがあんなふうに近づき合ったのは、あなたはワルシャワで、わたしはヒロシマで壊れてしまった街を、地球の裏と表でそれぞれに見て、すっかり気が滅入ってしまっていたからです。「百三十万あったワルシャワの人口のうち八十万人が殺されたんだ。一九三九年のナチの侵入から四四年までの間に」

あなたが怒鳴り、わたしは、「ヒロシマでは一瞬のうちに二十数万が殺されたわ」と怒鳴り返したのが、わたしたちの最初の出会いでした。

殺された数を張り合うことで、滅びた街の風景を語り合うことで、わたしたちは識り合ったわけです。

（大庭みな子「柳の下」『淡交』一九七九年六月　一三三頁〜一三四頁）

ヤダーシュカ・ミーチャ夫妻は〈ワルシャワ蜂起〉に参加し、収容所に送られるなど死と背中合わせの状況を生き抜いてきた夫婦だった。極限状態をくぐり抜けてきた体験を共有する二人は、〈別離〉が死を意味するほどの固い絆で結びついていた。

この夫婦と大庭みな子を結びつけたのは、やはり戦争の記憶だった。第二次世界大戦下の広島に投下された原子爆弾がもたらした惨状を体験していたみな子は、このポーランド人夫婦と「「絶望」を共感した」のだと利雄氏は回想する。

私たちとの間にどこまで真の理解が進んだか自信はないが、ポーランド訛りの英語と日本語訛りの英語の会話は骨が折れることは確かだったが、言葉の底にある何かが通じる会話が存在していたようだ。

（大庭利雄「回想解説7　妄想と想念の混在した自伝的作品」『大庭みな子全集』第7巻　日本経済新聞出版社　二〇〇九年一一月　四六六頁）

互いに英語という外国語を駆使して交流をしていた状況から、「言葉の底にある何かが通じる会話」の「存在」を利雄氏は実感している。言語の不自由さや文化的な違いを克服した二組の夫婦の結びつきが、より堅固なものになったことは想像に難くない。『ヤダーシュカ　ミーチャ』の執筆によって、彼らを「いつまでも生きている」状態にしたいという作者の願望には、この夫婦との絆が存在していることがわかる。

作家増田みず子氏は『ヤダーシュカ　ミーチャ』について、「思い出の人々と奈児夫婦との関係は、病んだ奈児の脳を通過することによって、奇妙に開放的で性的なものへと変質している」とし、さらに「奈児は、人と接するに、ぞんざいではいられないのだ。だからこそ、遠い過去の人間関係を反芻して、それを丹念に練り直し、濃密な人間関係の物語に仕立て直すことは、現在のありあまる時間を大切に利用することになるのだろう」（増田みず子「本　大庭みな子『ヤダーシュカ　ミーチャ』」『新潮』二〇〇一年九月）と述べている。病床にある作者が、かつて「識り合った」友人との関係を語り直すことは、単に記憶を呼び起こすことだけに留まらず、そこに新たな物語が誕生することを予感していたに違いない。

4

夫の杜詞はヤダーシュカの夫ミーチャと同じ職場の技術者であった。「長い間西と東の大国に挟まれて苦難の道を歩んだポーランドの宿命に鍛えられたミーチャの感性は、虐げられて来た日本の女性の立場に耐えがたかった若いナコの心をくすぐる」（「ミーチャ」）ものがあったと記されている。しかし「奈児はヤダーシュカが好きだった。だからヤダーシュカの夫も好きだった」（「ヤダーシュカ」）という一節に明らかなように、奈児の愛情はヤダーシュカに向けられていた。

ヤダーシュカは初めて奈児の心を強く惹きつけたのだ。研ぎすまされた感性とすぐれた理解力で知的、芸術分野で奈児をはっとさせ続けたし、家政のあらゆる細部にわたってヤダーシュカは女の平均の能力をはるかに凌いでいた。（「ヤダーシュカ」『ヤダーシュカ ミーチャ』五七頁〜五八頁）

主婦として女性としての高い能力の他に、優れた感性と理解力を持っていたヤダーシュカは、奈児の憧れであり尊敬の対象となった。戦争の悲惨な体験を共有したことも奈児をヤダーシュカへと向かわせた。ミーチャとの恋愛も、その恋愛自体に目的があったのではなく、ヤダーシュカとの一体化を望んだ結果生じた出来事であった。

杜詞が決して自分を殺したりはしないだろうということが奈児には一番の不満だった。わたしはいつでも杜詞を刺すことができる、と奈児は思い続けてきたし、実際そう言って杜詞を脅かしたことは何度かあった。（「ヤダーシュカ」『ヤダーシュカ　ミーチャ』五二頁）

杜詞は奈児を自由に行動させ、いついかなるときも妻を受け入れる寛容さが愛情表現だと考えているが、その一方で奈児はそんな杜詞の愛情のあり方に苛立っていた。ミーチャが奈児との情事の後に言った「ヤダーシュカは俺を絶対に許さないよ。俺は間もなく殺される」（「ヤダーシュカ」）という言葉から伝わるヤダーシュカのミーチャへの執着と愛情を、奈児は杜詞に求めたのだった。ミーチャとの恋愛は、奈児にとって尊敬するヤダーシュカとの一体化と、杜詞との関係を強化するために必要だったのだ。

ミーチャもまた、奈児との関係をどこまで現実的に受け入れていたのだろうか。

ミーチャの母親はドイツ人でマルガレーテという名前だった。最初の恋人はイタリー人でマルガリータという名前だった。それ以後気に入った女はみんなマーガレットとか、マルグリートとかいう名前で、その愛称であるペギーだのペグだのマージだのという呼び方をするものもあったが、どれも皆英語でいえばマーガレットのことだった。（「ミーチャ」『ヤダーシュカ　ミーチャ』七五頁）

ミーチャが奈児を呼ぶ「マーガレット」という呼称は、奈児がミーチャを取り巻く多くの恋人たちの一人に過ぎないことを物語っている。女性として、また共に苦境を生き抜いてきた同志として特別な存在なのは、ヤダーシュカ一人であることをミーチャは知っていた。奈児とミーチャの関係はあくまでも夢の中のこととして語られ、ミーチャはパートナーであるヤダーシュカの存在から離れて自分を語ることはできないのである。

奈児がヤダーシュカを想起した契機となったのは、知人から貰ったポーランド人形だった。

奈児はヤダーシュカには殺されても仕方がないと思うことがよくあった。今人形のヤダーシュカを枕元に座らせて寝ているが、その編み上げのブーツを履いた足で毎晩耳の上を蹴られている。蹴られながらもっとひどく蹴るがいい、踏みつけにするがいいと奈児は思った。

（「ヤダーシュカ」『ヤダーシュカ ミーチャ』五二頁）

病床にある奈児は、三〇年の時を越えて毎晩ヤダーシュカからの責めを繰り返し受ける。奈児の耳に聞こえてくるのは、ヤダーシュカの「嫌な女。汚らしい女」という声だった。憎しみに満ちた声を聞きながら、「踏みつけにするがいい」と開き直る奈児だが、自分の眼の中に、「ヤダーシュカの大きな眼がはまり込んで身動きできない恐怖」を感じ取っていく。

奈児とミーチャとの関係は、憧れのヤダーシュカとの「同化」と、杜詞の嫉妬心を煽り夫婦の関係をより強固なものにしたいという奈児の願望によって実現したものである。結婚という制度や女性のあり方を捉え返す風潮に後押しされた奈児の大胆な行動は、三〇年以上を経てヤダーシュカの幻影によって断罪されるのである。ヤダーシュカへの謝罪は、ともに作品を制作する最愛の夫利雄氏へのメッセージにもなっているのである。

作品の最後に「世の中は　夢かうつつか　現とも　夢とも知らず　有てなければ」という小野小町の歌が引用され、「あってないようなもの」（「ヤダーシュカ」）に思える過去の時間は、「幻の人影がちらちら動く馬鹿げた影芝居のようなもの」（「ミーチャ」）であり、さらには「人生」は「取りとめもない細切れのお話し」（「ミーチャ」）なのだと結論づけている。

現実世界と幻想的な世界の境界を自在に往還する作品の魅力は、大庭みな子の作品の本質的な部分である。自然との共生や異国の人々との交流など、〈境界〉を無化していくことをテーマにしてきた作者は、『雲を追い』で「夢」が自分にどのような作用をもたらしたかについて語っている。

夢とは、あらゆる可能性を秘めた若い時代には何ともロマンチックで、心をときめかす響きを持っているが、何十年も生きたいまになれば、夢は過ぎ去った思い出そのものでしかない。病床の中で見続けた夢は生の続きでもあり、過ぎて行ったものを懐かしむ以外の何物でもなくなってしまったようだ。

（「夢かうつつか」『雲を追い』一三〇頁）

作者が見た夢の多くは「アラスカの夢」であり、アラスカでの一一年の生活は「私たちの青春であり、人生の主要部分」であったという。病床での『ヤダーシュカ　ミーチャ』の制作は、まさしく夫婦二人の「人生の主要部分」を確かめることであり、夫と二人で「生の続き」を紡ぐことであったにちがいない。

コンピューターの前に坐って奈児のうわごとを書き起こしている杜詞の背中を見て、奈児は日夜寝たきりの時を過ごしている。これは奈児の現実である。だが、杜詞の書き起こしている奈児の内部世界は夢のまた夢であろう。うつつと夢のまた夢は因縁と縁起に連なる妄想の動きで新たな妄想を展開しているものだろう。しかし、それらはすべて空で、ありもしないものだろう。
（「唐人さん」『ヤダーシュカ　ミーチャ』一四五頁～一四六頁）

『ヤダーシュカ　ミーチャ』は、奈児と杜詞が生きた世界を、大庭みな子と利雄夫妻の記憶によって新たに創り出した作品である。奈児とミーチャの背徳行為についても、奈児の苦悩や葛藤などの現実的な部分は排除され、幻想的な世界のなかに描き出されている。過去の記憶をめぐって、本来語り手である大庭みな子が利雄氏の聞き手にもなり、また聞き手であるはずの利雄氏が語り手になるという新たな語りの形態は、過去の記憶を〈夢の中の出来事〉として生まれ変わらせていく。

変わらぬ愛情を注ぐ利雄氏によって語られる妻の「内部世界」は、自在に飛翔し豊かな広がりをみせる。口述筆記という形態で、記憶を語り直す過程を〈物語化〉することこそが、病に倒れた作者大庭みな子の新たな試みだったといえるのではないだろうか。

変身する身体、越境する主体——「ろうそく魚《キャンドル・フィッシュ》」を手がかりにして

エマヌエラ・コスタ

はじめに

本稿では『海にゆらぐ糸』（講談社、一九八九年一〇月）に収録されている「ろうそく魚」（『群像』一九八六年一月号）をめぐって、作品における越境とアイデンティティについて考察する。作品において変身はとりわけ重要な役割を占め、良妻賢母思想の規範を超える方法としての隠喩でもあり、国民国家と単一言語イデオロギーを超える隠喩でもあると考えられる。そのため、作品における変身と越境の関係に焦点を当て、ジェンダー、移動、言語に対する意識がいかに形成されていくのかを明らかにしたい。

1　大庭みな子作品における多様な移動——放浪、帰国、往還

大庭みな子文学は様々な境界を超えていく。大庭自身は一〇年以上アメリカに住み、二言語の中で

生きつつ作品を執筆しており、作品の中でも移動する行為、多文化の中で生きる経験をしばしば描写する。デビュー作「三匹の蟹」（『群像』一九六八年六月号）を皮切りに大庭文学において移動は重要なテーマとして取り上げられ、多様な側面から描かれる。特に、初期作品において移動の描写は放浪としての移動が多く、中期作品において移動は帰国という形をとっており、後期作品においては往還として描写されていることが多い。

例えば、初期作品に目を向けると「三匹の蟹」、『がらくた博物館』（文藝春秋、一九七五年二月）における主人公は自分の国を離れて異文化と接触しながら、自分はどこの国でも放浪者でしかいられないという認識に辿り着くものとして描かれている。大庭文学の中で転換点となった中期作品である『浦島草』（講談社、一九七七年三月）における移動は帰国と旅としての移動である。主人公達は二国の文化を生きることによって自分が浦島太郎のように異邦人だと感じる一方で、自分の中に生きている両方のアイデンティティ、つまり日本と西欧の文化的なアイデンティティを両立させる道を模索している。また、後期作品においては大庭がリアリスティックな描写に超自然的な世界イメージを重ね、神話的な創造にたどりつく。後期作品で描かれる移動は往還であり、アメリカと日本の地理的境界とともに、過去と現在、現実と夢の境界を越えていく移動である。この往還物語の形をとっている例として「ろうそく魚」が挙げられる。アラスカを舞台とする『海にゆらぐ糸』は七篇に構成されたオムニバス作品であり、大庭の自伝的記憶からインスピレーションを得て、日本人である語り手が久しぶりにアラスカを訪問したことをきっかけに、そこに住んでいる人々や昔の友達との出会いの記憶が物語系として絡み合う。

「ろうそく魚」において、語り手でもある主人公「わたし（百合枝）」は主婦をしながら作家のキャリアを目指す女性である。「家庭内の役割」から逃げられない「わたし」は、夫と娘の世話でしか自己表現できないため、夜になると山姥の姿に変身することを夢みる。山姥になると月子という女神のような人物と出会い、彼女と朝まで話したり、互いの精神的な傷を慰め合ったりする。月子も実はロシア系アメリカ人のオリガという人間であり、主人公がアラスカに暮らしていたころの友達であった。オリガも「わたし」と同じように期待されていた「よい妻と母」としての義務を果たそうとしていた。しかし、結局は夫からの暴力が理由で離婚してしまい、また子供たちも反抗し、家出してしまうという辛い経験をしてきた。物語はアラスカに住んでいたころの「わたし」とオリガとの日常生活の記憶や幻想の世界を舞台としながら、女性のセクシュアリティ、母性の体験、ドメスティックバイオレンスといった問題を取り上げ、友情や競争心を通して登場人物たちの複雑な関係を描写していく。

既に述べたように、作品におけるテーマは大庭文学の代表的なものであるが、初期作品に底流するニヒリズムに対して、『海にゆらぐ糸』におけるアラスカは「違和感」を引き起こす「異国」への移動ではなく、自己と他者の関係性を捉えつつ、生命の矛盾と複雑性を考える場であり、そして死のために用意された場になる。水田宗子氏が指摘するように後期作品におけるアラスカは「原初的な生の営みの場、生と死、夢と現実、他者と自己、今と昔、此処と彼処、意識と深層、語ることと沈黙の間の区別があいまいとなった、生命の共生と循環の場」（『大庭みな子　記憶の文学』平凡社、二〇一三年五月、七五頁）である。

さらに、後期作品はユーモアに溢れており、江種満子氏によれば、中期作品における人間が内包する根源的な苦悩と欲望の暗い影が薄くなり、「大庭みな子は『浦島草』に、ヒロシマ、アラスカ（アメリカ）とともに、小作争議の新潟も織り込み、それら人生最大の重荷を言葉の世界に託してから、急速に軽やかになった。いわば〈軽み〉のある世界が拓かれる。その代表として『寂兮寥兮』、『海にゆらぐ糸』がある」（『大庭みな子の世界 アラスカ・ヒロシマ・新潟』新曜社、二〇〇一年一〇月、二三八頁）。この〈軽み〉は様々な形で作品の中で浮かび上がるが、特にユーモアとジャンルの曖昧さはこのオムニバスの特徴である。なかでも「ろうそく魚」において取り上げられているテーマはジェンダー役割、暴力、異文化接触と異文化コミュニケーションの困難さという複雑さを有しており、海外を舞台にした作品の集大成的な役割を果たしていると思われる。また、羽矢みずき氏が述べるように、作品が発表された一九八〇年代後半は、男女雇用機会均等法が施行され、作品は発表時の社会状況を反映していると考えられる（「解題」『大庭みな子全集』第12巻、四九九頁）。しかし、前期と中期作品に比べて、後期作品において大庭は経験した記憶と想像の世界を巧みに横断するといった作品制作の方法を取り、リアリズムに基づく描写の限界から解放されたといえるだろう。次に挙げるこの作品が発表された当時の対談などからわかるように作家たちは、幻想的な小説、リアルな小説、私小説といった様々な解釈を提示した。

三枝　対話があるようでもあり、モノローグでもあるような、奇妙な雰囲気を持っている小説として読みました。

高井　僕は、幻想味というのはそれほど感じなかった。むしろ大変リアルな小説と思いました。

三枝　私はそのリアルなところを、とても幻想的に読んだんです。（略）大庭さんの小説は、この前の『啼く鳥の』もそうなんですけれども、わかりやすくなったというのではないが、何かイメージが一つクリアになってきたという感じがあって、この小説もそうです。（略）

高井　これは私小説で読んでいいんだろう。

三木　そうだろうね。

（三枝和子、高井有一、三木卓「創作合評」『群像』一九八六年二月、三一六頁）

この作品において大庭はジャンルの境界線を越えていったといえるが、この越境的な試みはジャンルのレベルだけではなく、隠喩の選択にも見られる。主人公たちの変身を婚姻制度や良妻賢母のイデオロギーを超えて行く方法として読み、「ろうそく魚の言葉」という隠喩も国語を超える方法として読むことで、作品における様々な越境のあり方とその可能性を明らかにしたい。

2　越境する身体――変身物語としての「ろうそく魚」

「ろうそく魚」において主人公は眠れない夜に自分が山姥になり、昔付き合っていた友達オリガと再会し、オリガも女神のような姿に変身するという夢をみる。変身のイメージは大庭が愛読したカフカ、アンデルセンの作品、民話や能の影響を示す一方で、大庭独自の書き直しにもなっている。[1] Meera Viswanathanが「山姥の微笑」（『新潮』一九七六年一月号）を分析することによって明らかにするように、大庭の山姥は「様々なヴァリエーションを持つ山姥伝説の全ての局面が呼び戻されている。（略）作家はまず、古典的な山姥物語を語り直すことから始めている。（略）大庭の物語が進むにつれ、ある根本的核心が一層顕著に認識される」（「山姥探訪——女性の抵抗をめぐって」『山姥たちの物語——女性の原型と語りなおし』學藝出版、二〇〇二年三月、一六二—一六三頁）[(2)]。

同時に、変身はアイデンティティの概念に密接に結びついており、自己は他者にもなる行為を意味する隠喩として考えられる。『海にゆらぐ糸』というタイトルに暗示されるように、オムニバスに登場する人々は重層的な時間の流れの中で様々な関係を作り、その狭間でアイデンティティの揺らぎを経験する。山姥に変身する欲望はアイデンティティの揺らぎを象徴し、両義的イメージを持つ。

山姥の両義性に関しては、水田宗子氏が「里」に住む女と「山」に住む女といったカテゴリーを通して説明している。水田氏は、「里」の女は家族に属し、妻の役割を持ち、子を産み育てるという「里」のジェンダー布置の中で生きており、「山」の女は「里」に住まず、「里」の規範から外れた生き方を送っていると述べ、大庭みな子の山姥には、この両方の意識が共棲しているという点を強調する。

> 山での一人暮らしを夢見る人間嫌いの女と、人の心の奥まで読んで夫や家族に尽す女。女はその両方の世界を棲み家として、心はその間をめぐりつづける。それは長い間、家族という制度の中で自我の発露を絶たれ、社会から押し付けられた役割を生きなければならなかった女の姿なのである。
>
> （水田宗子「山姥の夢——序論として」『山姥たちの物語』學藝書林、二〇〇二年、二八頁）

この指摘には「ろうそく魚」において水田が論じる山姥の特徴が明らかに見られる。「わたし」は社会的なアイデンティティを持ち、妻や母としての役割を積極的に果たしているが、心の底では世間の偽善に耐えられなくなって、自分は原始的な自然の世界に戻りたいという気分になる瞬間もある。

夜、眠れなくて、独りで目醒めていると、いつもやって来て、にっと笑う人がいる。その人は月色の着物を着ているので、わたしは月子と呼ぶことにしている。月子は薄赤い着物を着ていたり、乳色に滲んだような着物であったり、くっきりとレモンのような姿であったりする。雨の夜のむくげの花の色、蒼ざめた夕顔の花の色、春先の猫柳の銀色、そのときどきでさまざまに変える袖をなびかせて、月夜の入江に押し寄せるろうそく魚の背に乗ってやってくる。ろうそく魚は、ちぷちぷと音を立てて、入江にいっぱい小波をひろげながら月夜の晩に忽然とあらわれるろうそくほどの細い小さな魚だ。（中略）月子があらわれそうなとき、わたしはいつも山姥になっている。山姥は白銀の髪を薄《すすき》の穂のようになびかせて、山を走っている。（三五九頁）

変身のプロセスは主人公を解放する効果があるが、彼女の不安感の表れでもあり、主人公の恐ろしい面を明らかにする。**Linda Flores** 氏によれば、作品において女性の身体は主体性と母性との関係に光を照らすトポスとして使われており、山姥への変身は女としての成長の困難な過程を描く隠喩だと論じられている（"Writing the Body : Maternal Subjectivity in the Works of Hirabayashi Taiko, Enchi Fumiko, and Ōba Minako"、Ph.D. dissertation, University of California Los Angeles、――２００５年）。特に、男性の性器を食べるという山姥の欲望には男性を食い尽くすという意味だけでなく、抱く、包み込む、または覆い隠す意味も暗示する。(3) つまり、山姥は過剰なセクシュアリティ（男性を去勢する欲望）を持つと同時に母としての心情も持つ。以下の引用から明らかになるように、山姥は若い男を食いたいという気持ちとともに裸になった男の姿が可愛らしいという印象も持つ。

逃げるのは、いつも若い男ときまっている。若い男は着ているものを次々にはいで、逃げながら、山姥に投げてやる。山姥というものは、人の投げ与えるものを、なんでも拾ってむさぼり食うからだ。山姥がかがんでそれを食べている間に、男は逃げる時間を稼ぐことができる。若い男はなにもかも脱ぎ去《す》てて、とうとうしまいに胴巻だけになってしまう。心臓の部分にずり上がった胴巻をしっかりかかえて、若い男は逃げた。

何かわからないが、胴巻にくるんだものをかかえて裸で逃げる若い男の後姿は愛らしかった。しかし、山姥には、その胴巻にくるんであるものこそが、是非ともひきむしってでも食べなければならないものだった。それを食べて生きのびるのが山姥なので、それをひきはぐので山に追いやられて棲まなければならないのだ。（三五九―三六〇頁）

さらに、大庭作品において秩序から排除された山姥は不潔なもので、Julia Kristeva が提唱したアブジェクトという概念と共通していると Flores 氏は論じている。アブジェクシオン（abjection、おぞましさ）という言葉はフランス語の abject（アブジェ）から派生した言葉で、分離するためにそこに投げ出したという本来の意味で使われている。クリステヴァは abject ということばと object（オブジェ、客体）

と組み合わせて、アブジェクシオンという用語を用いている。この概念は主体と客体の未分化な状態に関わっており、人間が母子未分化な状態から主体として確立していく過程と密接に結びついている。なお、アブジェクシオンは二つの意味を持ち、「禁忌しつつも魅惑される」という意味と「棄却する」という意味も表すため、アブジェクシオンとは、身に迫るおぞましいものを棄却しようとしている一方で、その棄却されたものが自分にとって実は身近なものであったという意味作用を持つ。したがって、自分の中にあるものを追い出すこと自体をおぞましく思っているというニュアンスも表す。[4] クリステヴァによるとアブジェクシオンは嫌いな食物、汚物、体液、死体などに対するあいまいさと嫌悪感としてあらわれる。

「ろうそく魚」の「わたし」は母親や妻として保護者的な養育者的な役割を果たし、命を授ける者でもあるが、山姥になるとまったく正反対のものになり、男性を殺し、人を喰う者に変身する。

山姥は山の中腹につき出た切りたった崖の上に腰かけて、男の屍を頭からかじり始めた。それもまた何の味もなかった。唇の両脇からたらたらと血が流れ落ち、猫が鼠を咬み砕くような、ばりばりと骨の壊れる音が谷に木霊した。(二六〇―二六一頁)

山姥は男性の陰茎を喰い、血と接触し、死体を食べてしまうが、これはクリステヴァが論じるアブジェクシオンの経験に当てはまる。つまり、山姥と化した「わたし」は、クリステヴァがアブジェクシオンの例に挙げたもの(食物としての陰茎、血という体液、そして男の死体)を示している。

月子もまたアブジェクトとして考えられる。月夜の入江に押し寄せるろうそく魚の背に乗ってやってくる月子は、母性の象徴である。彼女の描写に関連している月と海のイメージは女性の生理周期を示唆し、彼女の服の色のイメージ――時には血のように赤く、また牛乳のように白い――も乳や生理を暗示している（「雨の夜のむくげの花の色、蒼ざめた夕顔の花の色、春先の猫柳の銀色」三五九頁）。これらは女性の生殖能力のイメージとして解釈できる。

その音が谷を渡ると、必ず月子がやってくる。（中略）
月子は突き出た崖の上に腰かけて男を喰っている山姥を見下ろし、ろうそく魚のように笑う。

（三六〇―三六一頁）

他方では、月子も「幽霊」であるため死者の世界に属するともいえ、山姥と同じように不潔な死体と関係している。月子は山姥が食う男性の骸骨や血などを見ても衝撃を受けることもなく、むしろ快楽（jouissance）を感じているかのように微笑しながら山姥の姿をじっと眺める。

このように身体の変身は山姥や月子の主体の破壊を示し、彼女らの居場所の不安定さを暗示する。夫や子供のために力を尽くしてきた愛情深い女性である「わたし」とオリガは現実の境を超え、身体の境を超えることによって暴力的に振る舞う恐ろしいものになるが、家制度に縛られない存在のあり方も示している。

3　山姥と月子の絆――クイア・リーディングの試み

　さらに注目しておきたいことは、日本に帰国してしまう「わたし」とアメリカに残っているオリガが、変身によって山姥と月子の形で出会うことができ、特有のコミュニケーションの場を作ることもできるという点である。「わたし」が経験している母や妻の生活に対する不満や異文化で感じた違和感を克服することは山姥への変身だけで解決することはできないと「わたし」は悟る。月子と逢うことができるからこそ新たな存在の可能性を見出すこともできる。男性を喰う女性である山姥になって、男性との権力関係が逆転したとしても主人公の男性に対する憎しみが和らぐことはない。「山姥は湿った埃の団子を呑み込んで悲しくなった。滲み入って拡がる味があるわけでも、充ち足りた感じがあるわけでもなかったからである」（三六〇頁）が、山姥が食べている音を聞くと、月子は必ずやってきて、崖の上から男を喰っている山姥を見下ろし、ろうそく魚のように笑う。この場面から月子は、山姥を慰める役割を果たし、女性同士による、女性同士のための快楽空間を内包している、と解釈したい。

　この点は山姥が登場する他の作品と比べると面白い。山姥の隠喩は大庭の他の作品にも現れ、多様な意味を持つが、たとえば『浦島草』における山姥（冷子）は自分の欲望に応えるために、他の女性を敵にしつつ、社会的なアイデンティティをあきらめてしまう人物として解釈できる。「山姥の微笑」における山姥は犠牲者としての山姥である。この作品の主人公は娘と夫のために自分を捨ててしまい、山姥の姿に戻ることを目指すが、山姥に戻ることは家族から離れて死ぬことと同義とされている。しかし、「ろうそく魚」においては主人公が現実の世界と夢の世界を横断することによって、家庭内でのアイデンティティを持ちながら、山姥の自由な世界を夢見ることもできる。それによって、女性を敵にする必然性もなくなったことが山姥の描き方の差異として表れているのではないか。この意味で山姥と月子との関係は一種のクイア関係として考えていきたい。[5] ここで言いたいのは山姥と月子との関係がレスビアン関係であるという意味ではない。[6] 本作は山姥と月子との友情を通して家族規範から逸脱した女性の関係のあり方を描写し、女性同士の絆の中でヘテロノーマティヴな「結婚」や「家庭」以外の自己表現の可能性を示して行く。前述したように主人公は山姥に変身し、月子となったオリガと再会し、妻や母親としての不満を和らげるが、オリガもまた主人公との関係の中で成長し、新たなアイデンティティの可能性を探る。「わたし」とオリガはお互いに応援し合いながらも、「わたし」は自分の能力が劣ると感じたり遠慮したりもしている。たとえば音楽家である前夫に傷つけられたことで、芸術家の性格に敏感となったオリガから「碌でなし」というような批判を向けられること、あるいは彼女の期待に応えられないことを恐れ、「わたし」は自分は作家であることを告白しないようにする。そして、過去を振り返る語り手「わたし」は次のような感覚を持つようになる。

実のところ、わたしはオリガが隙あらばわたしの額に貼りつけようとしている「碌でなし」のラベルを拒絶する理由もないのだが、また初めからあっさりと拒絶してしまうのは、むしろオリガをがっかりさせるのではないかという憐れみもあった。(三七七—三七八頁)

しかし、作品の末尾においてオリガはもはやオリガではなく、月子になったと述べられ、主人公が

「『あのラベルを貼るお仕事は辞めちゃったの』」と尋ねると、「ラベルはみんな落としてしまったと月子はろうそく魚の声で言った。乾いたろうそく魚が、ぱっと炎を上げて燃え、額の巻毛が月に光った」（三八〇頁）と終わる。良妻賢母規範そのものについて疑問を持ち続ける「わたし」と、離婚して子供に否定されたオリガは変身によって現実を超えて幻想の世界へ往くことで、婚姻という枠からはみ出る、そこで性のみに固定されない内的欲望を見出していく空間をつくっている。

人はいつも、手の届かないところにあるものを夢みる。夢は現実にないものだ。昔、見つめていたもののところに帰りましょうと言えば、夫はではそうしようと言うかもしれない。だが、それでは困るのだ。また同じことが始まるだけだ。
わたしはまたべつのものを夢に見始めるに違いない。（三二六五頁）

ここで示されているのは夢見ることは欲望を持つということであり、それは大庭みな子における根本的テーマである。この点に関して、大庭文学で語られている欲望には二つの側面がみられると与那覇恵子氏が論じている。それは、本能としての欲望と「箱を開けようとする好奇心」という表現から読み取れる「文化的存在である人間の欲望」であり、この二つの側面は互いに密接な関係を持つと与那覇氏は指摘する。大庭みな子におけるエロスについて与那覇氏は次のように述べる。

大庭文学を豊穣に彩る男と女のエロス、性愛の横溢は、生物である人間の本能としての欲望の象黴といえるだろう。（中略）さらに大庭文学に頻出する世間の常識や結婚制度に縛られない男女の関係や作品全体に偏在する近親相姦の影は、人間の欲望を見極めるための装置といえる。（『後期20世紀女性文学論』晶文社、二〇一四年四月、一三七頁）

大庭文学において欲望は人間の根本的なエネルギーとされる。人間は生きている限り欲望を持たないではいられないため、これは規範のライフサイクルに固定されないものであり、「ろうそく魚」の主人公も欲望が常識や結婚制度に縛られないものだという意識を持つ。別の場所に身を置いても、結局夢見ること、つまり欲望から逃げられない。ただ、社会制度からはみ出る複雑な欲望の側面を経験できる場、常識や結婚制度を超えられる場は山姥と月子との世界にあるのではないか。

大庭文学における欲望は主に男女関係をめぐるものであるが、「ろうそく魚」において女性同士との関係を肯定的に描いている点は興味深い。先述したように、この点において本作は山姥をモチーフにした大庭の作品の中でも独自の存在となっている。『浦島草』においては様々な世代が登場するが、女性が性的な欲望を満たすことによって自分のアイデンティティを確信するため、それぞれが周りの女を敵にし、「山姥の微笑」において主人公は最終的に娘や夫とのコミュニケーションは誤差や誤解を生むものとして考え、一人で山の世界に戻りたいという気持ちを抱く。『浦島草』の冷子は山姥のイメージが重ねられた女性だが、性的な欲望を満たすことによってしか自己のアイデンティティを確信できないため、他の女性を敵とする。また、この作品は様々な世代の人間が登場するが、冷子よりも若い世代の女性たちもまた、互いを敵として意識する。母親と娘の女性同士の連帯は可能性として担保されるにとどまっている。しかし、「ろうそく魚」においては社会的に期待されている役割に抵抗する主人公たちがむしろ女性間の関係の中で妻や母の役割に留まらない可能性を見出し、山姥と月子との関係は「わたし」とオリガそれぞれの国籍、人種、ジェンダー、国語を超えた関係であり、複数の欲望を抱ける関係、多様なアイデンティティを可能にする関係だと考えられる。作品における主人公達の関係を社会が作り出す「規範」に対して対抗力を持っているテクストとして読むクイア的な解釈も可能だろう。すなわち、「わたし」とオリガという人物を通して、ジェンダー役割や「女たちによる交通」(traffic in women)(7)に基づく社会の機能を内面化した場面を描写するとともに、排除された気持ち、男女関係、母娘関係に留まらない繋がりを山姥と月子の関係を通して暗示しているのではないか。

4 国籍を超えるコミュニケーション——「ろうそく魚の言葉」の隠喩

日本からアラスカに移り住んだ「わたし」は異国の社会状況や文化の中に異質なものとして置かれ、足場を失ってしまい、それまで自明だと思っていた認識を揺さぶられるという経験をする。良妻賢母のイデオロギーに対して不満を抱きつつ、主人公は別の水準にある「母」なるもの、つまり「母語」に対する意識をも変えていく。「言葉の奥にあるものを手探りすることに集中した、人生の最も重要な時期だった。わたしはその民族のとりきめである言語の法則を全く無視したところで語る以外に、彼らと語り合う術はなかった」(三六五頁)と述べる主人公はそれまでと同じ身体、同じ自己を生きながらも、自らを縛る「母語」や「文化」を超え、異国でコミュニケーションの壁を乗り超える方法を探る。異言語の狭間に生きるというテーマは大庭文学の中で重要な課題であり、多くの小説とエッセイで問題にされている。

たとえば、既に取り上げた『がらくた博物館』や『浦島草』において、バイリンガルである人物や自分で使用言語を選ぶ自由を主張している登場人物が現れる。しかし、『がらくた博物館』においてはロシアから移民してきたマリアという人物は変な英語しか話すことができずに疎外され、彼女自身もロシア語を懐かしさに彩られた言葉として思い、英語に対する違和感も強く感じる。なお、日本から移民したアヤという人物は日本人である前の夫に裏切られたため娘に日本語を教えないようにする。つまり、夫への復讐に言語を武器として使っている登場人物である。また、『浦島草』における夏生は二言語使用者であることによって通訳の仕事ができ自立しているが、その反面、混血児であるからこそ疎外され、コミュニケーションの壁を意識しており、英語に対してアンビバレントな感情をもつ。「ろうそく魚」においても「わたし」は自分の英語能力について悩みを抱きながらも、言葉を失った経験によって新たな想像力の道を切り開く。「わたし」とオリガとが親密になるのは二人ともチェーホフの『三人姉妹』(一九〇一年)を愛読しているという理由もあり、[8](作中ではオリガが住んでいる家から〈三人姉妹《スリー・シスターズ》〉という山が見えると語られている)オリガの自己犠牲的、勤勉な性格はチェーホフの作品に登場するオリガと共通点もあるが、オリガと「わたし」が感じる言語に対する認識の揺れが背景にある。この認識の揺れは、作家としての主人公の誕生に興味深い役割を果たしているにちがいない。日本に帰ってからも、「わたし」は次のような感覚を持ち続ける。

今では英語も聞こえなくなった代りに、登場人物の喋っている言葉が果して日本語なのかどうか判然としないところがある。それは、まあ、わたし流に言えば、ろうそく魚の言葉といった方がふさわしいのだ。そして、オリガもオリガと呼ぶよりは、月子と呼びたい気持なのだ。（三六二頁）

変身を通して主人公たちは身体的なアイデンティティとともに言語的なアイデンティティも変えて、国籍、言語、民族を超えたコミュニケーションを経験できるようになる。「ろうそく魚の言葉」という隠喩はこの越境的な感覚を内包すると考えられる。

ろうそく魚の言葉といったのは、月子もわたしもいつの間にか、それぞれが生まれたときにつけられた名前を失い、国籍を失い、国語を失い、国籍を持って国語を持っている人間の耳ではよく聞き取れない、けれど確かに聞こえる国籍不明の言葉で喋っているからだ。ろうそく魚は海を渡って、どんな国の渚までも泳いでゆけるからだ。（三六一頁）

『ろうそく魚』における「国語を越える」行為は自分の生まれた国の歴史や習慣を拒絶するという意味ではなく、昔から伝承されたものと現代社会の新しい文化や異文化から受けた影響などを受け入れながら、文学の「普遍的」な意味を見出していく、また異言語との出会いを通して「言葉の奥にあるもの」を発見していくことを示す。これは大庭文学における重要な課題であり、小説だけでなくエッセイなどでも取り上げられている。大庭は日本語に対して誇りを持っており、自分が日本語に執着しているということをエッセイや対談などで述べている。たとえば越境作家であるリービ英雄との対談で大庭は言霊の概念について考察しながら、日本語の美しさや、言葉の超越的な力、いわゆる「言霊」への憧れについて話しているが、大庭が指摘している「言霊」は、言霊の国としての日本という意味より、むしろ言語が持っている固有の豊かさ、語り口、思考のリズムなどを重要視する意志を表すといえる。言い換えれば、他の言語より日本語のほうが優れているという意味ではなく、各国の言葉が豊かな文化や思想を背負っているからこそ、人間は母語に執着する必然性を感じる傾向があるということだ。これが愛国主義の枠に当てはまらないことは大庭が述べていることから明らかである。李良《イヤン》枝《ジ》との対談「湖畔にて」(『フェミナ』一九九〇年四月)で、次のように述べている。

李　日本語の素晴らしさを考えたりはしませんか?

大庭　もちろん愛情はありますが、わたしはナショナリストではないのです。(略)同じ日本語を使うにしても、何十世代も日本にいた人と、あなたとでは、感じ方がどこか微妙に違うと思うのです。その微妙な違いというのが、むしろ道案内なのではないでしょうか。(略)あなたが国語というものに執着するのは、国語がその国の暗号みたいなものだからであって、でも結局は、その奥にあるもののほうが大切なのですね。(略)もしも暗号だけで、ほかのものが何もなかったら、たとえば翻訳された文学などは、意味を失ってしまうでしょうね。もとの言語のリズムとか、美しさとか、メロディアスなものが失われたら、文学の価値はないとおっしゃる方もいますもの。にもかかわらず、ドストエフスキーだって、トルストイだって、翻訳にはロシア語の美しさはないかもしれないけれど、やはり心を打ちます。そこには必ずしも言語の持つ音、メロディアスなものとか、リズムとかだけには限らない、何かがあるでしょう。

（『大庭みな子全集』第21巻、三四八－三五二頁）

ここで大庭は国粋主義的イデオロギーを批判し、言語に対する保守的な立場に対して、時代とともに日本語の変化も認めることによって文学の豊かな価値を追求できると指摘している。一方で、大庭と李は経歴も異なり、育った環境や社会的な背景も異なる。在日問題にも注意する必要がある。在日作家の中で李良枝のように日本生まれ、日本育ち、日本国籍を持ち、日本語を母語としている場合もあるが、そうでもないケースもあり、日本人作家と在日韓国人作家というカテゴリーは単純に区別して線引きできないはずだ。さらに、大日本帝国時代には朝鮮半島が日本に支配されており、日本語を母国語として押し付けられたことは重要な点である。

大庭の場合は異国での経験はある種のエリート経験として考えられ、移動制限がなく、政治的・経済的理由にもとづいて移住しているわけでもないため様々な自由を持っていた。したがって、大庭にとって英語は足し算的な言語習得として考えられるが、多くの在日作家にとっては母語ではなかった日本語が母国語になり、言語習得は自由な行為ではなくむしろ強制であった。そのため、日本語の内側に位置するのか外側に位置するのか定かではない場合は、言葉が道案内の道具になるよりむしろ、差別を作るものになる恐れに注意しておくことが必要である。つまり、大庭の「国語を超える」「言葉や国籍を超える」概念は、言語を自由に習得権利があるという前提から成り立っているもので、この前提がなければ、その概念の限界が見えてくると思われる。

今や、国民国家論の限界や歴史認識の再考などの問題を考えることは越境文学を含めて、現代文学研究の一つの大きな課題であるが、大庭みな子が生きていた時代の歴史・文化的な背景を考えると、大庭文学は示唆に富んだものとして考えられる。

大庭はエクソフォニー、つまり母語以外の言語で書く体験はないが、小説やエッセイでも翻訳について考察し、母語と外国語の間に見出された空間を描いている。これは現代の越境文学との共通点だといえる。『私のえらぶ私の場所』（海竜社、一九八二年七月）に掲載されているエッセイ「言葉への飢渇」で大庭は、日本の外に出て、言語の狭間に生きることは、言葉の機能と役割を考える意識が強まる機会であり、文学に大きな可能性を与える経験であると述べている。

今まで考えもしなかった日本語の意味が日本の外に出たとき初めてわかることのいかに多いか。そしてまた幾分は憶測できるように思える外国の言葉と母国語のはざまにあるものが、いかに大きな可能性として目の前にひろがってくるか。その特定の言葉にならない部分こそが、想像力の源泉であり、「力と希望を孕んだ」ものなのである。

（『大庭みな子全集』第8巻、二〇〇九年一二月、四一〇–四一一頁）

さらに、英語の童話やJames BaldwinとMargaret Meadの『怒りと良心――人種問題を語る』（*A Rap on Race*）という対話集を翻訳した大庭は、翻訳の役割と困難さについての認識も深めた。「文章のどんなわずかな間隙にも入り込み、その壁を押しひろげて、書き手の内面から、日本語であらためて考え直す仕事は、普通の読書では得られない、その作家への親近感を呼び起こすものなのだ」と述べ、さらに「翻訳という仕事は、その作家の心の中にはいりこむ仕事であって、（略）ある意味で他人の戯曲をしゃべりながら舞台の上で演じる役者の仕事に似ている。また、作家とは人間の共通な想いを自分の言葉で表現する、つまり文学とは人間の詩的感動を人間の言語に翻訳することだと思っている」（「醒めてみる夢」『大庭みな子全集』第6巻、日本経済新聞出版社、二〇〇九年一〇月、一四二―一四五頁）という。この文章から読み取れる翻訳文学に関する大庭の考察は深い。ここで大庭は、書くことはある種の翻訳のプロセスであり、作家自身は翻訳家でもあると述べている。また翻訳の作業は隠喩として作家の声に取り憑かれる行為であり、翻訳することはパフォーマンスであると暗示している。大庭は翻訳者の積極的な役割を認識している。すなわち、翻訳が非常にダイナミックな行為であり、母語に対する新しい感覚を身につけるチャンスを与えながら、違う言語で書かれた文学にも影響を与える力を持つと述べているのだ。「初めもなく終わりもなく」（一九八二年）というエッセイにおいて、大庭は世界文学の概念に触れて、今日容易になった人間の越境や言葉の越境によって文学も、各国の境を超えて西欧と東洋の文学が互いに影響を与えて行く可能性を望んでいる。

そのむかし、西欧の近代文学が新鮮な驚きとして日本文学界に受け入れられたと同様に、異なった言語で書かれた翻訳作品がひと昔前よりはずっと簡単に読めるようになった現代では、西欧文学が東洋文学から受ける刺激は少なくないと言わねばならない。つらなり合うものがジグザグに楔を打ち込まれながら動いているさまが、現代の世界文学である。（「初めもなく終わりもなく」『大庭みな子全集』第15巻、二〇一〇年七月、二〇一頁）

この言葉は越境作家である多和田葉子の言葉の響きを発生させ、母語の外へ出る経験と文学との関係と新たな可能性について改めて思い出させる。多和田氏は『エクソフォニー——母語の外へ出る旅』（岩波書店、二〇〇三年八月）において、翻訳と作品創作について次のように述べている。

小さな言語で書かれた文学はほとんどの人には読めない訳だから、多くの人の読める言語に訳されることになる。すると、滅びかけた語彙、思想のリズム、語り口、映像、神話などが翻訳という形で大きな言語の中に「亡命」し、そこに、ずれ、ゆがみ、戸惑い、揺れ、などを引き起こすことになる。これほど文学にとって刺激的なことはない。だから翻訳文学は、大きな言語を変身させる役割も果たす。（一〇二頁）

ろうそく魚の言葉の隠喩、そして言葉の役割や翻訳をめぐるエッセイは、大庭が現代の越境作家に近い感受性を持っていたことを示すものだといえる。大庭は日本語でしか書かなかったが、世界文学を意識し、またジェンダー、言語、国籍、民族との関係を意識した上で、越境をめぐる作品において日本と海外の間に詩的な空間、新たな世界観を見出した。大庭作品の登場人物は異郷で単なる地理的距離と文化的な疎外感を覚えるだけではなく、自らのアイデンティティの存在の根拠も再考すべきであると感じるようになる。海外を舞台にした大庭作品における女性たちは、周辺的あるいは付随的な立場にあり、人種的にも言語的にもマイノリティーに属していると意識し、様々な差別や異言語での壁に対する。異文化と接触する人は自らが育ってきた文化や母語という当り前の世界から異質な世界に突き落とされ、外国人である他者と出会いながら、異国で自分自身が「異邦人」であることを確認し、自己の他者性を認める。その反面、「ろうそく魚」のような作品が見せるのは、文学的想像力を通して国籍、母語、生活が異なる存在同士が結ぶ紐帯の可能性である。人と人との繋がりは、恋愛関係や親子関係だけではなく、婚姻制度以外の関係においても可能である。さらに、この作品では異言語の間での絆をつくる可能性が切り開かれているのである。文学は簡単に単純化されない構造をもつものだとしたら、この作品は欲望の多様性、文化と言語の狭間にいる経験に関する新たな可能性を開いていくものと期待できるのではないだろうか。

※「ろうそく魚」の引用は、『大庭みな子全集』第12巻、日本経済新聞出版社、二〇一〇年四月に拠る。

《注》

(1) 山姥について『山姥たちの物語』の中で様々な分析が行われるが、海外の文献の中でも大庭作品における山姥像の分析が数多くある。たとえばSusan Napierは山姥の孤独感は沈黙に沈んだ反抗として解釈し、抵抗力の低いメタファーだと解釈する（『*The Fantastic in Modern Japanese Literature : The Subversion of Modernity*』Routledge, 一九九六年）。Susan Fisher は山姥のマインドリーディングについて女性が他者の期待に応えるように育てられているため山姥が心を見透かす能力は不思議ではないと主張しながら、東洋の女性の方が西欧の女性より社会の期待を意識していると述べる（"The Devouring Mother : The Yamanba Archetype in Oba Minako's *Yamauba no Bisho*" *Mothers in Japanese Literature* Vancouver : University of British Columbia 、一九九七年、四四七–四六四頁）。それに対して平川祐弘が Fisher の解釈がオリエンタリズム的な見方であると指摘している（平川祐弘「山姥の mind-reading の正体とは何か」『日本の母――崩壊と再生』新曜社、一九九七年九月、四二九–四四五頁）。

（2）イザナギと山姥の神話をめぐって、S. Yumiko Hulvey は大庭が描く山姥は特殊な描写であり、日本文化史における山姥の伝統と完全に当てはまらないと論じており、「Viswanathan falls under the spell of Ohba Minako's modern metamorphosis of the yamauba in the short narrative "The Smile of the Mountain Witch," and confuses Ohba's modern version with the traditional yamauba」と指摘する（"Myths and Monsters : The Female Body as the Site for Political Agenda" *Body Politics and the Fictional Double* Indiana University Press 二〇〇〇年、七一–八八頁）。

（3）"To devour implies not only the desire to consume, but also the desire to swallow, to embrace, and to envelop the infant back into the safety of the womb." Flores "Writing the body" 二〇九頁。

（4）『恐怖の権力――アブジェクシオン』において、クリステヴァは以下の通りアブジェクシオンの概念を定義する。「存在が自己の脅威に対して、また可能なもの、許容し得るもの、思考し得るものから投げ出されて、途方もない外部や内部から来るようにみえるものに対して企てるあの暴力的で得体の知れない反抗が、アブジェクシオンにはある。そこに、ごく近くにありながら、同化し難いもの。それは欲望をそそり、欲望を不安と魅惑に投げ込むが、それでも欲望はいたずらに魅了されるがままにはなっていない」（Julia Kristeva, *Powers of Horror – An Essay on Abjection*, New York, Columbia UP, 1982 、枝川昌雄訳『恐怖の権力〈アブジェクシオン〉試論』法政大学出版局、一九八四年七月、三頁）。

（5）ここはクイアの意味を David Halperin の定義に従う意味で使いたい。Halperin は "Queer is by definition whatever is at odds with the normal, the legitimate, the dominant. There is nothing in particular to which it necessarily refers. It is an identity without an essence.

'Queer' then, demarcates not a positivity but a positionality vis-à-vis the normative - a positionality that is not restricted to lesbians and gay men, but is in fact available to anyone who is or feels marginalized because of his or her sexual practices [...] 'Queer,' in any case, describes a horizon of possibility whose precise extent and heterogeneous scope cannot in principle be delimited in advance"（*Saint Foucault: Toward a Gay Hagiography* Oxford University Press 一九九五年、六二頁）と説明し、ヘテロノーマティヴな見方に従わない概念として考える。なお、大橋洋一が指摘するようにクイア・リーディングは「レズビアン研究、ゲイ研究、いずれにも属さずに第三極のありかを示す用語ともなる。そしてこの第三極において、他者性を志向し受容する欲望あるいは複数の欲望にまたがるハイブリッドな欲望が、従来の定義からとりこぼされた欲望に声を与えるだけでなく、従来の欲望の切り分け分類そのものを脱構築するところに行き着くかもしれない」（大橋洋一「Qの欲望：現代の映画とクィア批評」、三浦玲一、早坂静編著『ジェンダーと「自由」理論、リベラリズム、クィア』彩流社、二〇一三年三月、二九六頁）という視野を目指す。

(6) 大庭は水田宗子氏との対談で次のように述べている。「わたしは異性のいる世界を肯定していますよ。それが自分にとって自然だから。なんらかの理念で、こうあるべきだ、こうあるべきでないというような考え方には否定的です」（水田宗子「〈山姥〉なるものをめぐって」『大庭みな子――記憶の文学』平凡社、二〇一三年五月、三一〇頁）。

(7) "Rubin Gayle, "The Traffic in Women: Notes on the 'Political Economy' of Sex", *Toward an Anthropology of Women*, New York, Monthly Review Press, 1975、長原豊訳「女たちによる交通　性の『政治経済学』についてのノート」『現代思想』二〇〇〇年二月号。

(8) 大庭みな子のエッセイ「チェーホフ」、「わたしのチェーホフ」（『大庭みな子全集』第23巻）を参照。

〈参考文献〉

・江種満子「大庭みな子の笑い」『大庭みな子全集』第24巻。
・大庭利雄『最後の桜　妻・大庭みな子との日々』河出書房新社、二〇一三年五月。
・Copeland, Rebecca "Art beyond Language: Japanese Women Artists and the Feminist Imagination." *Imagination without borders* :

feminist artist Tomiyama Taeko and social responsibility, Ann Arbor : Center for Japanese Studies University of Michigan, 2010.
・日本比較文学会編『越境する言の葉』彩流社、二〇一三年六月。
・水田宗子『物語と反物語の風景』田畑書店、一九九四年十二月。
・山出裕子『移動する女性たちの文学　多文化時代のジェンダーとエスニシティー』御茶の水書房、二〇一〇年一〇月。
・与那覇恵子「新たな関係性の構築に向けて」『大庭みな子全集』第24巻。

『霧の旅』第I部・第II部——場所の記憶

久保田裕子

一、テキストに刻み込まれた場所をめぐる記憶

『霧の旅　第I部』は『群像』（一九七六年一〇月～一九七七年九月）、『霧の旅　第II部』は『群像』（一九七九年七月～一九八〇年七月）に連載され、第I部・第II部とも一九八〇年一一月に講談社から刊行された。第I部は冒頭の章を除き、各章ごとに花と樹木の和名が付けられている。

第I部は菅野百合枝の太平洋戦中の少女時代から大学時代の戦後の混乱期を舞台とし、第II部は百合枝が真間省三と結婚後に移住した一九五〇年代のスウェーデン、スコットランド、アメリカのシアトルへと舞台を移している。百合枝が異性とのかかわりの中で作家として自己形成の軌跡をたどる物語であると同時に、ひとりの女性が日本を離れた場所で、異なる文化と言葉と出会う過程が描かれている。

『霧の旅』の連載を始める前の一九七六年一月、大庭はアラスカのシトカを訪ね、旧友たちと再会している。その後ヨーロッパ、韓国などへの海外旅行をはさみ、一九七九年七月号から『霧の旅』第II

部を再開すると同時に、並行して『楊梅洞物語』（中央公論社、一九八四年一〇月）を発表するなど、海外を移動する精力的な活動の合間に複数の作品が同時進行的に執筆されたことがうかがえる。長編小説『啼く鳥の』（講談社、一九八五年一〇月）には、日本に帰国して作家となった百合枝と省三が登場する。この作品は、同名の人物が登場することから『霧の旅』のその後を描いた続編と言えるが、中心となるのは「山姥」と呼ばれ、一族の伝説となっているふうの娘みずきの時代である。大庭の作品は単独に存立するのではなく、別の作品の記憶と重なり合い、時間と空間が連綿としてつながる物語が展開する。言い換えれば『霧の旅』は独立して存在する閉じられたテキストではなく、他の長編や短編の間にも水路を持ち、独立した作品の境界を越えていく。例えば「山姥」は、大庭の作品にしばしば登場する共同体の秩序に縛られない自由な女性に仮託されるイメージであり、『霧の旅』と同時期に執筆された『がらくた博物館』（文藝春秋、一九七五年二月）、『浦島草』（講談社、一九七七年三月）などの長編では、トーテムや「山姥」といったモチーフが描かれていて、その後に展開していく大庭の作品の原型を見出すことができる。

江種満子氏は大庭自身のアラスカ移住について、「戦後日本の経済復興の僥倖に巡り合わせた世代が、精神面でも経済面でも不自由きわまりなかった日本の現実からいち早く脱出する好機となった」（「豊饒の雌伏　大庭みな子のシトカ」、神田由美子・高橋龍夫編『渡航する作家たち』翰林書房、二〇一二年四月）と指摘した上で、描出されたアラスカについては、「いわば故郷喪失者・「根無し草」の吹きだまった場所」と位置付けている。大庭の作品では、国境を移動することを通して、記憶は時間だけではなく場所と共に想起され、場所の景観と身体の記憶は一体となっている。『霧の旅』においても、さまざまな場所の歴史の中で生きてきた人間が抱える記憶が、複数の言葉を通して交錯していくが、その過程の中で百合枝は小説家となる契機をつかむ。言葉の内奥にある本質という、不可視の存在を立ち上げるのは、「ヴァイキングの子孫」であるペーターや「裏日本の海賊」の家系であったふうの義弟の繁たちとの、さまざまな対話を通した一族をめぐる記憶の交換でもあった。百合枝自身も、「わたし自身というよりは、女の長い歴史の記憶」を抱えながら生きてきて、「人間とはお互いにそれぞれの長い記憶をかかえている複雑に怖しいものでもあったのだ。」（第Ⅱ部「山姥」四二五頁）と述懐している。大庭の作品において、個人は互いに切り離された存在ではなく、それぞれの記憶が紡ぎ出す物語を内包し、記憶を通して互いのつながりを見出そうとする存在であると言える。ここには「わたし」という個人の記憶を超え、記憶の集積が他者との関係を通して交錯し合うという認識が述べられている。そして『霧の旅』において、日本における既存の制度の息苦しさに絡め取られた百合枝が逃れた場所は、スウェーデンであった。

大庭の夫である大庭利雄氏は、「この作品を書いた段階では、みな子のスウェーデンの経験は一九七一年に夫婦で一週間ほど滞在したことがあるだけ」（「回想解説7　妄想と想念の混在した自伝的作品」『大庭みな子全集』第7巻、日本経済新聞出版社、二〇〇九年一一月）と証言しているが、なぜスウェーデンが本作の舞台として選ばれたのだろうか。大庭文学についての研究は、大庭自身の経歴と重ね合わせながら論じる作家論的作品論の傾向が強く、アラスカという場所と大庭文学との結び付きについての考察が深められてきた。大庭文学において記憶が場所と深く結び付いているとすれば、『霧の旅』におけるスウェーデンという場所の意味について考察する必要がある。

また与那覇恵子氏は、「法や道徳や慣習が無化され、自他の区別さえ曖昧となった世界」の中で、「自他の溶解した存在の形象にあたっては、「記憶」の在りようをどう捉えていくかという問題も関わっている。」（「新たな関係性の構築に向けて――大庭みな子の文学世界」『明治学院大学社会学・社会福祉学研究』一三三号、二〇一〇年三月）と指摘している。それに加えて本論では、百合枝がスウェーデンでさまざまな国籍と言語的・文化的背景を持つ人々と出会い、それぞれの記憶が家族の来歴と戦争を経た国家の歴史と交錯していく点に着目したい。同時に彼女が過去の記憶を想起しながら、「こんなことをくだくだと書いている」（第Ⅰ部「通条花」一四五頁）とさりげなく触れているように、今この物語を書いている現代の時点から「わたし」自身について自己言及がされているという物語構造に目を向ける必要がある。ここには過去の記憶を想起しつつ、現在の時点から遡及して物語を再構築するという緻密な作品構成の意思が見出せる。本論においては、『霧の旅』を通して、第Ⅰ部・Ⅱ部に描出された太平洋戦争戦前――戦後の二つの時代を接合する大庭文学における記憶の問題について考察してみたい。

二、社会の歴史と個人の記憶をめぐる物語

『霧の旅』の先行研究を参照すると、同時代評としては大庭自身の作家的経歴と作品を直接的に結びあわせる論考が主流であった。川西政明氏は、「『霧の旅』Ⅰ・Ⅱ　仮構の自伝風作品」において、「奇妙な仮構的自伝的作品」であり、「細部はほとんど現在の作者の批評的な自己凝視力によって虚構として組み変えられていると思われる」と指摘している（『中国新聞』一九八〇年一二月七日）。このように

大庭自身の履歴と重ね合わせる作家論的な視点として、松本鶴雄氏は、「きわめて挑発的な私小説、裏返されたアンチ・私小説」と位置付け、「在来の教養小説が主人公の内面性、魂の成長に力点を置いているのに比べ、これはヒロインの内部の〈女〉、あるいは肉体の暗部を執拗に追い求める」（「女と男と明るい孤独」『産経新聞』一九八〇年一二月八日）と指摘し、女性の成長物語に伴う性的な側面を強調し、セクシュアリティの問題として捉えている。さらに水田宗子氏は、「『霧の旅』はきわめて自伝的な小説であるとともに、正統的な女性の、そして芸術家の自己形成小説、教養小説」（「解説　森の世界――大庭みな子における物語の原型」『大庭みな子全集』第六巻、講談社、一九九一年七月）と評価し、「女性」の「芸術家」の成長という側面について述べている。水田氏の指摘の通り、本作は芸術家としての成長という構造をとっているが、一方では個としての百合枝の遍歴と成長を描くだけではなく、山に棲み世俗の世界から超越した、神話的な「山姥」の物語と重ね合わせて描かれている。百合枝は太平洋戦争後の一九五〇年代において海外に渡航するという、当時の女性の生き方としては異質な経歴を送るが、彼女の背後には「山姥」として既成の社会制度を逸脱するふうの姿が揺曳している。しかし山姥という神話的物語の原型に拠りつつ、同時に百合枝の作家としての個人の自己形成を主題化する方法は、一見矛盾しているとも言える。神話的な「山姥」表象と、近代的自意識を持つ芸術家としての自己意識が、『霧の旅』の中でどのように交錯し、折り合っているのかという問題が浮かび上がってくる。

さらに『霧の旅』の中に、「日本とアメリカあるいは西欧という、文化的対立」（水田宗子「共生と循環――大庭みな子における〈森の世界〉の変容」『大庭みな子　記憶の文学』平凡社、二〇一三年五月）を見出し、百合枝が暮らした日本と欧米という場所をめぐって、社会的・文化的な問題を指摘する見解も提出されている。このように『霧の旅』は「山姥」という神話的世界をプレテキストとしている一方で、現実の歴史や社会を超越した物語ではなく、一九四〇年代、五〇年代を通じた時代における日本と欧米の社会を背景に、同時代の社会や制度的思考の欺瞞を見通すまなざしを提示した物語であると言える。いずれにしても、第Ⅱ部において、スウェーデンで暮らすことを通して百合枝がなぜ小説家になろうと決意するのかという問題の重要性は、あらためて指摘しておきたい。

第Ⅰ部に登場する、「山姥」と呼ばれる百合枝の従姉のふうは、「朴の花びらの内側の真っ白な肌」を持ち、魅惑的なエロスで周囲を魅了していく。「彼女は無数の死んだ魚たちが仰向けに鉛色の腹を見せて海の底に横たわっている上を、たった一匹、ひらひらと鰭を動かして泳いでいる生きた魚に見えた。」（第Ⅰ部「栃と朴」四二頁）というように、ふうは戦争という非常時にあっても自分の世界を守り抜いたが、それは当時の日本の社会制度の中では稀代の悪女として譏りを受けることでもあった。語り手の百合枝は、「ふうという女が、その夢のような本の世界の中で暮していて、非常時などというものにかかわりのないことを考えているたったひとりの人間」であり、「国民服やもんぺをはいて、胸を張って街を歩いていく人びととは違った、世間一般の基準から言えば、よくない、悪い女だった。」（第Ⅰ部「栃と朴」四二頁）と述懐している。しかしふうを批判する人々も、その魅力の前には、「父に限らず、一族の男の中で、ふうに籠絡されない者は一人もないといってよかった。」（第Ⅰ部「櫟」五一頁）というありさまであり、百合枝自身もふうの魅力に牽引されていく。

霧の中のふうの姿は、植物の隠喩を通して描かれ、百合枝はふうと朴の花を重ね合わせて、「白蠟の花びらは、体脂の浮いたふうの背の肌だった」、「あまりに不気味で、あまりに醜く、それゆえ、美しかった」（第Ⅰ部「栃と朴」四〇頁）というように、嫌悪を感じつつも魅了されている。このように人間を動植物に擬える表現は繰り返され、「卵を抱いて動こうとしない鶏のようにふてぶてしくじっとうずくまっているふう」と「みそさざいのようにぺちゃくちゃと喋りかけていた繁が、今はやつれた闘鶏のように見えた」（第Ⅰ部「栃と朴」四四頁）と描かれるように、男女が共に植物・動物として描出されている。人間という枠組を超越した彼らは、お互いにとって了解不能の他者であると同時に、生き物としての魅力を備えた存在として立ち現れているが、百合枝自身も、異性なしの片方の極だけでは、山茶花にぶらさがった蓑虫のようにあてどがないと感じている。例えば『霧の旅』第Ⅰ部の冒頭の章において、百合枝は霧の中にいる「彼ら」について、次のように語っている。

そうかと思うと、流れる霧の合間に鋭い声をあげて飛び立つ、碧色の鳥のように、あるいは乳色の海の中にくねっている、瑠璃色の海蛇みたいに。銀鼠の毛をきらめかせる、ぴんと耳を立てた、狐か、いたちのこともある。（第Ⅰ部　冒頭の章　一〇頁）

ここでは男性が美しい神話的な動物として描かれ、見られる対象は男性の側である。見る主体としての百合枝は、客体としての男性を支配したり下位に見なしたりすることはなく、ここでは見る側が一方的にイメージを占有化するようなまなざしの政治性が発揮されることはない。種を逸脱したエロス的夢想は霧の中を流露し、動物と人間が混淆し、境界が溶解する世界が描かれることで、結果として異性愛制度はかたちのないものへとその姿を変容する。したがって『霧の旅』は、男女の関係性を描いた作品であると同時に、人間を美しい生き物として描く手法によって通常の異性愛的な物語とは全く異なる場所へと読者を導いていく。

デビュー作「三匹の蟹」(『群像』一九六八年六月)においても、冒頭の場面において、「わたし」は視界のきかない霧の中を漂泊するが、『霧の旅』の「冒頭の章」で百合枝は霧の中で動物に変容する男性たちを見つめている。ここでは女性にとっての男性や男女の関係性は、明確なかたちを結ぶことはなく、霧の中に浮かぶ「ありもしない幻想」(第Ⅰ部　冒頭の章　一〇頁)のように、はっきりとした輪郭を持たないことが示唆されている。

ふうと同様に夫以外の男性と不倫を重ねる百合枝の逸脱行為に対して、省三は柔軟に受け止める。そして人間がお互いに長い記憶を持ち、過去につながるさまざまな記憶の持つ陰翳を抱えた存在であると見なしたとき、個性や個人を重んじる近代的な自我のありようは解体されていく。「あなたには自分の考えというものがないの」と問い詰める百合枝に対して、省三は「そんなものあるわけないじゃないか。自分の考えなんてありっこない。まわりに追いつめられた考えを自分の考えだと言うやつはいるけれど。それは、ただ、そう言うと気分がいいからだろ。」(第Ⅱ部「蛇」三八八頁)と反撃する。川西政明氏は、省三について「人間嫌いという性格にもかかわらず、在るものを在るものとしてまるごと受け容れてしまうアジア式思考様式の持ち主」(「本を読む十一　『霧の旅』『オレゴン夢十夜』――大庭みな子――」『すばる』一九八一年四月)という見解を示しているが、彼は大庭作品にしばしば登場する夫像を踏襲する人物である。また彼は、「どっちだっていい、とか、なるほどと思ったり、まあいいさ、と思ったり、そのうち変るに違いない、と思ったりするだけだ。」(第Ⅱ部「時計」二一九頁)と飄々としたしぶとさを持って応答するが、融通無碍な彼の前で、百合枝は「自分の中からあらゆる論理がくずれ去り、骨を抜かれた水母のように海に漂い始める自分が快かった」（第Ⅱ部「時計」二三二頁）と感じている。自己が溶解するような感覚は、「自我に捕らわれた亡者」として、「くろぐろとした他人の自我」に苦しんだ先に百合枝がたどり着いた境地であり、閉ざされた自己からの解放でもあった。

三、血縁の歴史と個人の来歴

菅野昭正氏は『霧の旅』の続編『啼く鳥の』における人間を動物、植物になぞらえる比喩・隠喩について、「修辞的な語法にとどまっているのでなく、現象世界の奥のほうから隠微に働く力を媒介とするようにして、人間と鳥獣、草木を連続させようとする作者の思考と結びついている」（「鳥たちの行方――大庭みな子『啼く鳥の』をめぐって」『群像』一九九一年五月）と指摘している。このような表現の問題は、『霧の旅』にも内包されており、百合枝は「わたし」のありようを観念的・理念的に追求していく行為に疲弊する中で、人間と動植物を連続させてとらえる意識の中に自己を解放していく。

もの心ついて以来、わたしがしっかりと抱きつづけて来た自己というものが、不意に油のように流れ出して世界の中に拡散していくのを感じ、わたしをとりまいている人間たちが、茫漠とした生命のひろがりの中で右往左往していく中に自分もまた自然にとけこんでしまえる快さを感じた。（第Ⅱ部「時計」二三一―二三二頁）

このような感覚は、「自分」という個の独自性を信じない省三との関係性の中で生じたと言える。そして「わたし」＝百合枝の一人称の語りは、例えば次の場面では、日常の夫婦の会話が唐突に、病んだ狼と痩せ犬が登場する場面へと切り替わり、あたかも自他が溶融していくような感覚が、小説の語りと縒り合わされるように展開している。

彼は木のざわめく暗い道で立ち止り、足元に横たわっている、きたならしい狼を眺めていた。その狼はとてもいやな声を出して哭いていた。

からだじゅうただれて、毛の抜け落ちた狼の眼だけが赤く燃える石炭のように輝いていた。わたしは自分がそんな病気に罹ったようにどきどきした。唇を突き出して彼に丘疹を触らせてやろう。泪を浮かべた痩せ犬にちぷちぷとそれを吸わせて、狼は舌をたれて喘ぎ、喘ぎながら痩せ犬のあばら骨の間に眼をすえて、はぎとる肉が少しでも残っていないかと考えていた。

狼のからだは蠅に覆われていた。青く銀色に光る蠅に。

「その上、きみは、ジステムパーにかかった犬だ」

彼は足の爪を切るのをやめて、ふり向いて言った。

「なによ、それ」

「ぼくの可愛がっていた犬は、ジステムパーに罹って、際限もなく食い、遂に死んでしまった。食欲をコントロールする脳の機能が狂ったんだ」

「ふうん」

わたしはぽんぽんにふくれたおなかをかかえて、御飯をかきこんでいる山姥《やまうば》になった。

（第Ⅱ部「時計」二三〇頁）


蠅に覆われた狼を見下ろす痩せ犬の姿を幻視する「わたし」の内面のイメージは、夫の「その上、きみは、ジステムパーにかかった犬だ」という会話によって突然中断され、妻である「わたし」が見ていた痩せ犬を狙う病んだ狼の映像は、夫婦の会話へと突然切り替わる。「わたし」の幻像を見透かすかのような夫の言葉は、あたかも妻の幻像に夫が呼応しているかのような印象を与える。ここでは「わたし」は痩せ犬を見ると同時に、いつのまにか「彼に丘疹を触らせてやろう。」と考える狼と同一化している。「青く銀色に光る蠅」に全身を覆われながら、「赤く燃える石炭」のような生命力を滾らせ、痩せ犬から肉をはぎとろうと狙っている禍々しくも美しい狼のイメージは、夫婦の平穏な生活の深層に、生死の狭間にある犬と狼のような動物的な野生の感覚が伏流していることを示唆している。ここでは「彼」も「わたし」も、犬や狼といった動物に同一化し、さらに「わたし」は神話的な「山姥」へと姿を変えていく。言い換えれば小説の語りを通して、「わたし」自身の意識だけではなく、小説に描かれた日常世界も神話的世界へと、その姿を変転させていくような表現となっている。

安藤礼二氏は、大庭の小説の特徴として、「昔語りと自己の語りの境界を故意に曖昧にしていき、現代と「わたし」を超えた、多声的な語りとしての物語の空間を構築」（「世界の果てで、かたちもなく」『群像』二〇〇七年八月）すると指摘している。いわば「山姥」のような神話的な物語空間と、「わたし」自身の個人的物語が重なり合う場所が作られていく。そして安藤氏が指摘するような「物語の空間」は、単なる感性の所産ではなく、創作をめぐる理念的な考察を経て作り上げられていったことに着目したい。

合理主義は幻想と空想に相反するものでは決してなく、むしろ、ものごとを合理主義的に仔細に分析すればするほど、つながり合う糸をたぐればたぐるほど、その合間に奇怪な幻影が出没するものだということを、わたしはその頃気づき始めていた。没論理的な人間ほど常識的でありきたりの世俗の塵にまみれてしまうことが多いことを、わたしはこの西欧の片田舎に住んで、馴れない日常生活で、不確かな類推を余儀なくされるとき突然自覚したのである。

（第Ⅱ部「氷」二六七頁）

ここでは幻想が湧出する感覚が論理的な言葉で描出され、想像力を通して幻視することと分析的知は共存している。造形美術を志すようになった百合枝は、「美術作品をみつめることからたぐり出した発見」として、「その実体の追跡」には、抽象化することで「しばしば飛躍した幻覚を伴う」（第Ⅱ部「氷」二六七頁）ことに気づいていく。このように不可知な対象を論理的に追跡していくことが、飛躍した幻想を伴うという表現をめぐる考察を通して、分析的知が「幻想と空想」と深く結び付いていく経緯が語られている。これは先に述べたような、人間を動植物などに変容させ、幻視するまなざしとも重なり合う。大庭の作品において、現実の社会における男女の関係性を踏まえながら、日常生活から幻想の世界へと飛翔していくような表現が見られる。そこでは「わたし」という存在は溶解して動植物へと変容していく自在な感覚が描かれている。その一方で、身体的存在としての女性性というステレオタイプな見方を壊すような、創作をめぐる分析的で論理的な思考が展開していることがわかる。

四、小説におけるコラージュという方法

『霧の旅』第Ⅱ部では、舞台がスウェーデンに移されることで、ヨーロッパの場所をめぐる記憶が百合枝を新しい境地に導き、彼女は言葉による表現の方法を獲得していく。日本にいた頃、百合枝は「女にとってあり得そうな夢は自分の夢を自分に代って実現してくれそうな男を探すこと」（第Ⅱ部「嘔吐」三七六頁）と達観し、自己表現の道を諦めかけていた。しかし語り手である「わたし」＝百合枝は、新しい場所における出会いを通して、男性中心社会の中で自分の欲望に忠実に生きたふうとは異なる道を見出し、作家になろうとする創造への欲望に動かされていく。

『霧の旅』に描かれる世界は、百合枝という個人を描くだけではなく、彼女をめぐる両親や親族といった血縁の連鎖や友人や恋人などの人々の来歴に及ぶ。大学生活、恋愛、結婚、外国での生活、妊娠・出産が描かれると同時に、作家となる過程を描いた女性の精神史として構成されている。百合枝の家の起源を遡りながら、彼女の個人的世界の背後にある太平洋戦争——戦後の歴史という縦糸をたぐり、第Ⅱ部には一九五〇年代の日本と世界をめぐる同時代の問題が刻印されている。大庭は「著者か

ら読者へ　龍宮の物語」（『海にゆらぐ糸・石を積む』講談社文芸文庫、一九九三年一〇月）において、「一九五〇年代といえば、日本、いや世界にまだ戦後という言葉が生きていた。わたしは二十代で、人生の入口に立ち、少女時代の戦禍の記憶に、ゆっくりとひろがる新しい世界の風景を重ね、次にめぐってくるものをみつめていた。」と述懐している。

『霧の旅』第Ⅱ部においても、第Ⅰ部で展開した男女の異性愛的関係性への模索が、その先の世界へ向かって視野が広がる過程として描かれていく。閉塞した日本の現実から逃避するように渡航した百合枝は、異国にあって自我を表現する手段としての言葉を失うことになった。当初は言語を必要としない視覚表現である美術を学ぶ中でさまざまな創作手法を模索するが、芸術家としての独創性を喪失し、他人の物真似であるという意識に苦しめられることになる。百合枝を変えたのは、スウェーデンの豊かな自然との一体感であった。森やごみ捨て場から拾ってきたさまざまながらくたを集め、組み合わせ、「人間の記憶の切れはしを空間にしようとした」（第Ⅱ部「像」二四二頁）と決意している。「多分、描いている自分と、描かれているものがいっしょくたになるようなとき、表現されるものは生きるのだろう。しかも、なおかつ、見ていなければならない。記憶していなければならない。」（第Ⅱ部「像」二五三頁）という認識にたどり着き、「見る」こと、「記憶」することを通して、描く対象と自分自身とが同一化しつつ、同時に対象と距離を保つように均衡を保持するという方法論が語られている。この時点では美術という空間芸術を目指していた百合枝は、「言葉というものが、悪意と笑いと悲哀と愛着と叫びを合金にして錆を防ぐ魔術を持っている」（第Ⅱ部「冬眠」四五四頁）ことを再確認し、あらためて言葉による表現の世界に向かうことを決意する。百合枝の造形芸術から言語表現への転換は、大庭自身の来歴とも重なり合うが、彼女自身は小説の執筆に応用した「コラージュ」という方法について、次のように述べている。

小説を書きたいと思ったりする人間は、沢山の人間の吐くきれぎれの言葉を拾いあげて、それを組み合わせて、自分が常日頃夢みている世界を自分勝手な方法で描き出してみたい欲望にかられる人間なのだ。雑多なものの中からどうしても拾いあげたいものがある。それはコラージュを貼り合わせるときの材料の選択である。

（大庭みな子「なぜ書くか」『群像』一九七〇年一一月）

そして百合枝もまた、鏡を見たときに、「今までめぐり逢った人々」だけでなく「鼠や、茸や、沼や、木や花や、ありとあらゆるもの」（第Ⅱ部「像」二五五頁）が自分の中に息づいていることを知る。大庭の作品には、日本や世界各地の古典的な民話や伝承が溶かし込まれている。アラスカ先住民の民話、「山姥」などの日本の古層に材を求めた昔話や古典が引用され、複数のテキスト間にゆるやかなつながりを保ちつつ、渾然とした幻想が織りなされている。例えばペーターはヴァイキングの末裔であるが、彼の話から「繋の家がむかし日本海の海賊だったという言い伝え」（第Ⅱ部「氷」二七四頁）を想起していく。このように作品の背後に複数の人々の言葉が響き、揺曳していることで、数限りない人たちの言葉が作品の中に流れ込んでいる。例えば古典作品もまた大庭にとってコラージュの材料となり、「ぽんとコラージュふうに交えたりしているところは、千年の余を経て今読むと、むしろ文学として妙な前衛性となっている（第九段）」（『わたしの古典3　大庭みな子の竹取物語・伊勢物語』集英社、一九八六年五月）

というように、大庭の小説創作の方法と響きあうさまが見て取れる。『霧の旅』においては、古典にも繋がる多声的な言葉と、一九五〇年代の社会現実が融合しつつ描かれている。本作は第Ⅰ部と第Ⅱ部が時系列的につながり、さらに日本／海外という二つの場所が描かれているため、ともすれば複数の内容に分裂しているような印象を与えかねない。しかしこれらの多層的な世界がコラージュという方法を通して溶融し合っているありように、大庭文学の起源のひとつを辿ることができる。

五、一九五〇年代のスウェーデンと日本

第Ⅱ部の舞台になった一九五〇年代のスウェーデンの社会構造について、百合枝は次のように分析している。

世界一高い生活水準、少ない人口、労働力の補給源としての他民族に対する寛容な態度――を、かつて、前世紀から今世紀初頭にかけて貧しい移民たちをアメリカに送りこんだこの国は、今や、戦争から運よく難を逃れた傍観者としてのゆとりをもってよしとしていた。

（第Ⅱ部「氷」二七〇―二七一頁）

当時のスウェーデン人の歴史認識について、「自国のフランス系の王家が、どっちみち世界の主導権を握るほど強大なものではなく、時とともに移り変るヨーロッパを牛耳る権力者たちを模倣するに

とどまった者だと見抜いて」（第二部「氷」二六六頁）いた怜悧な認識につながったと指摘している。古い歴史を持つヨーロッパに憧れつつ、アメリカの富を満喫し、どちらの場所とも距離を保っていたスウェーデンの歴史の記憶は、百合枝にとって新たな角度からヨーロッパやアメリカ、そして戦後の日本を見る視点をもたらしたと言ってよい。さまざまな意見が交錯し、また異なる立場の人間同士が理解し合うために、議論を重ねつつ自己表現をする過程は、百合枝にとって新鮮な経験であった。一方で異国において他者に意思を通じさせるという困難な状況は、言葉の世界に生きていた彼女にとって、解放でもあると同時に過酷な試練でもあった。

モニカとペーターのカップルも、第二次世界大戦以降のヨーロッパの状況に翻弄されながら生き延びてきたが、個人の歴史の背景に、国家の歴史の変遷が影響を与えていたことがわかる。ペーターの父は東欧の血が混じっているオーストリア人で、第二次世界大戦が終わるまでアメリカに在住した後、戦後ウィーンに帰国したが、ペーターのスウェーデン人の母はフランス人の男と駆落ちしてしまった。彼は高校で英語を教えながら大学でスカンジナヴィア文学を勉強しているが、オーストリアという古いヨーロッパの伝統と過去の栄光とアメリカの富を満喫し、それらから距離を置くスウェーデンの合理主義的な身の処し方を内面化している。いわば彼自身が、文化的なコラージュを体現するような存在であると言える。またモニカは高分子化学を専攻して、現在は林業試験場勤務である。彼女のポーランド人の元恋人はナチ占領下に抵抗運動に参加したためドイツの強制収容所に送られた後、解放後はフランスで教育を受けた。二人とも変転するヨーロッパの激動の歴史に翻弄されながら、英語、ドイツ語、フランス語といった複数言語を習得することで、さまざまな国を移動し、政治的変遷に対応しながら生き延びてきた。このように『霧の旅　第Ⅱ部』の登場人物たちは、知的な職業や技能によって国境を移動する能力を持ち、言語的多様性を持った環境の中で生きてきた人物として設定されている。百合枝と彼らの会話は、英語とスウェーデン語を交えた言語が使用されていると推察できるが、『霧の旅』というテキストは、後に作家となった語り手の百合枝によって、日本語として再構築される構造になっている。

一方で百合枝が個性や自己を重んじる近代的・西欧的な自我から解放される契機となったのは、省三との出会いと同時に、自己表現の手段である言葉を奪われた異言語の世界に投げ込まれた海外での経験であった。彼女にとって、異なる言語の世界に置かれたとまどいは、そのような経験が自分個人の問題ではなく、さまざまな文化において見られる普遍的問題であることに気づく契機をもたらした。

ペーターは読者の多い英語で作品を書くことを試みていたが、百合枝の書いた稚拙なスウェーデン語の作文を修正しつつ、書き直すという共同作業を行う。彼は百合枝の書いた文章から喚起されたものについて、「あなたのおかしなスウェーデン語は、言葉のまわりに、ぼくがこの言葉に対して今まで全然気づかなかった妙なものをくっつける。それは、ぼくにとって新しい発見のような気がする。」（第Ⅱ部「雪」二八四―二八五）と告白する。百合枝にとっても、外国語を通して語ることは、自らの「日本語の奥にあるもの」を揺り動かす経験となった。さらに百合枝の紡ぎ出す言葉に出合うことは、ペーターにとってもスウェーデン語を異化して清新な表現を生み出すことにつながっていく。二つの言語の狭間で自由に言葉を駆使できないことは百合枝にとって苦しみでもあったが、「自分がさんざん苦労して作り上げた稚拙な外国語が、へんなふうに動きだし、その言語の奥にあるえたいの知れない何かがむくりと身をもたげるような気がしてわくわくした」（第Ⅱ部「雪」二八四頁）という気持ちを味わう。ペーターもまた、「日本語の奥にあるものにつつかれて、この見馴れた言語が突然、違ったふうに物を言いかける」（第Ⅱ部「雪」二八五頁）ような言葉の魅力に目覚めていく。彼女はペーターの書いた英語の戯曲を読み、言葉の背後にゆらめいているものの存在を求めて、唸りながらうまく表現できない英語を絞り出す。「わたしをも満足させるわたしたちに共通の意味をひき起す言い方で表現できないというのなら、あなたは作家ではない」（第Ⅱ部「冬眠」四四三頁）という言葉を百合枝がピーターに投げつけた場面は、言葉の本質をつかんだ小説家が誕生した瞬間をとらえている。

ところで大庭は『霧の旅』を執筆する前に、マーガレット・ミード、ジェームズ・ボールドウィン対談集『怒りと良心――人種問題を語る』（平凡社、一九七三年一〇月）の翻訳を手がけている。ボールドウィンはフランス語の表現との出会いについて、「もしぼくが英語の世界を一度脱け出さなかったら、決して起こらなかった英語に対する和解というものがぼくの中に起った」と述懐している。彼は実作者として、二つの言語の世界のはざまに生きることが、言語の再創造という文学の営みにつながると述べているが、この言葉は大庭が小説家としての基本的な姿勢を確立する上で大きな影響を及ぼしたと考えられる。

長い精神の漂泊の果てに百合枝が辿り着いた場所は、大庭自身の表現の淵源にもつながっていた。大庭は自らの創作をめぐって、「見知らぬ国でもし私が生き得たとすれば、それは便宜上使っているその国の言語のそのまた奥にある人間の言葉」であり、それは「形のない人間の共通の遺産」（「うなぎ」『舞へ舞へ蝸牛』福武書店、一九八四年一二月）と述懐している。このような内奥にある言葉とは、言語の差異を越えた人間の言葉を知ることであり、それは「組み込まれたものが集積する背後の力こそが、私の中から私であるような私でないような不気味なものを噴出」（「うなぎ」）させることに繋がる。これは自己を揺るがせるような不穏な力であるが、同時に創造の根幹に触れた経験でもあった。

先に述べた通り、従来の『霧の旅』に関する先行研究において、主に第Ⅰ部が焦点化され、百合枝は大庭自身と重ね合わせて読まれてきた。大庭自身の評伝を踏まえて海外体験を解釈コードとして還元的に解釈する作家論的な論調の中では、第Ⅱ部においてなぜ他の作品群のようにアラスカではなくスウェーデンという場所が選ばれたかという問題は重視されてこなかった。しかし英語が使用されるアラスカではなく、複数の言語を用いる中で、歴史と記憶が複雑に交錯する場所が作品の舞台として選ばれたことの意味は重要であると言える。

百合枝自身は「実際、北欧の表現は庶民性の中に知性が入りこんでいて、戦後の日本のくずれた階級の、右往左往する感覚の中で育ったわたしたちの世代にはわかり易いものが多かった。」（第Ⅱ部「氷」二六九頁）と述懐している。さらにスウェーデンはヨーロッパの「端っこだけに中心にいるよりは見えることもある」（第二部「蛇」三八七頁）場所であり、伝統的なヨーロッパとも経済的に繁栄した戦後のアメリカとも距離を置きながら、さまざまな文化のはざまにあって、自らの立ち位置を自覚せざるを得ないような場所であった。

また日本―アメリカ―スウェーデンという三つの場所の歴史が重ね合わされることによって、日本とアメリカの関係だけではなく、ヨーロッパから見たアメリカという新たな視点が導入され、重層的な文化の力学が展開することになった。例えば作家を目指していたペーターは英語とスウェーデン語の二つの言語の間で引き裂かれつつも、英語を使用する読者層が多いことから、あえて英語で表現することを目指していた。一方で、百合枝にとって彼との関係は、「日本語で書く作家になる」（第Ⅱ部「祭壇」三五二頁）ことを選び、自分の慣れ親しんだ日本語の中に新たな表現の可能性を生み出すことに気付く契機となった。百合枝が彼に惹かれた理由のひとつには、アメリカ、ヨーロッパの双方の文化を比較する視点に立ちながら、歴史や文化の差異を認めると同時に、思いがけない共通性を見出す柔軟な視点も持っていた点にあると考えられる。

ぼくは英語で書きたいんだ。それはだんだん、ぼく自身の言葉のような気がしてきた。多分、ぼくにとっては多分に人工的な、けれど、それだけに用意周到に自分の意志を、ドイツ語やスウェーデン語からアマルガム状にして移し替えられるその過程が、ぼくをぞくぞくさせる。アメリカの英語は、混乱して、動いている感じのする、複雑に他民族の血を吸収している言語だ。

（第Ⅱ部「祭壇」三五六頁）

ペーターの述べた言葉の「アマルガム」とは、多様な言語とさまざまな記憶を内包した人間が移動し、出会い、反発しながらも溶融し合う過程の中から生まれた表現の可能性であったと言える。彼は主にスウェーデン語と英語を使用していたが、複雑な家庭環境がもたらす多層的な文化的背景を抱えていた。彼にとっては、母国語という、多くの日本人にとっては自明の言語環境はなかったと推察できる。既婚者であった百合枝とペーターは性的関係を持つが、彼らを近づけたのは、異国において、第一言語ではない言葉を通して対峙した共通の経験であろう。ペーターは百合枝と同様に、「自我」というものの重みに苦しみ続けていたが、「性的なものはそのどうしようもない自我を、違った形に表現できる唯一のもの、言いかえれば、救いに通ずるもの」（第Ⅱ部「氷」二七七頁）であり、他者とつながりをもつための行為であると述べている。彼らにとって、性は異なるものとの遭遇と衝突とが生み出す「アマルガム」に肉薄するための手段のひとつであったと考えられる。

しかし異質なもの同士が溶融するような世界の可能性は、百合枝がスウェーデンで初めて出会ったものではなかった。第Ⅰ部で展開したような人間が動植物へと変容していく感覚が、第Ⅱ部において異なる言語との出会いを通して、初めて言葉の表現への模索というかたちをとったと考えられる。内奥にある言葉の普遍的な核心にたどり着いた百合枝は、新たに出会ったスウェーデン語や英語の言葉を包摂しつつ、全ての経験を日本語の表現として語り直していく。ここに『霧の旅』を書いた日本語作家・大庭みな子の誕生を重ね合わせることもできるだろう。

※『霧の旅』の引用は、『大庭みな子全集　第7巻』（日本経済新聞出版社、二〇〇九年一月）に依る。

『浦島草』における浦島伝説の再生
――〈原爆・原発〉表象をめぐって――

谷口幸代

大庭みな子は、時代を越えて語り継がれるお伽噺は人々が創り直した「人間の記憶の集積」であり、文学創作は「残されているお伽噺に加筆する仕事」と捉えていた（『夢を釣る』講談社、一九八三年一月）。では、核時代を生きる人間の愛憎を浦島太郎のお伽噺を下敷きに描いた『浦島草』（講談社、一九七七年三月）は、どのような加筆の営為と考えればよいのだろうか。以下、作中の〈原爆〉表象と〈原発〉表象をめぐって、この問題を考えてみたい。

※

『浦島草』の主な舞台となる冷子の家の庭には浦島草という植物が生えており、語り手は、苞の中から糸状のものが伸びた形状を浦島太郎が釣糸を垂れる様にたとえてこの名があると説明する。大庭文学の豊穣さが動物や植物のイメージとメタファーに由来することは明らかにされてきたが、本作では、この浦島草が多様なイメージを喚起し、また様々な欲望をめぐるメタファーとなり、それらが絡んだ糸のように交錯しながら作品が展開する。

その糸を解きほぐせば、浦島草が喚起するものの一つに、登場人物の生に影を落とす原爆や戦争のイメージがある。この点に関して、江種満子『大庭みな子の世界』（新曜社、二〇〇一年一〇月）は、「黒い焔がなびくような花」に、原爆で燃える広島の炎や、西条で泠子が見た死者の人魂が重ねられているとし、デンニッツァ・ガブラコヴァ『雑草の夢』（世織書房、二〇一二年五月）は、泠子に原爆の記憶を、泠子の元夫の龍に出征時の記憶を想起させるとする。

いっぽう、登場人物たちは様々な形で浦島草が呼び覚ます浦島伝説に関係づけられている。雪枝は浦島草を見ながら、「わたしは浦島太郎なのね」と、十一年ぶりに日本に帰った自身を浦島太郎にたとえる。続けて雪枝は、兄・森人の養女である夏生が、泠子、龍、森人が同居するこの家の複雑な人間関係を聞かせたことを指して、「浦島太郎の亀」のように自分を不思議な世界に連れていったと表現し、森人に対しては、「龍宮城に住みついて、そのまま帰って来なかった浦島みたい」と、郷里を去った彼こそ浦島太郎のようだと話す。この他にも、泠子の「白金のような髪」は、玉手箱を開けた浦島太郎の白髪を連想させるだろうし、龍は龍宮・龍王の龍を名にする。さらに最終章「けむり」では浦島伝説の顚末をなぞるように、泠子たちは玉手箱の煙のように雪枝の前から姿を消す。

『浦島草』は、この浦島草の多様なイメージの変奏によって、原爆投下直後の広島を可視化させる。泠子は浦島草の糸条の部分を指して、「夢を釣ってるんですよ」と雪枝に告げる。この場合の「夢」を人間の欲望に連なるものとすれば、「原爆はね。――あれは、人間の欲望です。自分以外の人間を殺して人間は自分だけ生きのびようとするんです。そして、その結果、自分も亡びるんです。」と語る冷子の言葉が浦島草にもう一つの意味を与えるだろう。釣糸を垂らして夢を釣ろうとし、禁忌を破り玉手箱を開ける浦島太郎に由来する浦島草は、欲望する存在という人間の本質的な姿であり、自らの欲望から原爆を作り出し、自らの欲望に殺される、人間のメタファーとなる。

語り手は、人間の欲望の結果としての被爆者の姿を、「人間というよりは、生焼けの魚、火ぶくれした血みどろの、うごめいている魚か何かだった」と語り、夏生は、冷子から繰返し聞かされたという同じ光景を、「網であげられて、投げ出された魚の山に、重油をかけて、生ま焼けにしたと思えばいい――。それから、その上を、ダンプカーかなにかで轢いた――それも、鰓のあたりが、まだひくひくと動いていた」とより凄惨な表現で雪枝に伝える。『浦島草』は、原爆で死んだ龍の母ら死者の沈黙を、語らない黎の存在で暗示しながら、人としての尊厳や個性を剥奪された被爆者の姿を〈魚〉のメタファーで語り継ぐ。雪枝は、森人を浦島太郎にたとえる際、「乙姫さまやお魚たちに囲まれて、暮していた」と述べるが、浦島草のイメージの変奏から語られる広島の光景は、桃源郷としての龍宮とは対照的に、人間が「生焼けの魚」と化した禍々しい地獄絵図だった。

※

その後、故郷の新潟県蒲原を訪れた雪枝は、今度は実際の海を見ることになる。幼い頃に親しんだ風景は失われており、彼女は「鉛色の海」とそのそばで「建設中の原子力発電所のコンクリートの塊」、家を継いだ長兄が経営するゴルフ場を見つめる。「原子力発電にはいろいろ反対もあるが、何しろ、石油がないとすれば、それに代るエネルギー源はどうしても要るからね」という長兄の言葉は、彼が原発推進派であることを窺わせる。

この蒲原が虚実取り混ぜた空間であることは前掲の『大庭みな子の世界』が指摘するが、『浦島草』が発表された当時、新潟の西蒲原郡巻町（二〇〇五年に新潟市に編入合併）で原発の建設が計画中だった。この巻原発は、一九六九年に『新潟日報』が東北電力の角海浜への原発設置計画をスクープし、七一年の計画公表を経て、七四年には村が無人となり調査工事が始まった。当時の様子は斎藤文夫の写真集『蒲原昭和の記憶』（出版社名記載なし、二〇一三年六月）が伝えている。物語の現在を同時代に設定した『浦島草』で、原発の風景は、原子力の「平和利用」のスローガンのもと原発が推進される時代に登場人物たちが生きていることを示す。

『浦島草』は、蒲原の原子力発電所と海、そして長兄の言葉から、蒲原行きの前に雪枝の恋人のマーレックが発した言葉を読み手に思い起こさせる仕組みになっている。マーレックは、核融合など様々なエネルギーの開発を原爆と同じように人間の欲望や好奇心に由来するものと位置づけるとともに、「当分、危険なものは海の底に沈めておけばいい、といった具合に――核燃料の残滓は、金をかけて海に沈めているんでしょう、どこかの。」と核エネルギーの廃棄物の海洋投棄にふれていた。つまり、雪枝が見つめる「鉛色の海」は放射性物質の投入先という近未来の地獄絵図として彼女の前に広がっていたことになる。

このように考えてくると、『浦島草』は、登場人物たちの複雑な愛憎を描きながら、人間が「生焼けの魚」と化す被爆地と、原発の脅威に晒される海を、同じく人間の欲望の果ての光景として描いた小説と言えるのではないか。それが浦島伝説に対する大庭みな子の加筆であった。福島第一原子力発電所の事故を機に、広島・長崎と福島、原爆と原発、各々の問題を様々な違いを越えて結びつけて考えることで、核と人間のあり方が問われ続けている。『浦島草』が投げかける問題は、今、ますます重みを増していると言わねばならない。

『浦島草』における記憶と語り――原爆表象を中心に

上戸理恵

はじめに

大庭みな子『浦島草』は一九七七年三月に講談社から刊行された。この単行本には、大庭みな子と野間宏の対談「『浦島草』について」が「付録」として収められている。そこで大庭は次のように『浦島草』に言及している。

対話のカギを意識的にとっていったのは、内的独白でも、実際に音にして言葉で言っているものでも、どちらでもいい、あるいはその言っていることが、小説の場合には必ずしも、ふつうの意味のリアリズムでなくてもいいんじゃないかと思いましたのです。それで、地の文章も当然、中に入ってしまうわけなんですけれども、それが全部渾然とした状態でもって、ひとつの宇宙みたいなものがつくられればいいと思いまして……。（日本経済新聞出版社版全集第21巻、一四一―一四二頁）

「対話のカギ」を取り実際に発話された言葉と「内的独白」との区分を曖昧にしていくこと、さらにそれぞれの作中人物と地の文章の語り手との区分をも曖昧なものとして表現すること――これらの方法が選ばれた背景には「ふつうのリアリズム」から距離を取ろうとする大庭の意図がある。すでに先行研究で指摘されているように、この語りの方法は物語の重層性・多層性と結びついている。[1]『浦島草』における物語の現在は一九七六年の東京に設定されているのだが、そこに集まったそれぞれの人物に紐づけられた時間・空間の記憶は多様である。彼らによって語られる（あるいは語られない）記憶は、彼らの現在に影を落としながらもはっきりとした輪郭をもって描かれることはほとんどない。彼らの発話と内的独白との区分が曖昧であることと響きあうように、彼らの記憶は不定形なものとして示されているのである。

この小説は、菱田雪枝というアメリカ帰りの二十三歳の女性が異父兄である森人と再会する場面から始まるが、この二人は故郷である蒲原の出来事をそれぞれに語り合う。しかし、雪枝にとって十一年前は幼かったこともあり蒲原でのことはよく分からないことも多いという。蒲原の記憶を呼び起こそうとすると同時に、雪枝は十一年間を過ごしたアメリカでの出来事をも思い出す。

森人にとっても蒲原の記憶はすでに遠いものとなっている。そして彼は原爆投下後の広島の光景を目撃したという記憶を抱えている人物でもある。兄貴分の麻布龍の妻・冷子と性的関係を持ったのはまさにこの広島の地においてであった。息子・黎をもうけた冷子と森人は、冷子の戸籍上の夫である龍とともに東京の冷子の家で三十年間共同生活を続けていた。

冷子は、広島での出来事を自らの生き方と結びつけて物語化し、それを人に話して聞かせるという行為をくり返している。森人に連れられて冷子の家を訪れた雪枝もまた冷子の語りを聞かされる。さらに冷子の語りを幾度となく聞いたという森人の戸籍上の娘である夏生の語りを聞くことにもなる。

夏生は、黎の子守として雇われたユキイと朝鮮戦争で戦死した米兵との間に生まれた娘である。ユキイが夏生を産んだときに亡くなってしまったため、夏生は森人によって実子として届けられ、冷子・龍・黎と共に二十五年間暮らしてきた。一方、雪枝の年上の恋人であるマーレックはアメリカ国籍を持つが、ドイツ兵に殺されたポーランド人である父親とフランス人の母親との間に生まれたという人物だ。[2] 夏生とマーレックは、異なる歴史・文化を持つ両親の間に生まれたという点で共通していると言えるだろう。

江種満子氏は、複数の人物が語る物語を緩やかにつないでいるのは、どの場面にも登場する雪枝であり、あるいは蒲原・ヒロシマ・東京をすべて生活の場として生きた人物・森人であると指摘している。[3] 確かにこの異父兄妹が再会を果たす冒頭の場面において、不確かな記憶と消失・変容していく風景という『浦島草』の基調音をなす主題が示されている。この主題が「ヒロシマ」という場所に結びつけられたとき、広島に投下された原爆によって被爆した者[4]もその体験を共有していない者も、ともに過去の記憶を現在に結びつけることの困難に直面する。この困難は記憶を語ることの困難とも切実な形で結びついている。

水田宗子氏は、「記憶のあと」（ポストメモリー）という概念に引きつける形で、「沈黙したまま深層に埋められた当事者の記憶＝傷を自己探求の物語の中で語り直すことを通してのみ、記憶は継承されうる」（『大庭みな子　記憶の文学』平凡社、二〇一三年五月）というメッセージを『浦島草』から読み取っている。さらに、語り得ないような惨事を生き延びたサバイバーたちの「記憶＝内面の傷跡」を、後から来る者たちがどのように引き継ぎ、自分の実存と結びつけたかを問う。

「ポストメモリー」(post memory)とは、マリアンヌ・ハーシュ氏が提唱した概念であり、個人的、集団的、文化的なトラウマ（精神的外傷）を伴う出来事の後に生まれた世代（generation after）が、「想像的投資（表象）、投射、創作物」によって形成する一種の記憶のことである。[5] ハーシュ氏は「ポストメモリー」について、体験による記憶を持たない世代が、物語や写真、映像作品を通じて得られる追体験により、その精神的外傷も含めて先の世代の経験した過去の出来事の記憶を引き受けるという構造があると述べている。

水田氏およびハーシュ氏による「ポストメモリー」の概念をふまえつつ、本稿では、『浦島草』の物語世界が「記憶」の不確かさ・流動性・可塑性を前提としていることに着目し、ヒロシマの記憶が、物語の現在時（一九七六年）を生きる人々によってどのようなものとして引き受けられているのかを検討する。さらにその記憶を物語るという行為が及ぼす作用について考察し、ヒロシマの生還者である冷子によって物語られた記憶やそれを聞いた次世代の作中人物たちの語りから、どのような形で過去と現在とが結びつけられているのかを論じる。

なお本稿では「ヒロシマ」という表記を、そこに集合的記憶が託された「場」という意味で用いる。また、集合的記憶に回収され得ない個別の体験としてのヒロシマを〈ヒロシマ〉と表記する。『浦島草』からの引用および単純に地名として記す際には「広島」と表記する。

一　変容する姿と不確かな「記憶」

先述したように『浦島草』は、雪枝が異父兄・森人と十一年ぶりに再会を果たす場面から始まる。はじめから自身の記憶に自信がなかったという雪枝は、昔の写真や自身との血のつながりを手がかりに人波から森人を探そうとするのだが、結局自分の肩を叩いてきた森人のことを「見知らぬ初老の男」として無視してしまう。その後雪枝は、男のおだやかな笑いから「見覚えのあるゆらめき」を見出すのだが、想像以上に年老いた森人の姿に戸惑いを隠せない。変容する人やものの姿と不確かな記憶という主題は、再会してすぐに森人と故郷のことを話す場面でも反復されており、森人の婚約者「あり」について話した後で次のように語られる。

いろいろなことが甦ってきては、また消えた。はっきりと形をとどめて迫ってくるものは何もなかった。何もかも、アミーバーのようにぐにゃぐにゃして、無限に形を変え、ぼけてにじんだカラー写真のようにうるんで見えた。(一九頁)[6]

越智啓太氏は、記憶の可塑性について、「物を見たり聞いたりした時、その体験を脳の中の貯蔵庫のような入れ物に入れ、必要になったときに、そこから取り出してくる」という「貯蔵庫モデル」を紹介し、エリザベス・ロフタスの研究をもとに、「人間の記憶システムは、このモデルが想定しているような静的なものではなく、貯蔵されている間であっても、変形を受けてしまう可能性がある」ことを示している（『つくられる偽りの記憶』化学同人、二〇一四年一一月）。『浦島草』が示しているのもまた記憶の不確かさ、可塑性（「アミーバーのようにぐにゃぐにゃして、無限に形を変え」）であり、さらにそこには過去のある時点にあったはずの「もの」の姿が変容しているという事態が関連づけられている。この変容の中でもとりわけ重要なのは、「風景の消失」である。中学からの十一年間をアメリカで過ごした雪枝にとって、故郷・蒲原の風景は記憶の中にしか存在しないものである。しかし、その間に現実の蒲原は変化しており、雪枝が想起する故郷の風景はすでに存在しないものであることが森人によって次のように示される。

「新潟の砂丘に行ってみることある？」とたずねた雪枝に、森人は何のことか思い当たらず当惑した後、砂丘はなくなったのだと答える。さらに「ぐみ原」について質問を重ねる雪枝に森人は「さあ」と返し、「ぐみ原などというものが、むかし、あったか」と考える。この一連のやり取りから分かるのは、かつてあった風景が消失し、その記憶が薄れていくということだけでなく、記憶が薄れるとともに実際にそれが「あったか」どうかさえわからなくなるということである。[7]

そしてこの風景の消失・変容という問題は、「ヒロシマ」の記憶へと結びつけられていく。物語の現在時の一九七六年、それから原爆が投下された一九四五年八月、そして原爆ドームや平和記念資料館などのシンボリックな場所が前景化した一九七二年。[8] 注目すべきは一九七〇年代のヒロシマであろう。

一九七二年に広島を再訪した冷子と森人は、街の変容に戸惑う。

冷子と森人はそこに、全く違う街が、美しい近代的な都会が出現しているのを見た。蜃気楼さながらの美しい街だった。

彼らが確かに、その最期を見とどけたはずの街が、それだというのだ。彼らにはその近代的な都会が、どうしても現実のものとは思われなかった。現実に目の前に存在する、東京よりもずっと美しいその街は、幻のものとしか思えなかった。（二五七頁）

一九七二年の夏に訪れた広島は、一九四五年八月に「その最期を見とどけたはずの街」とは「全く違う街」だった。森人ら原爆体験者によってまなざされた広島の街は「蜃気楼」や「幻」という表現によって実在感のないものとして表象されている。森人は、原爆ドームから立ち去ると恐怖にかられて、見ず知らずの中年女性や六十歳位の男性、五十歳位のタクシー運転手に、原爆のときの記憶を聞こうとする。相手の原爆体験を聞き、自身の原爆体験を語ることで、自分たちの体験が確かにあったことだと再確認しようとする。[9]
そして戦後に生まれた雪枝もまた、冷子と森人と同様に一九七〇年代のヒロシマを「蜃気楼」だと思い、現実感の欠如を味わう。広島を訪れる前にすでに森人の話を聞いていた雪枝は、「とにかく蜃気楼を見て来ます」と宣言し、その宣言通りに「原爆記念館」[10]の中で実在感のないヒロシマを目の当たりにする。
原爆記念館の中では、マーレックは何も言わなかった。何か言っても無意味なような気がした。

原爆の惨劇のいろいろなものを見せつけられても、何だ、人間が自分でわかってしたことじゃないか、それを何もいまさら、そんなに念を押して貰わなくてもよい、と思い、雪枝はこんなことをいまさら言っても仕方がないけれど、言わなければ、もっとみんな忘れてしまうのだろうと思い、前を往きかう人びとが、いつの間にか白い煙につつまれて、立ちのぼって掻き消えてしまうような気がした。

このたくさんの人の群や鳩の群は、みんな幻影で、砂漠の上にゆらめいている蜃気楼にすぎないのだと思ってじっとみつめているうちに、自分のからだがふわふわと煙の中で重心を失っていくような気がした。（二九〇頁）

雪枝の婚約者であるマーレックが「何か言っても無意味なような気がした」と出来事を伝える言葉の無力さを強調する一方で、雪枝は、「言わなければ、もっとみんな忘れてしまうのだろう」と言葉が忘却に対抗しうる可能性を示してもいる。

森人と冷子、そして雪枝が感じた「蜃気楼」としてのヒロシマは、被爆の記憶をある種の「商品」(11)として馴化させる空間でもある。森人と冷子が広島で見た若い観光客が囁く「――原爆、原爆っていったって、大したことないんじゃない――ケロイドの人なんかどこにもいないじゃない――そういうのが見たかったのに」という言葉は、森人の頭蓋骨の奥に鈍い痛みを与え、惨劇の痕跡さえも観光資源として消費される「ヒロシマ」を皮肉るようになる。マーレックの視点も森人に近い。

『浦島草』は、体験者たちの広島再訪、そして新しい世代の広島訪問を通じて、「歴史」化されようとしている記憶への違和感を示す。彼らが訪れた平和の象徴であるかのような「ヒロシマ」は、足元をぐらつかせる不安や混乱、孤独感を与える場所であった。

二　「原爆」の語りをめぐる困難

そのときのことは、どんなふうに話しても、実際と同じように話すことはできません。何か言えば、嘘になりそうです……原爆の光景は、どんな言い方をしても、それが実際よりひどいことはない。それは、この世の終りの風景でした。（二三三頁）

冷子は「原爆の光景」について伝えることの困難を雪枝に語る。冷子は原爆の光景は言葉で再現／表象することができないという。[12] それにもかかわらず、冷子は雪枝という聞き手に向けて自分の目撃した〈ヒロシマ〉を語って聞かせる。ここには自らの記憶を誰かに聞いてほしいという欲望がある。[13] しかし冷子の語りは、他者の共感や理解を妨げている。冷子の語りで問題になるのは、その「物語化」の異質さである。姑への憎しみをあらわにし、姑の死を願った自分への復讐として、精神薄弱とも自閉症とも言えるような性質をもつ子どもとして黎が授けられたのだと冷子は語る。その語りは、被曝した身体と黎の障害とをそのまま結びつけるのではなく、ごく個人的な憎しみを前景化させる点で独自の物語となっていると言えるだろう。姑への憎悪・殺意というごく個人的な感情が原爆と結びつくのは、どちらも自分以外の人間を殺して自分だけ生きのびようとする「人間の欲望[14]」であるという点においてである。

黎は、あたしの、あの歓びの中から生まれたんです。輝いている子宮の中で、緋色の血を吸って育ったのよ。ニホンのヒロシマで、原爆が成功したことに手を叩いて総立ちになった人間の、あの笑いをとやかくいう資格はあたしにはない。（一三六頁）

ここで示されているのは、原爆を投下した人間の高揚感が、姑の死を願っていた冷子の歓びと地続きであるという認識である。人間の欲望は、他者への攻撃性・残虐性と不可分の関係にあると考え、冷子はそれを黎の存在につなげている。この冷子の語りは「冷母さんは、黎のことで、そういう話を創りあげたのよ」と夏生に評され、「もうやめなさい。その話は。お前は妄想にかられているだけなんだ。黎のことで」と森人にたしなめられる。(15) しかしここで「創りあげた」話、「妄想」とされている冷子の語りは、夏生の記憶に揺さぶりをかけてもいる。

夏生は雪枝と同様に戦後生まれで実際には原爆投下直後の広島を知らない。しかし夏生は、ヒロシマの惨状を冷子や森人から聞くうちに「いつの間にかあたしなりに暗記してしまって――つまり、あの人たちが何度となく話してくれたことから、それは自分自身の経験だ、と思いこむようになったのよ」と話す。経験が「思い込み」すなわちフォールスメモリー（偽の記憶）であることを表明している。(16) 夏生の記憶は、視覚的イメージ（図像・映像）によってではなく、くり返し聞かされる「話」によって生成される。

〈男と女の死体の区別もつかなかった。――どういうわけか、みんな、おなかの下がひどくふくれあがっていて――それは、はみ出した内臓だったのよ。

網であげられて、投げ出された魚の山に、重油をかけて、生まま焼けにしたと思えばいい――。それから、その上を、ダンプカーかなにかで轢いた――それも、鰓《えら》のあたりが、まだひくひくと動いていた〉そういう話なの。（六二頁）

これが冷子から語られた言葉を聞いて「夏生なり」に記憶した原爆の光景である。そして原爆の光景の記憶は、他人の言葉の反復ではなく自分の存在に結びつける形で再生される。

あたしの中にできあがった、原爆の記憶は、丁度、あたしを生むと同時に死んでしまった、お母さんのことによく似ているの。あたしはお母さんを覚えている筈なんかないのに、どうしても、お母さんの記憶がある。きっと人は生まれる前の記憶をどこかにちゃんと持っているのじゃないかしら。だってそれでなけりゃ、赤ん坊が生まれた途端に乳房に吸い付くなんてことはできないもの。（六二頁）

冷子は、姑への憎悪という自分の個人的な思いに、原爆を落とした者の「歓び」を重ねる語りの中で「輝いている子宮の中で、緋色の血を吸って育った」という黎の存在を浮かび上がらせていた。胎内にいたときの母の記憶と原爆の記憶とを「よく似ている」と結びつける夏生は、冷子の語りと奇妙な形でつながりながら独自の物語を創り出している。さらに雪枝に対する夏生の語りと冷子の語りがともに「作り話」である点にその共通性を指摘することができる。

夏生は雪枝という聞き手の反応に敏感に反応しながら語る。そして夏生から話を聞いたという雪枝に対して冷子は「あの娘は嘘つきじゃありませんよ。ただ、人を愉しませるのが好きですし、ときによっては作り話をするんです」と語る。「嘘つき」ではないが「作り話」をするという夏生の語りは、原爆という出来事を物語化する冷子自身の身振りに通じる。語られた記憶は聞き手の存在を想定して編集された一種の「虚構」である。冷子の語る言葉を「虚構」(「創りあげた」話)だと断じた夏生だが、自分の話をするときには冷子と同様に虚構の言葉(「作り話」)を発している。この作品で追求されているのは、虚構(=物語化)を含めた言葉の可能性である。語られた言葉が牽引するイメージはしばしば実際に見たもの以上に生々しい存在感をもって聞く者に迫る。冷子の語りが夏生の発する言葉に浸透していくように、語られた物語は、その語りを聞く者の世界に接続し生き長らえる。[17]

三 「人間の欲望」とヒロシマ・蒲原

「妄想」としてはねのけられる冷子の語りは、個人的な問題を原爆という惨事の記憶に結びつける結節点として「人間の欲望」を強調していた。冷子の話における「人間の欲望」という要素は、原爆を知らない者たちの体験や語りにおいても印象的な形で見出される。

広島を訪れた際にマーレックと夏生との間のただならぬ空気に嫉妬した雪枝は「広島なんか大嫌い、広島なんか大嫌いよ。あなたがいなくなるから」とマーレックに苛立ちを表明する。「こんなところ、消えちゃえばいいんだわ。どうせ原爆を落したんなら、草木の一本も生えなきゃよかったんだわ」と続く雪枝の言葉は、原爆という凄惨な出来事を、姑に対する憎しみと結びつける形で捉えた冷子の語りを想起させる。

　雪枝は広島の風景は全て、蜃気楼だったと思うことにした。（中略）最初の一日、マーレックと夏生との間に何があったにしろ、なかったにしろ、ただ一途に夏生とマーレックを体中で憎んだ。理由の如何にかかわらず、もしそうできるなら、二人を殺したいと思った。（二〇二頁）

広島の風景を「蜃気楼」としてまなざす雪枝の行為は、「原爆記念館」で直面した記憶の風化という問題を想起させるが、それ以上にここでは夏生とマーレックに対する個人的な愛憎の思いを前景化させる。原爆という世界規模の惨事を個人的な憎しみに結びつけて語る冷子のふるまいは聞き手によって信頼性を欠いたものとされていたが、雪枝の広島訪問に、冷子の物語は確実に響いている。雪枝にとっての〈ヒロシマ〉は、集合的記憶を保存・提供・消費する場としてではなく、自分の男を奪われまいとする剥き出しの個人的「欲望」を直視する場としての相貌を現わす。

　また森人と会話するマーレックは、次のように「人間の欲望」という言葉を科学者の好奇心という意味あいで用いる。

生物学者たちは遺伝子をいじりまわして、とんでもない新しい生物を造り出すことをもくろんでいます。物理学者たちは、核融合だの、あらゆる種類のエネルギーを、太陽だの、風だの、地熱だの、無害だと称する、あるいは害など少しぐらいあったってかまわない、当分、危険なものは海の底に沈めておけばいい、といった具合に（中略）あらゆる可能なエネルギーをつくり出すことを考え、そのエネルギーさえあれば、食料だって何だって無尽蔵に出来るのだから、べつに、地球の温度が少しぐらい高くなったり低くなったり、オゾンがこわれたりしたところで大したことはない、万々歳だと思っています。（二六六頁）

さらにマーレックは、「原爆だって核燃料だって、それが人間にとってどういうことになるかという理屈より、好奇心のほうが、好奇心という人間の欲望のほうがはるかに問題です」と続ける。このマーレックの考えには、大庭自身の考えが投影されているようである。前述した野間宏との対談で大庭は、「科学者というのは特別な人間だというふうに考えない方がいいんじゃないでしょうか」と述べているが、この発言はマーレックの言葉と端的につながる。大庭がここで主張しているのは、科学者の好奇心という欲望が個人的な問題と地続きだということである。

ところで、科学者の好奇心を「人間の欲望」と表現するマーレックがその欲望の産物として原爆に並べる形で「核燃料」を挙げていることは重要である。この発言は森人と雪枝の故郷である蒲原において現在工事中だという原子力発電所の存在と結びついている。蒲原に帰郷した雪枝は、原子力発電所が土地を買い上げ、自分の記憶の中にある「桜ん坊の畑と桐の並木」がつぶされてしまったということを知る。ここで原子力発電所は、ゴルフ場や工場とともに故郷の風景を変えるものとして出現しているわけだが、原爆と核燃料とを結びつけるマーレックの言葉を補助線にして考えたときに、より禍々しいものとしてイメージされるだろう。

『浦島草』においては新潟・蒲原もまた闘争や愛憎の物語の舞台として位置づけられている。[18] 蒲原の出来事や人物たちは、すでに『ふなくい虫』（講談社、一九七〇年一月）で書かれており、なかでも自殺してしまう「桐野あり」の存在は重要なものとして位置づけられる。すでに書かれた別の物語の「場」でもある蒲原に作られる原子力発電所がヒロシマの「原爆」と結びつけられることで、『浦島草』は記憶すべき過去を語る物語を超えて未来の危機を予見する物語としての相貌を表すのである。

おわりに

風景の変容・消失が加速させる記憶の風化・忘却を『浦島草』はくり返し描いている。この問題にいかに対峙するのかという問いに対して、本作は「語り」の力が他者に働きかける可能性を示すという形で応答している。原爆投下直後の惨状を目の当たりにした冷子による語りは、言語による正確な伝達が不可能であるという限界から出発しているが、個人的な愛憎が前景化する形で創り上げられた「物語」は世代的にも地理的にもヒロシマから隔たった者たちの現在に働きかける。表面的には個人的なことを肥大化させているような冷子の語りは、「人間の欲望」を示す物語として人びとの生きる現在に結びつけられ引き受けられていく。それは、「平和記念都市」であるヒロシマが提示するような共同体の記憶＝物語には回収しえない、いびつでありながら根源的な「生」の物語である。「人間の欲望」の発現という点で〈ヒロシマ〉と蒲原は重なり、「原爆」と「原発」が地続きのものであることを示す。「人間の欲望」の物語である『浦島草』は、二〇一一年三月一一日の東日本大震災およびそれによる津波が引き起こした福島第一原子力発電所の事故以降の世界を生きる私たちにとっては、まさに「現在」の問題として響いてくる。

《注》

(1) 代表的な論考に、加賀乙彦「思想と潮流　重層する小説時間　高井有一『冬の明り』、黒井千次『五月巡歴』、大庭みな子『浦島草』」（『朝日ジャーナル』一九七七年五月二七日）、リービ英雄、解説「もう一つの『戦後文学』」（大庭みな子『浦島草』講談社文芸文庫、二〇〇〇年八月）、江種満子「『浦島草』の物語系」（『大庭みな子の世界』新曜社、二〇〇一年一〇月）などがある。

(2) 本文には、「マーレックは、父親の国、ポーランドを一度も見たことがなく、母親の国フランスをほんのちょっとしか覚えていず、今ではすっかりアメリカ人だった」（一四頁）、「マーレックはある意味で典型的なアメリカ人だった」（一五〇頁）とある。アメリカに対するマーレックの帰属意識は、アメリカが「異った文化」に対して「寛容な包容力」を備えた国であったためだと説明されている。

(3) 注(1)を参照

(4) 作中で夏生は、育ての親である冷子と森人を「――あの人たちは――被爆者なのよ」と話しており、コミュニケーションに障害を抱えた黎のような子どもが産まれた原因に放射能の存在があることを示唆している。当時胎児であった黎もまた、放射能による影響を受けたという意味では被爆者と言えるだろう。ただし冷子による「原爆」の話は自分が「見た」という原爆投下後の広島の風景についての語りに終始しており、原爆症と考えられる「妙な症状」についてはほとんど言及されていない。この冷子の当事者ではない「目撃者」としての位置は、大庭みな子自身が西条高女に通っていた十四歳のとき、原爆投下後の広島市に救援隊として学徒動員された経験を持っていることと関わっているだろう。

(5) Hirsch, Marianne."Introduction." *The Generation of Postmemory : Writing and Visual Culture After the Holocaust.* Columbia University Press, 2012. p5

(6) 森人の外見的な変化やそれに起因する雪枝の戸惑いについては、「何という変りよう——。彼は、醜くぶよぶよにふくれて黴の生えたパンみたいだった。かつてたくましく筋骨の盛りあがっていた肩も胸も、ただしまりなくむくみ、あの黒ぐろとした硬い髪は影も形もなくかき消え、代りに、風に吹かれる寸前のたんぽぽのような軽い白い毛がふわふわと漂う下で、禿げあがった額ばかりが妙に深みのある鉛色の艶を帯びていた。(中略)森人は、まだ五十かそこらの筈だった。どうしてこんなことが、どうして、こんな、——確かに森人だが、いったいどうして」(九―一〇頁)という雪枝の語りから読み取ることができる。

(7) エマヌエラ・コスタ「世界と出会う大庭みな子文学——旅、越境」(『城西国際大学創立二〇周年記念　ヘルベルト・プルチョウ追悼/大庭みな子国際シンポジウム記録集』城西国際大学比較文化研究所発行、二〇一三年五月)は、『浦島草』冒頭で示された、「故郷」である「日本」の姿を見失った雪枝の違和感を、ランドスケープ・マインドスケープ(landscape / mindscape)の不一致に起因するものとして読み解いている。風景の消失・変容が人間の記憶や実存とどのように関わるのかという問題を、「越境者」である雪枝の視点から考察した論考である。

(8) 江種満子氏は、『浦島草』の中では「ヒロシマの物語系は三層構えになっている」と述べ、第一の層を「昭和二〇(一九四五)年八月のヒロシマ」、第二の層を「昭和四七(一九七二)年の夏、冷子と森人が再訪したヒロシマ」、第三の層を「昭和五一(一九七六)年、すなわち物語の現在時、雪枝と恋人のマーレックが訪ねたヒロシマ」と整理している(「『浦島草』の物語系」、前掲書)。

(9) 広島市内で原爆のときの記憶を尋ねる森人はなかなか思うような反応が得られずに焦燥する。最後に聞いた運転手から自分の体験と近い体験が語られたことでようやく安堵するが、一貫して「大儀そう」に話す運転手は饒舌に語ろうとする森人と対比的に描かれている。

(10) 「原爆記念館」と言われているのは、広島平和記念公園の中にある「平和記念資料館」のことだと考えられる。作者は「平和」を「原爆」に置き換えることによって、「原爆」を「平和」と結び付ける言説に異を唱えている。ロバート・J・リフトン氏は、「原子爆弾」と「平和」という二つの言葉がほとんど互換的に用いられる傾向にあることを指摘している(ロバート・J・リフトン著、桝井迪夫ほか訳『ヒロシマを生き抜く(下)』岩波現代文庫、二〇〇九年七月、原著一九六八年)。米山リサ氏はこの指摘をもとに、「原爆」と「平和」の相互互換性を論証するために広島という都市がデザインされていったという経緯に触れ「権力の交差的作用」を浮き彫りにした(『広島　記憶のポリティクス』岩波書店、二〇〇五年七月)。また米山氏は、同書で広島市を再編成する計画が「広島を原爆と戦後の平和とのつながりを展示するための国際的なショーケースに変える」という意図によって連合軍総司令部に歓迎されたことを指摘する。

(11) 福間良明氏は、「原爆ドームという遺構が、被爆体験のシンボルとして発見されたのは、復興の進展とともに遺構の希少性が高まった一九六〇年代半ばであった」と述べている(『「戦跡」の戦後史　せめぎあう遺構とモニュメント』岩波書店、二〇一五年八月)。また、米山リサ氏は、被爆の記憶を「商品」化し観光資源として流通させるという広島市の再開発計画の始まりが一九七〇年代にあることを指摘する(『広島　記憶のポリティクス』)。

(12) 原爆文学において「原爆の惨劇の実態がどこまで伝えられるのか、矮小化されたり、歪められたりすることはないのか、という問題が、(中略)提起され議論されてきた」(津久井喜子『破壊からの誕生―原爆文学の語るもの―』明星大学出版局、二〇〇五年七月)。

(13) 下河辺美知子氏は、トラウマによる記憶は「『凍りついた記憶』として、心の中に鉛のように沈殿し、その一方で、言葉を与えよという熱い要求として、記憶の持ち主をせきたてる」(『歴史とトラウマ　記憶と忘却のメカニズム』作品社、二〇〇〇年三月)と指摘しているが、冷子の「語りたい」という欲望はむしろその語りを聞く「他者」を必要としている。トラウマ化した体験の記憶を語ることの難しさについて川口隆行氏は『原爆文学という問題領域』(創言社、二〇〇八年四月）で、次のように述べている。

壮絶な暴力体験や苦痛によってトラウマ化した外傷を癒すには、それに徹底対峙して言語化せねばならないという。だがその一方で言語化された、すなわち物語化された記憶は、体験の真実全体を掬うことは不可能であり、必ず何かを取りこぼしてしまう。そもそも、トラウマとは、そこにあるとたやすく名指せるものではない。

⒁「原爆はね。――あれは、人間の欲望です。自分以外の人間を殺して人間は自分だけ生きのびようとするんです。そして、その結果、自分も亡びるんです。あたしが、自分自身で、そのことを証明しているじゃないの」（一三五―一三六頁）

⒂ 野村忠男氏は、「ほんとうのこと」を話していたはずの泠子のことばが、語りを聞く雪枝や夏生、森人らによって封じられてしまうことに言及し、「口に出した途端、ほんとうのことは、ほんとうのことでなくなってしまう」（「大庭みな子覚書――『浦島草』を中心に――」『始更』三号、二〇〇四年一二月）と指摘している。

⒃ フォールスメモリーの形成について、本論でふれた越智啓太氏は「あるものを想像してイメージ化することによって、実際に生じた知覚とイメージによって生み出されたものが区別できなくなってしまい、実際に生じたもののように感じられてしまう現象」として「イメージ膨張効果」に言及している。

⒄ 言葉によって他者とつながっていく可能性を『浦島草』は多様な形で描いている。マーレックとの対話を通して森人が、「自分たちが人間の欲望という絆でつながり合い、反撥し合い、お互いに生きのびようともがき、なれ合っているのを」恐怖と不安で感じとっている。泠子と夏生の語りは、過去の出来事についての語りが新しい世代の生に影響を及ぼすということだったが、マーレックに対する森人の感想は、言葉による影響関係が年長者から若い世代へという一方向のものではなく、相互的なものであることを示している。

⒅ 大庭利雄氏によると、みな子の出生地は東京だが故郷としての思いを持っていたのは母の出身地である新潟の方であったという。父親が艦隊勤務の間に身を寄せたのが、母の実家のある北蒲原郡木崎村であった。この村にいた時期に通った小学校の先生との交流は晩年まで続き、大地主の家の生の乱れなどを耳にしたという。また、幼少期に見聞きし

た貧農の実態――大地主に搾取される小作農民という構造――への関心から、大正一五年の木崎村小作争議についての資料を集め、「黒塀の家」という仮題の長編小説を執筆した。利雄氏は、結局完結しなかったその小説は、形を変えて「ふなくい虫」や「浦島草」に表れていると述べている（『最後の桜　妻・大庭みな子との日々』河出書房新社、二〇一三年五月）。森人の父は小作争議にまきこまれて殺されたが、その事件をきっかけに主家である桐尾家の女主人・ふゆは狂気に陥り自殺したという。森人はふゆの娘である桐尾ありと婚約するが、妊娠したありは自ら命を絶つ。蒲原の記憶の中で最も存在感を放つのは、桐尾家の女たちである。森人や雪枝の母はふゆを憎悪し、子供たちの前でもふゆを悪しざまに罵ったが、そのためかえってふゆの「いきいきとした映像を子供たちに焼きつけて」しまう。〈ヒロシマ〉をめぐる記憶＝物語と同様に、語られた言葉が実際の体験以上に鮮烈な記憶として刻み込まれている。

〈参考文献〉

・麻生享志『ポストモダンとアメリカ文化　文化の翻訳に向けて』彩流社、二〇一一年六月
・五十嵐惠邦『敗戦の記憶――身体・文化・物語　1945―1970』中央公論新社、二〇〇七年一二月
・木村朗子『震災後文学論　新しい日本文学のために』青土社、二〇一三年一一月
・小林富久子監修『憑依する過去』金星堂、二〇一四年三月
・関沢まゆみ編『戦争記憶論　忘却、変容そして継承』昭和堂、二〇一〇年七月
・高橋陽子「『浦島草』――大庭みな子試論――」『目白近代文学』第七号、一九八七年三月
・直野章子『原爆体験と戦後日本　記憶の形成と継承』岩波書店、二〇一五年七月
・与那覇恵子『現代女流作家論』審美社、一九八六年三月
・与那覇恵子『後期20世紀女性文学論』晶文社、二〇一四年四月
・ジェームズ・L・マッガウ著、大石高生・久保田競監訳『記憶と情動の脳科学』講談社、二〇〇六年四月
・ジョン・W・トリート著、水島裕雅・成定薫・野坂昭雄監訳『グラウンド・ゼロを書く　日本文学と原爆』法政

大学出版会、二〇一〇年七月

・ラリー・R・スクワイア、エリック・R・カンデル著、小西史朗・桐尾豊監修『記憶のしくみ　上』（講談社、二〇一三年一一月）

付記　『浦島草』本文の引用は、『大庭みな子全集』第4巻（二〇〇九年八月、日本経済新聞出版社）に準拠し、引用の際、適宜ルビを省略した。

「すぐりの島」――「生きものの記憶」を求めて

西井弥生子

一

『がらくた博物館』（文藝春秋、一九七五年二月）には「犬屋敷の女」（『文學界』一九七二年一月）、「よろず修繕屋の妻」（『文學界』一九七四年一月）、「すぐりの島」（『文學界』一九七四年一〇月）が収められている。連作小説集『がらくた博物館』という標題の〈がらくた〉は二重の意味を持ち、国民国家の枠組みから逸脱した登場人物たちの隠喩と一つには考えられる。(1)また、作品中の「前世紀の半ば頃つくられた」という、一千トンもの「お化け船」で〈よろず修繕屋〉と呼ばれるラスの「がらくたの蒐集品」が陳列されている〈がらくた博物館〉にも因む。その〈がらくた博物館〉があるアメリカの北の海辺の小さな町は、かつては「ロシアの植民地」であったとされ、大庭の暮らしたアラスカ州シトカを想起させる。物語内時間は、「アメリカの若い男の子たちが戦争に行って死にたくないのでどんどん国外に逃げ出す」という状況が述べられていることから、ヴェトナム戦争時の一九七〇年代初頭と考えられる。「犬屋敷の女」では一四歳で一九二〇年代の終わりに「死の脱出」をした亡命ロシア人のマリヤ・アンドレエヴナが、「よろず修繕屋の妻」では日本人の夫に捨てられ、アメリカ軍兵士のラスと結婚して前夫との子を連れて渡米したアヤが、「すぐりの島」ではスペイン出身で南米を経由してボートで街に流れ着き、ギフトショップや印刷所を経営しているカルロスが主な視点人物となる。

マリヤは「ねえ、アヤ、あたしたちは結局、浮浪人なんですよ。追い立てをくった浮浪人なんです。流浪の民で、どこに行っても安住の地がないんです。」とアヤに呼びかけ、身の上話を聞かせる。ロシア革命、上海事変、第二次世界大戦等によって、国家や民族、政治勢力の境界が定められる度にマリヤはソ連から満州へ、ハルビンから上海、アメリカへと流れていった。その女性身体は「牢屋にぶちこまれ」るべき罪人、「逃亡者」、「乞食」として排除され、一方で「子守女」や妻、「情婦」、後妻として社会に組み込まれてきた。アヤはマリヤに「生まれた国で不親切に扱われたという記憶では同質のもの」を感じる。また、カルロスは「話をするには相手を選ばなくてはなりませんよ。殊に、あなたやわたしのような特殊な言葉を喋る人間は」と忠告してから話を促し、彼が「喋ったような気」になる。

三枝和子氏は同時代人として、「人種とか国家とかいった連帯感を力まずさらりと否定して、しかもそのことによって自由になった人間の荒涼とした内面を、大庭さんはこの作品において実に多様に、そして確かな形で描ききったと言ってよいだろう。」（「異国に流れ住む人々の自由と荒涼」『週刊サンケイ』一九七五年四月三日号）と、登場人物たちの生き方に着目している。また、女流文学賞選考委員の佐多稲子氏も「個人と国籍という問題は、大庭さんらしい提出としてそこに特色があり、そのテーマには今日的な世界事情の裏打ちが用意され、場所の設定の効果もあって、それぞれの人物が実在感を持つように描かれている。」(「感想」『婦人公論』一九七五年一一月、一九四頁)と評価し、第十四回の同賞を受賞した。国家や民族に束縛されて生きていく方が楽であるという考えもあろうが、登場人物たちにはあえて「自由」を引き受けるという強さがある。そのような大庭の精神的亡命者とは些か質を異にするが、現代でも国を捨てて他の国に移らざるを得ない人々がいる。世界情勢を見るほどに、国境の警備は厳しさを増し、難民は世界中に溢れ、この難問はより切実な形で我々人間に突きつけられている。

拙稿では、「すぐりの島」で〈がらくた博物館〉に新たに加わるスウに着目する。複数の国家や民族との葛藤を経てきたその人物こそが他の登場人物たちを集約したような、精神的亡命者としての属性を一身に備えていると考えられるからである。以下に、国家や民族といった見方とは異なる次元において、スウの記憶をめぐる語りが他の登場人物たちのそれと絡みながら、集積、凝縮されていく様相をみていきたい。

二

「すぐりの島」は、一人の東洋人女性スウがフェリーから降りてくる場面から始まる。スウはカルロスの案内で町の名所を回っていく。〈がらくた博物館〉ではアヤと民族楽器について話し、ギフトショップではマリヤの説明を聞く。「生きものの記憶に魅かれる」と語るスウに、満潮のときだけ間を渡れるという二つの島を所有するカルロスは、禁猟期に親を撃たれた仔鹿にミルクやギムレットを与えてそこで育てていることを打ち明け彼女に近づく。やがてスウはカルロスが住む隣の島で暮らし始め、仔鹿をスグリと名付けて可愛がる。

夏の終わりが近づき、鹿猟が解禁となる前にスウはスグリに鑑札をつけ、あすなろうの木に繋いだ。スグリを保護するためであるが、スウ自身も逼塞した状況に置かれてきた。[2]「東洋史の学者」だった亡夫はスウに「東洋人の意識を必要以上」に持つよう求めた。民族音楽学の専門書を読んで朝鮮人としてのアイデンティティを思い出すように仕向けられ、「自分の中におぼろげにしかない記憶を強制的にひき出すことを命じられるのは、記憶を失くせと強制されると同じくらい不自然だわ。」と違和を感じながらも夫の意向に沿って学位を取得し、大学教員となった。

スウは日本人の父と朝鮮人の母との間に生まれたが、日本国籍は与えられず、台湾人と称していた中国人の義父と日本が戦争に敗れた後に共にアメリカに渡り、そこでアメリカ人の「東洋史の学者」の夫と結婚した。彼女は、すえ／素英《ソヨン》／素英《スウィエン》／スウという四つの名、リ＝ウェルズという二つの姓を持ち、それらの狭間においてアイデンティティを模索してきた。

スウの苦しみの根源には、「わけのわからない抽象的な『日本』と『朝鮮』という国」があった。しかし、夫との死別によって、それらが強制されるべきものでないことに気づき、他人事のように、単に聞き手の興味を満たすために「日本」や「朝鮮」について語れるようになった。そうした国々で生きた（とされる）人々の心の中に半ば入りつつも、「もの哀しい気分で自分の冷酷さをなじりながら」奏でる音楽こそが自分のものである、という心境に達したことをカルロスに告白する。

九月半ばにスウは島からS市に帰った。スグリは木に繋がれ、「哀しげな声で哭き立て」ていたが、初雪の日に鎖を切って逃げていった。その日、カルロスはスウからの、彼女が仕込んでおいた「すぐりの酒」がもうじきでき、スグリも好むであろうという旨の手紙を受け取り、「すぐりのお酒」と「リュート」によって、スウとスグリとの関係を取り戻そうとする。

　ギフトショップを訪れたアヤを介してカルロスは、スグリを鎖でつないであったあすなろうでリュートを作って欲しいとラスに依頼する。アヤが帰った後、カルロスはスウに「すぐりのお酒を飲みながら、琵琶を弾けば、スグリがすぐりのお酒をねだりに帰ってくるかもしれない。」と返信する。

　リュートは、「世界中の撥弦楽器の祖先」（N.H. フレッチャー・T.D. ロッシング著、岸憲史・吉川茂・久保田秀美訳『楽器の物理学』シュプリンガー・フェアラーク東京、二〇〇二年一〇月、二六〇頁）として知られるが、ここでは単なる技術的な復元にとどまらない。島を去る前にスウは、「わたし、リュートを始めようと思うのよ」とカルロスに告げていた。リュートである理由は、「琵琶とかマンドリンとかギターとかいうのでもなくて、――世界にひとつしかない楽器がいいわね」と述べている。幼少期には「日本語しか喋らず」、アメリカに渡ってからは「日本語を忘れ」、「朝鮮語はもともと知らなかったし、中国語を覚える前にわたしは英語を覚えた」というスウは、植民地主義の負荷を担わされ、越境を繰り返して来た。日本語については彼女固有の言語という自覚がない。英語も同様に支配者の言語でしかない。複数の言語を持っているが、どれも自分の言語ではない。一つの言語を持たないゆえに、たった一つの楽器に憧れる。カルロスはそのようなスウを愛するがゆえに、リュートに象徴化させようとする。即ち、リュートを奏でるスウからカルロスが思い描くのは、世界のどんな言語にもない、彼女固有の言語である「世界に一つしかない楽器」を奏でる女性という存在である。

　太古の氷河の風景をとどめる入江で育ち、スグリという「生きもの」を鎖でつなぎとめていた記憶の痕跡が刻まれたあすなろう。(3) その木は、カルロスからアヤの手を経て〈がらくた博物館〉に持ちこまれ、「よろず修繕屋」に渡される。その過程で、苦難に満ちた記憶に手が加えられ、与那覇恵子氏が指摘する「人間も、動物も、植物も、すべて一つの大きな生命体」（『後期20世紀女性文学論』晶文社、二〇一四年四月、一〇五頁）を表すリュートが生まれる。登場人物たちの、「生きものの記憶」の断片が「修繕《ブリコラージュ》」されることで、リュートに封じ込められるのである。「すぐりの島」においてはリュートの響きに導かれ、鎖を切って逃げた仔鹿とスウとカルロスが再会することをカルロスが願っているのだろう。

三

『がらくた博物館』が女流文学賞を受賞した際に大庭は次のように述べている。

> これはたくさんの人から聞いた話を、その人たちが言いたいと思っている心に寄りそって、創り直し、ひとつの作品世界に纏めたものである。（「受賞の言葉」『婦人公論』一九七五年一一月、一九二頁）

「犬屋敷の女」と同月に発表されたエッセイ「野草の夢」（『群像』一九七二年一月）でも大庭は、「耳をかたむけ、感じとり、みつめたものの中から拾いあげ、拾いあげたもので自分の世界を創造する作業は知的な選択の連続なのである。」という、『がらくた博物館』にも通ずる小説家としての基本姿勢に言及している。それは観念で書くのではなく、生きている人の言葉を集めて小説世界を創り上げていくというものである。

　スウが手に入れる（だろう）リュートは、街を訪れる多くの観光客が好む土産物とは対照的である。観光客たちは「あきらめ悪くどこかに消え去ってしまった幻の故郷を求めてやってくる退屈した老人ばかり」で、「商業的な細工物を買いこ」む。そうした人々は西洋文明が失ったとされるプリミティブをナイーヴに求めているのである。一方、スウやマリヤは商業的な土産物に関心がない。彼女たちが誘われていくのは、「確かに生きていた勇猛な動物の爪」（羆の爪）であったり、「長い間、土の中に埋もれていた」という「せいうちの男根」といった、「生きものの記憶」を直接感じられるものである。

　精神的亡命者という複雑な人生行路を経て、「生きものの記憶」に招き寄せられるスウ。彼女は、生きのびるためにこの地に流れつき、ヴェトナム戦争時代を横目に見ながら〈がらくた博物館〉に集う登場人物たちの象徴として描かれているといえよう。〈がらくた博物館〉には、多様な持主の記憶が刻まれた〈がらくた〉が収蔵され、層をなしていく。一方、〈がらくた〉の比喩とも解釈できる登場人物たちの記憶も「修繕《ブリコラージュ》」＝器用な手仕事を通して、『がらくた博物館』という「ひとつの作品世界」に纏められていく。スウが奏でるリュートの哀切な音色には、様々な国家や民族、政治体制や諸制度に翻弄されてきた人々の声が木霊し、生きとし生けるものをも魅了するだろう。断片的記憶を「修繕《ブリコラージュ》」＝取り集め、繕い合うこと、そこに人々の、「生きもの」としての可能性が賭けられている。

【付記】大庭みな子の文章の引用は、本文に記載のないものは『大庭みな子全集第3巻』（二〇〇九年七月、日本経済新聞出版社）に拠る。

《注》

(1) 武田勝彦氏は「この表題（『がらくた博物館』、引用者注）の寓意的な意味をくみ取れば、人間そのものが〈がらくた〉であり、人生なり社会は〈博物館〉であるということになろう。」（「風物の繊細な描写」『日本経済新聞』一九七五年三月三〇日、二四面）と指摘している。

(2) 宮内淳子氏は「民族と国家のはざまで数奇な運命に生き、そうしたものから自由になろうとしているスウ自身が、小鹿を愛し始めるや、名前をつけて鎖につなぎ飼いならそう」とする「矛盾」を指摘し、「無理に唯一の存在となるために、一本の木に自らを縛り付けて森から遠ざかっている」人間の在り方を問題提起している（「第3巻解題」『大庭みな子全集　第3巻』日本経済新聞出版社、二〇〇九年七月、五七九頁）。

(3) あすなろうの語源は「明日は檜になろう」である。清少納言は「何の心ありて、あすは檜の木とつけけむ。あぢきなきかねごと也や。誰にたのめたるにか、とおもふに、きかまほしくをかし。」（『新日本古典文学大系25　枕草子』岩波書店、一九九一年一月、五六頁）、とそれが甲斐がない望みであると言い切っている。また、松尾芭蕉は『笈日記』で「あすは檜の木とかや、谷の老木のいへる事あり。きのふは夢と過て、あすはいまだ来らず。」（『日本古典文学全集41　松尾芭蕉集』小学館、一九七二年六月、四五〇頁）と、「谷の老木」の嘆きを紹介している。リュートの材料となる〈あすなろう〉は、このような木々の、「生きもの」の切実な願いを象徴している。

世界と世界の間　――大庭みな子の作品における空間

タン・ダニエラ

夢と現実、この世とあの世、現在と過去の間に絶え間なく動いている大庭みな子の作品世界ではあるが、そこにはもう一つの動きが常に伴われている。それは物語の場面で起きている移動であり、基本的に次の三つの移動に区分される。

①語り手と登場人物の間

②登場人物と登場人物の間

③同じ登場人物の内面と外面の間

これらの三つの移動は文学作品の世界の中に起こるもので、ジェラール・ジュネットの物語論では擬態法に対して「物語世界」と称されている。つまり、作家のいる現実の世界に対しての仮想の宇宙のことである。個人的な経験が非常によく織り込まれている大庭みな子の作品を研究するとき、このような物語論的な用語で作家と作品の世界を区別して、物語世界としての側面がより深く、分析できる方法であるため、物語論の考えを用いて大庭作品の全体的特徴をみていきたい。このような考えに基づいて、二〇一七年にベルリンのＥＢ出版社から刊行された博士論文『世界と世界の間の世界。大庭みな子の作品と内向の世代をつなぐ物語論的研究』の研究をすすめてきた。この論文の概略を以下に述べてみたい。

このような物語世界に特有の現象は物語論でいうところの浮動するパースペクティブに照応するといってもよいだろう。このことを先に示した三つの移動の考え方を通してみていきたいと思う。

パースペクティブというのは、物語世界の中で起こること・思考内容が登場人物の立場によって語られているということである。ジュネットは、パースペクティブを焦点化と関連させて、物語世界を語り手の役割によって区別される三つのレイヤー（面）として提示する。それは第一に物語世界の外にいる、全知全能の語り手という焦点化ゼロであり、第二に語り手が登場人物を内的描写せずに外から描写する外的焦点化であり、そして第三として登場人物である語り手のパースペクティブに連動する内的焦点化である。

大庭みな子の物語をこの物語論によって分析してみると、三番目の内的焦点化がほとんどすべてであることが明らかになる。しかし、この内的焦点化は一人の登場人物に固定しているのではなく登場人物と登場人物の間を移動しているのが特徴である。「火草」の場合は物語の中の章句によって、違う登場人物の立場から語られているのに対して、「浦島草」では主に雪枝の視点から語られているので、冷子のような他の登場人物の思考内容は雪枝によって語られている。このような擬態法によって、雪枝の内面世界とパースペクティブと違う話が物語に取り入れられる。つまり、冷子の記憶が描かれている。そして、「三匹の蟹」では、対話が多用され、登場人物の違う立場、または考え方がそこで演じられているのではあるが、読者に伝えられる登場人物の考えの内容は由梨に限られている。このように、登場人物と登場人物の間を移動するパースペクティブの語り方にいくつもの方法があり、それらが大庭みな子の作品において変奏されているのである。

このような内面描写の方法によって、作家が読者を物語世界に直接参加させるとともに、また距離感をも作ることができる。つまり、内的独白のような手段によっては、物語の世界は実感的に読者に伝わってくるのに対し、対話が利用される場合は距離感が少し増えてくる。物語論ではこういう距離・親密感の印象の作り方が焦点化といわれ、作家が語り方によって、物語の伝わり方を操ることができる。したがって、大庭みな子の作品に吸い込まれる印象をもつのは作家が非常に距離感を縮めている語り方を採用しているためだとしても間違いないだろう。大庭みな子が内向の世代の作家として取り上げられているのもこれが理由といってもよいだろうか。

まとめるならば、大庭みな子の作品では物語外の語り手の存在感が薄いため、それに応じて登場人物の存在感が現在的に読者に伝わる。話が登場人物の立場とパースペクティブから語られることによって、物語世界の描写に登場人物の内面も鮮やかに描かれることになる。そのため、読者は直接大庭みな子の物語世界に入り、登場人物の思考・立場から作品に入り込むができる。つまり、距離感なく物語と同化し、みな子の物語的な方法と導きによって、物語の世界が実感的に伝わってくるのである。

『津田梅子』——大庭利雄氏保管資料から

山田昭子

1. 手紙の発見から執筆まで

『津田梅子』は一九八九年六月から一九九〇年三月まで全十回にわたり『月刊 Asahi』に連載され、一九九〇年、朝日新聞社から刊行された。執筆のきっかけは、一九八四年に津田塾大学内のハーツホンホールの屋根裏で、梅子の膨大な書簡が発見されたことによる。本稿は、本作を執筆した際に用いられた、大庭利雄氏保管の下訳資料を元に考察を進め、作品との関係性を見ていくものである。

まず、書簡が発見されてから整理に至るまでの流れについて整理しておきたい。次の引用は、書簡が発見されたときの状況を記した一九八六年七月十日「津田塾だより」（三七巻一号）の平田康子氏による記事「津田先生の新資料」である。

事の起こりは、昭和五十九年の二月頃、当時管理部長の坂上昌幸氏の元へ、一学生が届けた一枚の紙片から、この度の発見となりました。同年五月はじめ、坂上氏と現津田塾会常任理事の中村ミチ氏と私とで、本館屋上倉庫探検に出かけ、床に散らばっている物に先生の Ume Tsuda のサインを見て、驚きとおそれで夢中で拾い集め、「津田」と表面に書かれた中型の行李ほどの布張りのケースなどを運び出しました。（八頁）

さらに同号には、平田氏の文中に登場する坂上昌幸氏も「滅びしものは——私の塾外史——」というタイトルで寄稿しており、そこには当時の状況が更に詳しく記されている。

昭和五十九年四月より六十年史以降刊行されない塾史の編纂に備えて資料を整えよ、との大束学長の命を受けて史料室を設け、そこに移る仕度をしていた一月の末、私の机の上に、学生が屋上の物置探検で見つけ届けてきたという小さな手帖と一枚の紙片が置いてありました。手帖は津田先生がブリンマー大学での履修科目届で担当教授の評価が記入されたもの、紙片は紛れもなく先生の署名入りのお手紙でした。（中略）教えられた屋根裏に入り、一つの壊れかけた箱からこぼれていた紙片を手にしてみると Ume Tsuda の署名があり、驚いて集めるだけ袋に詰めて史料室に持ち帰り、後で図書館の中村ミチ、平田康子両氏の応援を求めて再び入り、大小のトランク四個、その他を図書館書庫二階にある津田梅子先生資料室に移管することができました。（十三頁）

書簡類が入っていたのは船用のトランクであり、約1メートル四方の蓋付きの頑丈なもので、箱の正面に「HARTSHORNE.」と赤字で印字されている。トランクが発見されたハーツホンホールの屋根裏は物置のようになっていたが、卒業を控えた学生が、探検気分で校舎内を散策している時に偶然発見した。手紙類が取り出されたあとのトランクは屋根裏に置かれたままとなっていたが、運び出され、津田梅子資料室に展示されることとなった。

ハーツホンホールは佐藤功一設計によるもので、一九三一年に完成した。関東大震災で灰塵に帰した塾再建のため、献身的につくしたアナ・C・ハーツホンをたたえ、その名がつけられた建物である。三階（一部四階）建ての帝冠様式で、二〇〇一年には東京都選定歴史的建造物に指定された。

一九三一年にハーツホンホールが完成したのち、太平洋戦争勃発後、ハーツホンが帰国するのは一九四〇年のことであり、荷物はこの頃屋根裏に移されたと推測されている。それから実に四十年以上もの時を経て、梅子の新資料は発見されたのである。資料の概要については、先述の平田康子氏の記述に詳しい。以下に平田氏の記事による資料一覧を引用する。

一、先生の自筆の手紙

最初の留学期（1872–1882）＝渡米の年に母宛二通（和紙に毛筆）、父宛最初の英文の手紙。後母宛五通（英文）。ランメン夫妻宛数通。

帰国後（1882–1911）＝ランメン夫妻宛（主に夫人宛）四百四十通余。

一、先生宛の手紙＝二回の留学中、両親姉弟妹より数通ずつ。

ランメン氏より一通、同夫人より約百七十通余。他にアメリカの友人達から百五十通余。塾の卒業生から四十通余。親しい友人大山捨松、瓜生繁子、ブリンマー留学に力添えした Clara Whitney

から等。
一、留学中の学業関係文書＝成績、作文、研究リポート等。周知の「蛙の卵の研究」の手書原稿も含まれています。
一、講演、翻訳、寄稿原稿類＝式辞、卒業生への言葉。教育、婦人問題、宗教等をテーマにした原稿等。
一、塾創立関係＝一九〇〇年九月十四日の開校式に、英文の原稿を手に日本語で話されたと伝えられている、その英文原稿の下書と思われるもの。
一、ブリンマー・カレッジ留学中に思い立ち先生の熱意と理解ある人々の好意で帰国までに殆ど達成した寄付金八千ドルを基金とした日本婦人のための奨学金委員会の成立、運営等に関する文書類。
一、津田先生の社会的活動の一端を示す文書＝日本にＹＷＣＡを創らないかとの英人ストークス氏よりの書簡（1895）。ＹＷＣＡは一九〇五年創設、初代の東京ＹＷＣＡ会長は先生。貧しい故に苦界に売られた娘を救われた事実を裏付ける書類。
一、その他
・ペリンチーフ牧師の Record of Baptism＝一八七三年九歳で受洗の時、大人の洗礼を授けたことの説明。
・ナイチンゲールの花束＝一八九九年同嬢を訪ね、おみやげの花束を押花にて日本に持ち帰られたもの。
・森有礼のペリンチーフ牧師への公文書簡。
・ヘレン・ケラーの手紙＝一八九八年先生が同嬢に会われた時受け取られたもの。
（八頁〜九頁）

発見された資料のうち、梅子のランマン夫人宛て書簡は一九九一年に『THE ATTIC LETTERS』(edited by Yoshiko Furuki, New York : Weatherhill, 1991)として刊行された。年代順に配列した手紙を、ほぼ注釈なしで掲載した書簡本であり、資料としての色合いが強い。邦文訳はついていないため、英語に精通している読者か、研究者以外には、なじみの薄い本であったといえる。

この本を編纂した古木宜志子氏は同年、同社より梅子の英文伝記『THE WHITE PLUM』を刊行、一九九二年には清水書院より『津田梅子』を刊行した。古木版『津田梅子』は、一九九〇年、「人と思想」シリーズで津田梅子を取り上げたいという執筆の依頼を受けて書かれたものである。同書あとがきには、「書簡集は梅子が「育ての母」、ランマン夫人に、三〇年以上にわたって書いた手紙を整理・編集したもので、貴重な史料という判断から大学の記念事業として同僚六名とかかった仕事である」と『THE ATTIC LETTERS』を編纂した時の様子が書かれている。古木氏はみな子の『津田梅子』にも触れ、「用いている手紙は最初の一、二年のものである」としており、梅子を「あえてひと言で評するならば、歴史の偶然を必然に変え、自らの運命を日本女性の歩みに結びつけた女性」であると評している。これまでにも吉川利一氏と山崎孝子氏によってそれぞれ一九三〇年と一九六二年に梅子の伝記が刊行されているが、古木版『津田梅子』は、『THE ATTIC LETTERS』、『THE WHITE PLUM』の編纂を経たのち、それまで不明だった空白部分を埋める形で執筆された伝記である。

ほか先行研究としては二〇〇一年一〇月に出された清水孝子「津田梅子の The Attic Letters に見る異文化受容」(『日本文理大学紀要』)がある。清水論は、『THE ATTIC LETTERS』の中から選んだ書簡を、みな子と古木氏の『津田梅子』の翻訳文を参考に新たに日本語訳し、「異文化受容」の視点から、梅子の心の変容を見るものである。

みな子の『津田梅子』はこれらの図書、論文よりも先に世に出た。つまり、一般読者は、資料としての書簡そのものを読む前に、大庭みな子による『津田梅子』によって、その概要を知ることができたのである。発見された書簡が、『津田梅子』という評伝的作品に取り込まれる形で公表された背景には、おそらく一般読者を取り込みにくい書簡本の宣伝効果という意味合いもあっただろう。書簡の発見から作品執筆に際し、みな子は次のように述べている（以下、本文の引用は全て日本経済新聞出版社版『大庭みな子全集』による）。

わたしは実のところ、それより少し前、津田塾の坂上氏から、その手紙のことをちらと洩れ聞いたことがあり、その手紙の内容を塾当局がある程度整理するまでは公開をさしひかえるであろうと思っていた。だが、もし塾がそれらの手紙を公開してもよい気持に傾いているなら、少なくともそれらを読んでみることは作家として気持ちの昂ぶることだと思った。

（『大庭みな子全集』第13巻　日本経済新聞出版社　二〇一〇年五月　一七頁）

朝日新聞から執筆の打診があったのは発見から二年後のこと（江種満子「解題」『大庭みな子全集』第13巻）である。

当時の担当者であった朝日新聞社大上朝美氏によれば、「朝日新聞社には月刊誌がなく、連載の器として週刊誌や新聞ではどうもなあ、というところに」、「月刊Asahi」の創刊が決まり、大庭氏に原稿執筆の依頼がされた。梅子の手紙は「津田塾大でタイプに起こす作業がされる一方、大庭さんにコピーも届」けられたとある（「月報」『大庭みな子全集』第13巻）。大庭家に届いた書簡は、みな子の夫である利雄氏によって訳され、みな子はそれをもとに作品を執筆していった。それらの下訳は現在利雄氏によって保管されている。

下訳資料の存在は、『津田梅子』の創作の過程を明らかにするものであると同時に、みな子の見た津田梅子像を浮かび上がらせ、これまでの津田梅子に関する伝記、考察との違いを示すものでもある。次に下訳資料の概要について見ていきたい。

2. 資料の概要

利雄氏は、編集部を通して津田塾でタイプに起こされた書簡を受け取り、届いた順に訳してホチキス止めをし、ナンバーを打った。それらの下訳資料は、A4サイズ、片面刷りのワープロ打ち資料であり、全部で二四五枚である。

今回の調査の結果判明した、利雄氏の下訳資料と、『THE ATTIC LETTRS』との対応関係については「書簡対照表」にまとめた（本書二五五―二五八頁参照）。表についてであるが、A列には書簡の年月日を付した。B列とC列は『THE ATTIC LETTRS』と利雄氏下訳資料の有無を記してあり、日付の一致不一致がわかるようにした。C列内の章番号はテキスト内でどの部分の書簡が使用されたかを記しである。

まずB列とC列の関係について見ていきたい。『THE ATTIC LETTRS』は一八八二年から一九一一年にかけての書簡が網羅的に収録されているが、大庭家に届けられた書簡は一八八二年から一八八七年にかけてのものである。

『THE ATTIC LETTRS』と「下訳資料」の順で分量を比べてみると、一八八二年は十八通に対し二十五通、一八八三年は六十一通に対し六十通、一八八四年は三十八通に対し三十五通、一八八五年は六十通に対し八通、一八八六年は三十九通に対し四十八通、一八八七年は三十四通に対し十五通、と『THE ATTIC LETTRS』の分量の方が多い。

両者の最も大きな違いは最初の書簡の日付である。『THE ATTIC LETTRS』に採録されている最初の書簡が一八八二年十月二十五日であるのに対し、下訳資料の最初の書簡は同年十月十二日であり、十二日から二十五日までのおよそ二週間の間に出された五通の書簡は『THE ATTIC LETTRS』には採録されていない。タイプで打たれた梅子書簡は、常に編集部を通して大庭家へ届けられており、執筆者の側から書簡の選定は行われていなかったことから、編集部の手に渡った段階で、ある程度の取捨選択がなされていたことが予想される。

下訳資料の最初の書簡は、「梅子最初の手紙、サンフランシスコへの車中から」と利雄氏によってキャプションがつけられたものであるが（一八八二年十月十二日）、みな子のテキストで用いられた最初の書簡は、その一週間後の十九日のものであり、乗船したあとの手紙である（以下、文中の傍線はすべて論者による）。

（1）一八八二年十一月十九日　日曜日

（原文）

One day more of travelling. We are nearly there, and this is the last I shall write, before we see our own, dear Japan and meet those so near and yet so unknown. We have only two hundred forty-six miles more to go after this noon, and of course, unless something serious happens to prevent it, we will be there in twenty-four hours, and probably about midday, which is just what we want, as I would like to see the entrance of the bay and the approaching land and Fujiyama. Today the weather is perfectly glorious, cool, bracing with the brightest blue sky, and deep blue water calm and still like a mill pond.

『THE ATTIC LETTERS』（edited by Yoshiko Furuki, New York:Weatherhill,1991）P. 12

（利雄氏訳）

もう後一日です。もうじきで到着します。日本を目のあたりにし、まだ知らない近しい人に会う前に書く手紙はこれが最後でしょう。今日の正午から計算してあと２４６哩だけしかありません。何かの異常がない限り二十四時間以内に着くはずです。到着は昼間ですから、望んでいた通り、近づく陸地、東京湾の入口、富士山などを目にすることができるでしょう。今日の天気は素晴らしく、どこまでも明るい青空の下で涼しく、深緑の海は静かで鏡のようです。

（みな子訳）

もうあと一日です。到着は目の前です。私の肉親――家族はいったいどんな人たちなのかしら。あの人たちに会う前に書く手紙は、これが最後です。今日の午後から計算して、あと二百四十六マイルしかありません。何かへんなことが起こらない限り、二十四時間以内に着きます。

到着は昼間ですから、願っていた通り、船が東京湾に入る景色、近づいてくる日本の土、富士山が見えるはずです。今日の天気は素晴らしく、きらめく青空と静かな池のような深く青い海、冷たい空気に身のひきしまるような気分です。（九頁）

下訳では原文を忠実に訳し「まだ知らない近しい人」としていたものが、テキストでは「私の肉親――家族」になり、船から陸へと近づく際に見える景色の描写だけではなく、情景に重ねるようにして「身のひきしまるような気分です」といった決意が加えられている。故国に向かう心情を綴った書簡を敢えて冒頭に選んだことは、この物語があくまで梅子帰国後の生活に焦点を当てたものであることを示すものであるとともに、梅子の日本での新たな冒険の始まりを予感させる効果をもたらしている。

書簡対照表では利雄氏の訳した書簡がテキスト内の何話に登場するかを示したが、一八八二年から一八八五年までの書簡が多く採用されていることがわかる。『津田梅子』に用いられた書簡はそのほとんどが利雄氏の下訳に依拠するものであり、下訳文をほぼそのままに近い形で採用したものも多い。下訳資料には誤字脱字などのチェックはあるものの、書き込みが少ないことも興味深い点のひとつである。しかし中には利雄氏の訳とは多少変えて採用したものもあり、それらを考察することは、みな子の梅子に対するまなざしを知ることにつながると考えられる。みな子は作中、梅子の手紙の引用は必ずしも判読が容易とは言えないとしたうえで「ある程度筆者の判断で読み易いように翻案した」と断り書きを入れているが、翻案した梅子の像にこそ、無理に形を整えず、みな子のとらえた梅子の姿が描き出されていると言えるだろう。以下、利雄氏の下訳との関係を通して、みな子の描いた梅子像がどのようなものであったのか見ていきたい。

3. 往還関係から生まれる梅子

利雄氏によってなされた下訳は、作品世界とどう関わっていったのか。執筆にあたっては、みな子が利雄氏に書簡の下訳を依頼し、利雄氏が翻訳したものをタイプで打つ、という作業が繰り返された。届けられた手紙を最初に手に取っていたのはいつも利雄氏で、みな子は利雄氏による下訳と英文とを元に作品を仕上げていった。

利雄氏によれば、梅子のランマン宛書簡は、連載開始前から届けられたが、連載開始後も届けられ、書簡を読み解く作業と執筆が同時並行で行われていた時期があったという。書簡からうかがい知れる梅子の新たな面への驚きと感動は、作品世界にも同時進行で織り込まれていった。

下訳は、内容のまとまりごとに「　」で区切られ、梅子の手紙の全文が訳されているわけではない。利雄氏が選定した箇所のみ訳されており、「　」以外の部分のところどころには利雄氏によるコメントがさしはさまれている箇所もある。そしてみな子はそれらのキャプションを採用しており、次の引用のように、利雄氏がそれまでの流れを大まかにまとめた部分もテキスト内ではほぼそのまま使っている。

（2）一八八三年五月二十五日

（原文）

I don't want to teach for missionaries, and should not do it as regular work, for somehow I feel that a government student ought to do better, but as I can not yet teach in Japanese, and I have no hopes of a position, I have decided to accept for the following month and a half — the summer term.

I do it for practice, and for the good it will do to me to mingle with Japanese girls, and learn their ways and dispositions, and because I feel as if I must work, and not laze at home, and such work would make me feel better, and not give me too much time to worry. Besides, I am sure to like the teaching, which will be easy — some geography or history or English conversation. To be sure, it will take much of my time as Tsukiji, the foreign district, is an hour's ride from here, to go in all weathers. And they want me at the school, from one until four on Mondays, Tuesdays, Wednesdays and Thursdays — taking a good slice in the day, and then the pay is not very much, though good for Japan, 20 yen a month — about $15 — but five yen go for jinricksha fares. Still fifteen yen is something to earn, and taking all and all, and my want of practice, and this teaching, which I consider an apprenticeship, I have just sent an answer accepting finally. P. 70

（利雄氏訳）

シゲの紹介でメソディスト教会での英語の先生の職があったことを報告する。夏の間の一カ月半の仕事を引き受ける。「公立の学校の生徒の方が良いし、伝道団のために教えるのは本意ではなく、正規の仕事としてする気はありませんが、今のところ日本語で教えることは出来ないので、夏の期間である、来月から一カ月半教えることにしました。経験のためでもありますし、日本の子供と混ざりあって、彼女等の行動や考えを知る良い機会です。働かねばと思っていたし、働けば気も休まるし、他の事を悩む時間も減ることでしょう。それに私は教えることが好きですし、地理や歴史や英会話は教えるのに苦労しないでしょう。外人居留地の築地はここから車で一時間掛かり、天気に拘らず月火水木の一時から四時までの仕事で、かなりの時間が取られ、報酬は安いです。月に二十円は日本ではかなりの額にはなりますが十五ドルですし、それに往復の人力車代が月に五円はかかります。いろいろと考えましたがその話を受ける旨返事をしました」

（みな子訳）

さて梅子は、繁子の紹介でメソジスト教会の教師の職があったことを報告し、夏の間の一ヶ月半の仕事をひき受けている。

五月二十五日

……公立の学校の生徒のほうが良いし、伝道団のために教えるのは本意ではなく、正規の仕事としてする気はありませんが、今のところ私の日本語で教えることはできませんので、夏の期間だけ、来月から一ヵ月教えることにしました。

経験のため、日本の少女たちと混ざり合って、彼女たちの行動や考えを知る良い機会ですから。働かなければと思っていましたし、働けば気も休まりますし、他のことで悩む時間も減ることでしょう。

それに、私は教えることが好きですし、地理や歴史や英会話を教えるには苦労しないと思います。外人居留地の築地はここから人力車で一時間かかり、天気にかかわらず月火水木の一時から四時までの仕事で、かなりの時間が取られます。報酬は安く、月二十円で、日本では女性の仕事としてはかなりな額かもしれませんが、十五ドルくらいのものです。それに往復の人力車代が月に五円はかかります。いろいろ考えましたが、その話を受ける旨返事をしました。（七六–七七頁）

訳に際し、みな子から利雄氏への指示は特になかったという。そのため、まとめ方や書式はすべて利雄氏の判断にゆだねられていた。利雄氏は下訳にコメントをつけている。場面説明や時系列を整理するためのコメントは、内容を大まかに摑み、前後の関係性を把握するための役割を果たしたであろう。梅子の人物像や感情に関するコメントは、利雄氏の個人的な感想や気づきであり、みな子はそれらもまた作品内に反映させている。次の書簡は梅子が書簡内で用いる人称について利雄氏が言及したものをみな子が取り入れた例である。

（３）一八八二年十一月二十三日

（原文）

In spite of my bringing up and my long stay of ten years in America and my American ways entirely, it is not one half as strange or as hard for me to do Japanese ways as for American, so you see we are more Japanese than people give us credit for, and someday, if ever I return to America, your ways may seem difficult. P. 18

（利雄氏訳）

アメリカでの十年の生活で習慣を身に付けた私ですが、日本式のやり方は私にとっては本当のアメリカ人が感じる困難さの半分もないと思います。人々が考えている以上に私たち（彼女は常に私ではなく私たちという言葉を使う。捨松や繁子が常に意識の下にあるのか）は他人が思っている以上に日本人なのです。

（みな子訳）

アメリカでの十年の生活を身につけた私ですが、日本式のやり方は私にとって本当のアメリカ人が感じる困難さの半分もないと思います。人びとが考えている以上に私たち（彼女は常にWeという言葉を使う。捨松や繁と共に自分たちの身分を意識しているのか）は他人が思っている以上に日本人なのです。（一五頁）

（3）にある利雄氏のコメント「彼女は常に私ではなく私たちという言葉を使う」は、テキストでは「彼女は常にWeという言葉を使う」となって反映されていることがわかる。先述の通り、基本的には利雄氏の訳文を採用している箇所が大多数であり、下訳とテキストとの密接関係が窺えるが、中には敢えて書簡をそのまま出すという形を取らず、書簡の内容を地の文でかいつまんで説明したり、書簡の一部分を「………」で省略した箇所もある。

（4）一八八二年十一月二十九日

（原文）

Sutematsu and I hate to have Shige married and no longer a girl like one of us, but of course, we don't say anything.

P. 21

（利雄氏訳）

「繁は明後日結婚します」「彼女はもう私達と同じような少女でなくなるのは捨松も私も残念です。でも勿論彼女には何も言いません。（後略）」

（みな子訳）

………繁は明日結婚します。………捨松も私も残念です。でももちろん彼女には何も言いません。

（三四頁）

（4）では、同じ境遇にあった留学生である繁の結婚について述べられているが、利雄氏が訳した書簡には「私達と同じような少女でなくなる」梅子の歎きが訳出されていた。みな子は繁の結婚に関し、「……」という記号を用いることで多くを語らせず、「残念です」という一言で心情をまとめている。梅子の書簡は彼女が心を許す相手に書かれた私信であるからこそ、時に感情的になり、感傷的にもなっている。それらの事実に触れつつも、みな子が描こうとしたのは、津田梅子という女性の持つ観察眼の鋭さ、切り口の新しさであり、さらに言えば書簡を通して浮かび上がって来る一人の表現者としての津田梅子である。次の書簡は、「外国人」に対する梅子の考え方が記された部分である。

（5）一八八三年五月二十三日

（原文）

No one can understand, either in America or here, Japanese women are contented enough, and though foreigners help and work and feel, they are not, as I am—one of them. And change seems so utterly impossible. It is so rooted and ground into them. P. 69

（利雄氏訳）

外国人（私もその一人と言えるのでしょうが）がそうではないと言っていくら理解させようと思っても、日本でもアメリカでも女性はそれぞれに充分満足してしまっているのです。そして事態を

変えるのは全く不可能です。根はとても深いのです。

（みな子訳）

……日本でもアメリカでも、女性は満足してしまっているのですから、根はとても深いし、事態を変えるのは不可能なんです。（七三頁）

（5）の書簡は、「私もその一人」であると自覚している梅子のコメントは削除し、中立的な立場から日本とアメリカ両国を論じるという位置を取らせ、書簡という個人的なものの中から、観察者としての梅子を救い上げようとしている。

梅子が自身の「外国人」意識について言及する書簡は他にも散見されるが、次に挙げるものは利雄氏訳との違いを表すものの一つとして挙げられるだろう。（ママの注は論者による）

（6）一八八二年十一月二十七日

（原文）

On our return home Koto took me to see Aunt who is an attendant in the palace of Prince Tokugawa. P. 19

（利雄氏訳）

帰りにコトは私を叔母が働いている Prince Tokenyama《（ママ）》 の御殿に連れて行きました。

（みな子訳）

帰りに琴は、伯母が勧めているプリンス・トクガワの御殿に連れてゆきました。（二一六頁）

利雄氏の訳では、梅子の近しい人物の人称を「コト」のようにカタカナ表記している箇所がいくつかある。たとえ国籍は日本人であったとしても、本国に帰ってきてみれば梅子は「外国人」として扱われた。「外国人」であるとされた梅子から見れば、姉である琴は「外国人」にほかならない。本国に帰国しても生活習慣や言葉の壁によって隔たりを感じる梅子のとまどいは書簡の中にも散見されるが、そうした梅子のなじめなさ、とまどいといったものを利雄氏は「コト」、「シゲ」といったカタカナ表記の人称によって表現したのだろう。一方、みな子訳での梅子は「外国人」としてなかなか日本になじめなかったという側面よりも、母国日本というものに対する使命感を強く抱き、奮闘する女性としての面を強調して描かれている。

（7）一八八三年五月二十六日

（原文）

If you had arranged it or someone, you might have gotten me in a mess, if anyone really thought I cared. Besides, it is not right to say such things, because he is as good as married now — a Japanese engagement, you see — and I met the girl, and she is very nice and pretty, and talks English and is a Christian. If I can have good work in life, I have no desire to marry at all, so we will say no more, if you please, on the subject, as there is nothing to say, for if it is known that I don't want to marry I shall not have any offers, and as I have not had any, what is the brother? P. 73

（利雄氏訳）

あなたが結婚を仲立ちし、もし誰かが本当に私にその気があったなどと思われたりしたら、私は全くいい迷惑です。彼は今は結婚同然の婚約中ですから、そういうことは言うべきでないです。私も婚約者に会いましたが大変好感の持てる美人で、英語もしゃべれてクリスチャンです。もし生涯にわたって良い仕事が見つかれば私は結婚する気はありません。

（みな子訳）

あなたが仲立ちして私にもその気があったと思われたりしたら、全くいい迷惑です。………もう絶対に結婚のことは触れないで下さい。私は本当にその問題はいやだし、耳にしたり話題にしたりしたくないんです。………

将来にわたっても絶対結婚しないとまでは言いませんが、独身だという理由で他人にへんな眼で見られずに、自分の道を進みたいと思います。それはこれから先私の耐えねばならない試練です。

（六四―六五頁）

これは周囲が結婚させようと騒がしくなっている状況に梅子が憤りを覚えたときの書簡である。利雄氏訳では「結婚する気はありません」となっているのに対し、みな子訳は結婚に関して「しないとまでは言いませんが」と断ったうえで、自分の道を進むことを結論付けている。「結婚する気がない」ことを言いたいのではなく、自分の道を進むことが自分にとっては重要なのだということである。ちょうどこの少し前、繁と大山氏の結婚が決まっており、一緒に海を渡った繁は「結婚」という名の自分の歩む道を選び取っている。梅子の選んだ道は日本の女子教育の実現であるが、それを「私の耐えねばならない試練」とまで言い切り、邁進しようとする姿は梅子の持つ使命感、意志の強さを強調するものである。このように、みな子の描こうとした梅子は、内に熱い感情を秘めながらも、同時に当時の日本において自分がしなければならないことを的確に見抜く力と、それを表現する力を持っている。梅子の観察者としての能力をみな子は次のように記している。

> 彼女の手紙がいきいきして、その口吻、手紙の中に書かれているようなことが目の前にありありと浮かんでくるのは、彼女が目の前に繰りひろげられているものにじっと目を据え、そこにうごめいている生命のさまに打たれ、驚いているからだ。（四四頁）

日本語は難しく、気の遠くなるほどうんとこさある言い方の中で「使わなければならないのは、長い、含みのある、意味のはっきりしない、理解し難いセンテンスなのです」と述べているところは、彼女の言語に対する感覚が鋭敏であることの証拠である。（五二―五三頁）

他にもこうした、梅子の観察能力の高さについて言及する箇所は作中多く見られる。右の引用のうち、後者の「使わなければならないのは、長い、含みのある、意味のはっきりしない、理解し難いセンテンスなのです」といった梅子の発言と思われる箇所は、利雄氏訳には発見されなかった。つまり、みな子は梅子の観察眼に着目したうえで、梅子の言語感覚の鋭さ、ひいては表現者としての力にこそ目を向け、描こうとした。それは利雄氏の下訳の視点とは異なるものである。また、次に引用する書簡も、下訳にはなかった部分であり、梅子が見た日本の女性の現状について述べられている。

（8）一八八七年三月十六日

（原文）

You know that there has been a great deal of talk in Japan, in the paper and everywhere, about women — women's sphere, women's education, and the position of women in Japan, dress, manners, etc. There has been also in the newspapers a great deal about these women of doubtful reputation — the singing and dancing girls who appear at so many entertainments.（※中略）

In the meantime Sutematsu and I talked the matter over, and thought it was a perfect shame that these women did all the entertaining, leaving nothing to the ladies to do in reality, and by their appearing in society and mingling with the men, they become first the mistress and finally the true wives of the finest and highest-ranked gentlemen. Such was the case with Mrs. Ito, Mrs. Kuki, Mrs. Yoshida, and dozens of others, while the young girls are left in the cold. P. 282-283

（みな子訳）

新聞には至るところに、女性の教育、女性の地位といった記事でいっぱいです。宴会にあらわれる唄や踊りをする職業的女性のことも論議されています。

そういう女性は供応役という名目で、事実上普通の女性を男性から遠ざけています。男性と気軽に話したりするのは良家の子女にあるまじきはしたない振る舞いだとされています。

伊藤夫人、九鬼夫人、吉田夫人など一ダースもの芸妓出身の女性が高官の男性に近づいて愛人となり、やがて正妻におさまりました。きちんとした女性が男性に正当に扱われる社交界は日本にはないのです。日本の男性は玄人の女性の方がずっと面白く、素人の女性はつまらないと思っています。（一三〇頁）

梅子の関心は、広く日本の女性全般に対してというよりも、階層ごとの女性の待遇の違いに向いていた。みな子は中でも梅子が生涯をかけた女子教育に関する話題に興味を抱き、梅子が当時の日本女性をどのように観察したかを描き出そうとしている。さらにみな子はある時点から観察者としての梅子ではなく、表現者としての梅子へと見方を変えていく。その変化は、利雄氏による下訳の変化と無関係ではない。

利雄氏のコメントは、冒頭でも述べたように「　」によってある程度内容ごとにまとめたスタイルをとっているが、ある時期から文章のまとまりごとに「伊藤家での初めてのパーティのこと」「源氏物語について」などといったインデックスをつけた訳文へと変化していく。一八八四年一月四日、十三日、十八日、二十日、二十七日、二月十一日、十九日、二十三日の書簡は二種類の訳文が登場し、そのうち一八八四年一月十三日以降はインデックスつきの訳文に統一されていく。たとえば一八八四年一月四日の書簡は次の通りになっている。

（9）一八八四年一月四日

（原文）

Then he told me about his travels in Europe and all. And finally he mentioned that he knew but little of Christianity, he should like to hear more of it, and all its beliefs. Now imagine how I feel. What grand possiblilities are here! P. 121

（利雄氏訳）

〈一回目〉

それから彼のヨーロッパ旅行の話をいろいろして、最後には自分はキリスト教のことは良く知らないので、そのことや信仰のことについてもっと話を聞きたいと言いました。私がどんなに感じているか想像できますか。

〈二回目〉

それから彼のヨーロッパの旅の話をし、最後に、キリスト教のことは少ししか知らないし、もっといろいろ知りたいと申しました。嬉しいではありませんか、すばらしい可能性があります。

（みな子訳）

彼はヨーロッパの旅の話をし、最後にキリスト教のことは少ししか知らないし、もっといろいろ知りたいと言いました。

嬉しいことだとお思いになりませんか？ 素晴らしい可能性があります。（九七頁）

利雄氏の二つの下訳を比べてみると、「彼のヨーロッパ旅行の話をいろいろして」〈一回目〉が「彼のヨーロッパ旅行の話をして」〈二回目〉に変わり、「最後には自分はキリスト教のことは良く知らないので」〈一回目〉が「最後に、キリスト教のことは少ししか知らないし」〈二回目〉に変わっている。みな子はこのうちの二回目の訳と思われるものを採用している。利雄氏によれば、この二度訳に関し、みな子からの指示や感想は特になかったという。つまり二度訳は利雄氏の意志によってなされたものであった。これらの書簡が紹介されているのは第六章であり、その直前の第五章では「怒り」と題された、梅子の日本のミッショナリーに対する怒りがあらわになる書簡が紹介されている。

（10）一八八三年九月三日

（原文）

Mr. Soper said last summer, when I was , so to speak, on trial, "You are doing missionary work, for the pay is not much." Oh, the missionaries make me so mad, that were I in America, and felt that all the missionaries were like these, not a cent of mine should go for missions. Here in Japan where living is so cheap, food and labor so abundant, the missionaries revel in luxury, far better than at home. Were I in some such houses in America, I should say, these are rich people, far above me, and certainly not missionaries, living on given money. They may say in justification that their salaries are not so much, but it buys much.（※中略）

Are they blind? I am not, and it makes me indignant, so that I feel at times, away with the whole lot of them, exceptions and all!! Away with the[foreign]missionaries, professors, advisers, lawyers, teachers,[and]let Japan go in ignorance and honesty!! P. 90-91

（利雄氏訳）

Mr. Soper が夏のいわば試用期間のときに「ミッショナリーの仕事なのだから安いのは仕方がない」と言いましたが、本当に低い報酬だと思います。ミッションという言葉は本当に腹が立ちます。もしアメリカにいてミッショナリーというものがこういう状態ならば私は一セントたりとも寄付しないでしょう。この日本では生活費が安く、食糧も労働力も豊富なので、ミッショナリーは本国よりもずっとぜいたくが出来ます。もしアメリカにいたとしたら、この恵まれた人たちは私よりはずっと上で（ママ）、寄付されたお金で暮しているのは、本当のミッショナリーではないと言うでしょう。彼らは自分たちの収入は高くないと言い訳するかもしれないですが、貰い過ぎていると思います。（中略）

めくらなのでしょうか。私はめくらではありませんから、ときには彼らから離れていたくなります。宣教師、教授、顧問、弁護士、教師などの外人から離れても、日本は無知ではあっても正直な生き方をすべきではありませんか。

（みな子訳）

S氏（ミッショナリーのアメリカ人？）は「ミッショナリーの仕事なので安いのは仕方がない」と言いましたが、本当に低い報酬だと思います。ミッションという言葉に腹を立てています。もしミッショナリーというものがこういうことなら、私は一セントたりとも寄付しません。この日本では生活費が安く、食糧も労働力も豊富なので、ミッショナリーは本国よりもずっとぜいたくができます。

そんなふうに、寄付されたお金でぜいたくに暮らしている人たちをミッショナリーといえるものでしょうか。彼らは自分たちの収入は高くないと言いわけするかもしれませんが、貰いすぎています。（※中略）

目が見えないんでしょうか、彼らは。わたしはちゃんと目が見えますから、ときには彼らから離れていたくなります。宣教師、教授、顧問、弁護士、教師などの外国人から私は離れてもかまわない。私は正直な生き方をしたい。（八六―八七頁）

これと同時期にあたる一八八三年五月二十三日の書簡に関し、利雄氏は下訳のコメントで「梅子は日本の女性の立場のことになると書きながら興奮しかなり激烈口調になるが、この後直ぐに気を取り直し、勉強と経験を積んで、未来に貢献する決意を述べる」と記しており、怒りの感情を見逃してはいない。利雄氏は梅子の感情の変化を文体から読み取り、自身の下訳のスタイルを変えることで梅子の変化にも対応したのではないか。それと呼応するような形で、みな子の梅子に対するまなざしも第五章あたりを境に変化が見られる。

第五章までのみな子の筆は、「できるだけ公平に梅子の態度を叙述する」ことを心がけ、梅子の感性や眼に映る事物を読者に伝えようとすることに集中している。しかし、第六章以降、みな子は表現者としての梅子像をすくいあげようとしていく。次の引用は、鹿鳴館に関する梅子のとらえかたに着目した記述である。

実のところ、梅子が鹿鳴館をどのように見たかは私の期待の一つであって、胸をときめかせて、その辺に触れる描写を探してみたのだが、梅子は意識的にその部分を省いているようにさえ思われる。そして同じ頃の他の記述で、外国人大使やその夫人の中にあるもったいぶった貴族趣味と高慢さにあらわな嫌悪を示し、まあ、自分はそういう場所に居合わせる場合は、昂然としているしかありません、といった表現が見られる。（二一一頁）

みな子は鹿鳴館舞踏会の日本婦人を描いたビゴーの挿絵を引き合いにだし、「思い上がった当時の西洋の芸術家たちに落胆」し、「嘲笑のみがあらわで、日本人の悲哀を文学的に表現する力に欠けている」としている。みな子は、鹿鳴館に現れる「日本人の悲哀」を「文学的に」見出してくれる人物こそ、梅子であると期待していたのではないか。

続いてみな子は「今日の日本人が第三世界の国ぐにでどんなふうに暮しているかを考えたらよい」、としたうえで、「その日本人が、その国の人びとの生活を描くとしたら、どういう態度で表現するかで、その作品の命の長さがきまる」と述べているが、その発言の裏では暗に梅子の書簡に見る文章を作品としてとらえ、梅子の書簡という一つの作品が百年のときを経てもなお、眼の前に立ち現れてくるのだということを示唆しているのである。

4．梅子とみな子

梅子に対するみな子のまなざしの変化と、利雄氏の下訳スタイルの変化はどちらがどちらに作用したのか。おそらくどちらもが互いに影響しあい、作品世界へと反映されていったのだと考えられる。利雄氏の下訳は単なる作業の効率化をはかったものではなく、書簡から伝わる梅子の戸惑い、喜び、怒りの感情を積極的にとらえたものである。利雄氏の視点は作品の中に取り込まれているが、両者の関係性は利雄氏からみな子へという一方向のみならず、みな子から利雄氏という方向性をも生み出している。連載中も津田塾から届けられた書簡の数々は、梅子とみな子を繋ぎ、利雄氏とみな子を強く結びつけるものであった。娘に送った手紙には「『津田梅子』の資料は大方、利雄が当っていて、この作品は彼が書いているようなものです」とある（往復書簡集『郁る樹の詩』第13巻）。「津田梅子」創作の背景にはこうした両者の往還関係があったのであり、みな子唯一といっていい評伝的作品は利雄氏の存在を最も色濃く浮かび上がらせた作品としても位置付けられたと言えるだろう。

本作品はこれまでの津田梅子評伝作品とは異なる。最大の特徴はみな子が自身を重ねつつ梅子を描こうとし、それが自らの来し方をも描くことへとつながっている点である。それは、古木氏が本作品を「伝記とはいえない」としていることからもわかる。みな子と梅子の世界の境界を行き来するための存在として、みな子は一人の人物を登場させている。第一章、当時学生だったみな子に話しかけたとされる「花の精」ともいうべき老女の存在は、年を経たのちのみな子を思わせ、現実と夢想的な世界との境界を曖昧にし、みな子自身の現在と過去をも自由に行き来させている。老女の台詞はみな子が本作を描く上で梅子の書簡を通し感じ取ったテーマを言い表している。

「毎年咲く花は同じなのに、毎年会う人は違う、と人は言うけれど、あなたのような若い人を見ると、人もまた花に似ている、と思うわね。人も花も同じで、毎年花を咲かせて散り、種子を蒔きます。津田先生はカエルの卵の研究をしたんですよ」（二十三頁）

導入部である第一章で登場する老婆のエピソード。そしてそこで語られる梅子の生命に対する関心は、第八章「連なるもの」においても繰り返される。

顕微鏡の中に分裂するカエルの卵をみつめて、梅子は何を想い描いていたか。分裂し、また分裂しながら増殖してゆく生命の妖は、彼女がこのようにして後進のために基金を集め、女性の未来を夢みるのと無関係ではなかった。（一六〇頁）

アメリカ滞在生活を経て久しぶりの帰国の際、みな子は利雄氏を伴い津田塾を訪れている。みな子自身は自らを津田塾風ではない、脱落者だと思っていたが、朝日新聞社から「津田梅子」執筆の打診があった際、「生まれた家が恋しく、自分の根のありかを確かめてみたい思いにかられて、梅子先生の霊にのり移られたように」、一気に書き上げた。執筆の話があったころ、ニューヨークで何十人かの塾の同窓生が集まってくれたことがあり、みな子はそこに「つながり合う生命の不思議なさま」（二二九頁）を感じたという。病床の晩年を読書と編み物で過ごした梅子の行動を、「自分の過去と未来を往来」（一九八頁）する哲人や数学者が、歩きながら思考する様にたとえたが、編み物もまた「連なるもの」の象徴であり、梅子の人生そのものを象徴している。みな子は津田塾を通して梅子の伝えた生命のつながりを感じたが、梅子の残した英文の手紙や日記の文章が「言語の持つ機能を深く手探りしている文学性の強いもの」（二三一頁）であったことも両者を強く結びつける要因となった。

言葉を並べただけでは本当の意志の疎通はない。言葉の奥にあるものは何か。その何かが先生の言葉の奥にあって、多くの人の心を動かして浄財を集め、津田塾の創設が可能になったに違いない。先生が英語を教育の軸に選ばれたのは、単に英語を学ばせるというだけのものではない。英語塾ではなくて、英学塾であるのはその辺りの意味の深さがあるのだと思った。

（「言葉の奥にあるもの」第13巻　二三〇頁）

みな子はアメリカ滞在の頃、初めて自分がこのような「言語そのものの奥に潜むものは何かということを考える癖」を塾時代に叩き込まれたのだということを悟る。想像力を持ち、相手の言うことを聞き、相手の想像力を引き出すことに全力を傾けること、言葉で表現をするということは、文学の定義であり、その定義の基礎をみな子は知らぬうちに塾時代に学んでいたのである。一九九七年、みな子は脳卒中で倒れるが、一日中の大半をベッドで過ごすようになった頃、これまで巡り合った人々との交友を思い出し、たくさんの言葉の表現を交差させるだけで充足を感じるようになる。「言葉は無限に新しい次の言葉を紡ぎ出し、新しい時間と空間を創り出す」。みな子の思い返す様々な言葉もまた、過ぎ去った思い出を蘇らせるが、それは病床で読書と編み物にいそしんだ梅子の姿と重なるのである。

最後に、本稿執筆にあたっては大庭利雄氏所有の書簡下訳資料によるところが大きい。貴重な資料を提供してくださった大庭利雄氏にこの場を借りて改めて御礼申し上げる。

書簡対照表

A：年月日
B：THE ATTIC LETTERS
C：利雄氏下訳（使用された章）

A	B	C
1882年		
10月12日	–	○
10月14日	–	○
10月18日	–	○
10月19日	–	○
10月22日	–	○
10月25日	○	○
10月29日	–	○
10月30日	○	○
日付なし（船上での手紙、Arabic号にて）	–	○
11月6日	○	○
11月9日	○	○
11月12日	○	○
11月15日	○	○
Fridey afternoon On board the Arabic	○	–
11月19日	○	○（第一章）
11月21日	○	○（第一章）
11月23日	○	○
11月27日	○	○（第二章）
11月29日	○	○（第二章）
日付？　または一ページ脱落か	–	○
12月	○	–
12月7日	○	○
12月14日	○	○（第三章）
12月17日	–	○
12月21日	○	○
12月23日	–	○
12月24日	○	○
12月28日	○	○
1883年		
1月3日	–	○
1月6日	○	○
1月16日	○	○
1月18日	○	○
1月23日	–	○
1月29日	○	○
2月1日	○	○
2月3日	–	○
2月4日	○	○
2月5日	–	○
2月9日	○	–
2月11日	○	○
2月13日	○	○
2月16日	–	○
2月20日	○	○
2月26日	○	○
3月6日	–	○
3月8日	○	○
3月16日	○	○
3月18日	○	○
月曜	–	○
3月23日	○	○
3月27日	○	○（第四章）

3月31日	○	○
4月11日	○	○（第四章）
4月13日	–	–
4月21日	○	○
4月27日	○	○
5月5日	○	○
5月13日	○	○（第四章）
5月23日	○	○
5月25日	○	○（第四章）
5月26日	○	○（第四章）
5月27日	○	○
6月6日	○	○
6月9日	○	○
6月10日	○	○
6月18日	○	–
6月19日	○	–
6月23日	○	–
7月15日	○	○（第五章）
7月19日	–	○
7月28日	○	○
7月29日	–	○
8月1日	–	○
8月2日	–	○（第五章）
8月7日	–	○
8月	○	–
8月12日	○	○（第四章）
8月16日	○	○
Same day, evening	○	–
8月28日	○	○
9月3日	○	○（第五章）
9月5日	–	○
9月8日	○	○
9月17日	○	○（第五章）
9月19日	○	○
9月21日	○	○
9月28日	○	–
9月30日	–	○
10月1日	–	○
10月3日	–	○
10月5日	–	○
10月13日	○	○
10月14日	–	○
10月16日	○	○
10月19日	○	○
11月2日	○	–
11月5日	○	○（第六章）
	11月11日からSaturday morningまで10通	
1884年		
1月4日	○	○（第六章）
1月8日	–	○
1月9日	○	○
1月13日①	○	○（第六章）
1月13日②	○	–
1月18日	○	○
1月20日	○	○
1月24日	–	○
1月27日	○	○
2月11日	○	○（第六章）
2月19日	○	○
2月23日	○	○
2月26日	○	○
2月28日	○	○（第六章）
2月29日	○	–
3月5日	○	○
3月7日	○	○
3月9日	○	○
3月11日	○	○
3月24日	○	–
3月27日	○	○
4月5日	○	○
4月18日	○	○
4月19日	○	–
4月20日	–	○
4月21日	○	–
5月14日	○	○

5月24日	○	○
6月7日	○	○
6月15日	○	○
6月23日	○	○
7月14日	○	○（第七章）
7月17日	○	○
7月19日	○	○
7月20日	○	–
7月28日	○	○
7月29日	○	○（第七章）
10月8日	○	○（第七章）
10月31日	○	○
10月21日	○	○
1885年		
1月2日	○	○（第七章）
Later, same day	○	–
1月11日	○	–
1月23日	–	○（第七章）
1月25日	○	–
2月7日	○	（第六章）
Later	○	–
Next day	○	–
2月12日	○	–
2月15日	○	–
2月18日	○	–
3月1日	○	○
3月7日	○	○（第六章）
Later	○	（第六章）
3月10日	○	○（第六章）
Next day	○	–
4月1日	○	○
Later same day	○	–
4月8日	○	–
4月15日	○	○
4月26日	○	○
	5月11日から6月15日まで8通	–
Later	○	–
6月28日	○	–（第六章）
Later	○	–
7月1日	○	–
Next day	○	–（第六章）
	7月17日から12月28日まで27通	–
Later	○	–
1886年		
1月7日	○	○（第七章）
1月20日	○	–
1月30日	○	○
2月7日	–	○
2月11日	○	○
2月19日	○	○
2月22日	–	○
2月23日	–	○
2月28日	○	○
Next day	○	–
3月4日	○	○
3月7日	–	○
3月16日	–	○
3月20日	○	○
4月2日	○	○
4月13日	○	○
4月20日	○	○
4月22日	○	○
5月2日	–	○
5月6日	○	○
5月15日	○	○
Later	○	–
5月20日	○	○
6月10日	○	○
6月21日	○	○
6月30日	–	○（第七章）
7月1日	○	–
7月12日	○	–
7月20日	–	○
7月29日	–	○

8月1日	○	○
8月8日	－	○
8月9日	○	○
8月17日	○	○
8月28日	－	○
8月31日	○	○
9月5日	－	○
9月10日	○	○
9月19日	－	○
9月20日	－	○
9月21日	－	○
9月22日	○	○
Next day	○	－
10月1日	○	－
10月8日	－	○
10月9日	○	－
10月18日	○	－
10月20日	○	－
10月28日	○	○
11月8日	○	○
11月9日（Next dayと同じか不明）	○	○
11月19日	－	○
11月23日	○	－
11月28日	－	○（第七章）
11月30日	○	○
12月7日	－	○（第七章）
12月9日	○	－
12月17日	－	○
12月20日	○	○
12月28日	－	○
1887年		
1月2日	○	○（第七章）
Later	○	－
1月14日	○	－
1月16日	○	－
1月29日	○	○
2月8日	○	－
2月22日	○	（第七章）
3月7日	○	（第七章）
3月8日	○	－
3月16日	○	（第七章）
4月18日	－	○
4月20日	－	○
4月22日	○	－
5月1日	○	○
5月2日	○	○
5月10日	○	○
5月13日	○	○
5月14日	－	○
Later	○	－
5月22日	○	－
5月24日	○	－
1887年6月～	17通	－
1888年	22通	－
1889年	9通	－
1893年	3通	－
1894年	2通	－
1898年	10通	－
1899年	22通	－（1899年12月28日は第九章に使用）
1900年	7通	－
1901年	25通	－
1902年	18通	－
1903年	22通	－
1904年	22通	－
1905年	28通	－
1906年	17通	－
1907年	25通	－（1907年12月12日、26日は第十章に使用）
1908年	5通	－
1909年	5通	－
1910年	14通	－
1911年	9通	－

総年譜
著書一覧

自画像

総年譜（生活・事項／著作）　与那覇恵子　作成

凡例

○本年譜は上段に生活・事項年譜とインタビュー・対談・座談会・講演の記録を、下段に小説・エッセイなどの著作を配した（受賞の言葉・推薦文・選評については、日本経済新聞社版『大庭みな子全集第24巻』参照）。
○（○月○日書簡）とあるのはすべてみな子と利雄の間で交わされたものである（日本経済新聞社版『大庭みな子全集第25巻』往復書簡参照）。
○著作に関して、発表年月が確定できないまでも、推定を含めて年が確認できたものについては、当該年の最後に＊を付して掲げた。
○著作の「○月」表記は、雑誌については月号を示す。
○「　」は著作名、〈　〉はその掲載媒体を示す。
○大庭みな子の単独単行本・文庫本についてはゴシック体で記し、その発行日を付した。

※本年譜の作成にあたり大庭みな子自筆「年譜」（『寂兮寥兮』講談社文芸文庫）、「主要著作年表・付略年譜」（『大庭みな子全集第十巻』講談社）、宮内淳子「略年譜」（『角川女性作家シリーズ9』）、江種満子「大庭みな子略年譜」（『大庭みな子の世界』新曜社）、大庭利雄『最後の桜―妻・大庭みな子との日々』（河出書房新社）を参照した。

※本年譜作成に際しては大庭利雄氏の多大な御教示をいただいた。加えて、主にデータの調査・確認に関して山田昭子氏、村井清美氏の助力を得た。既年譜作成者ともども深謝したい。

年	生活・事項	著作
1930(昭和5)年 0歳	11月11日、椎名三郎(明治27年1月7日生)、睦子(明治40年1月15日生)の五人兄妹の長女として東京(東京府豊多摩郡千駄ヶ谷町大字千駄ヶ谷八三六番地、現・渋谷区)に生れる。本名は美奈子。父三郎は茨城県稲敷郡阿見町実穀出身。進学のため中学時代に上京、姉妹と一緒に麻布に住む。家督は姉けいの婿、椎名宣之が継ぎ、父は再び生地に住むことはなかった。三郎は新潟医学専門学校を卒業後、海軍の医官に任命され、軍医学校で教育を受ける。三郎の最初の妻は、新潟医専のときの下宿の近くに住んでいた睦子の姉多喜である。多喜は長男、麟也の出産後間もなく結核で病死し、その遺言で妹睦子と再婚することになった。父方の祖父は新しもの好きで、明治初年にロシア正教の洗礼を受けたり、先祖代々の土地を農地改革の百年も前に小作人に開放したりした。三年間行方がわからなかった後、渡米しようとしたところを連れ戻され、強制的に隠居させられたという。母の生家(森田)は新潟県北蒲原郡木崎村である。母方の祖父森田省策は作家志望であったが、酒と女で財産を蕩尽し、再起を期して北海道に渡り鉱山事業に手を出すも失敗。後年、両方の祖父に流れている定着を厭う血は自分にも流れていると思うようになる。異母兄麟也(大正10年10月7日生)、妹朝恵(昭和7年12月10日生)、弟睦郎(昭和13	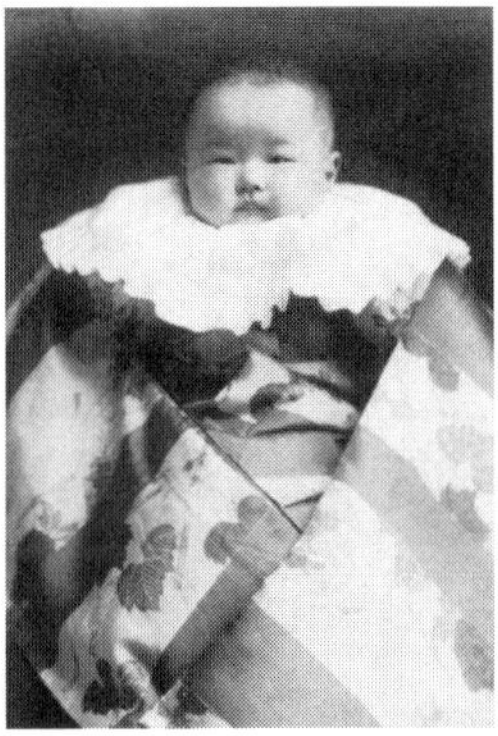

	年3月20日生)、弟龍郎(昭和15年7月4日生)がいる。美奈子は生まれてから五歳まで、奉公人のみつが面倒をみており、三歳で文字が読めるようになった。	
1934(昭和9)年 4歳	神奈川県浦賀町大津1095(現・横須賀市)に転居。	
1936(昭和11)年 6歳	父三郎は戦艦山城の軍医長として乗艦し、留守家族は浦賀町に留まる。11月、広島県呉市に転居(住所呉市二河通 5−5 官舎)。	
1937(昭和12)年 7歳	呉市二河小学校に入学。小学校低学年の頃はお伽噺に惹かれ、多くの昔話や童話を読む。アンデルセンに強い影響を受ける。「自分で挿絵を描いたお話の本」を作ったりした。7月、日中戦争が始まる。海軍軍医であった父の転任のため、一九四五年の終わりまで、海軍の要地を移り住む。小学校八回、女学校を六回転校する。	

1939（昭和14）年 9歳	1941（昭和16）年 11歳
小学校の三、四年を、江田島の海軍兵学校教官の子弟のために構内に建てられた従道小学校で過ごす。海軍という特権で得られた小学校時代の環境には、後ろめたさもあったが、とにかく、子供のときの一番幸せな思い出の地だという。	父三郎は江田島から呉の海軍病院に移るが、直ぐに大船の第一海軍燃料廠に転勤。一家は大船（横浜市戸塚区小菅谷・第一海軍燃料廠官舎）に移り、鎌倉の御成小学校に通う。八歳頃まで世界の童話を読みふけったが、この頃になると文学好きの母が揃えていた日本文学全集や世界文学全集、個人全集を読み始める。父はさらに上海の海軍病院勤務となって、単身赴任、家族で母の生家のある新潟県北蒲原郡木崎村の伯母の家に寄寓し、木崎村の小学校に通う。ユーゴーを読み感動、将来作家になる決心をする。小学校六年に東京（中野区鷺宮３１８１）に転居。中野区鷺宮国民学校に通う。その当時、将来の志望を「作家」と記して提出した際、「これは、進学する志望校のことです」と言われ、その意味がよくのみこめなかった。「大人というものは奇妙なもの」と感じた最初の記憶である。中野区鷺宮から豊川（愛知県宝飯郡牛久保町、豊川海軍工廠甲五号官舎）に移り、小学校は愛知県豊橋市新川国民学校に通う。12月、太平洋戦争が始まる。

1943（昭和18）年 13歳	1944（昭和19）年 14歳	1945（昭和20）年 15歳
3月、豊橋市新川国民学校を卒業。4月、愛知県立豊橋高等女学校に入学。小説を読みふけり、教師の不興をかう。	父の転勤で、広島県賀茂郡板城村森近（現・東広島市）荒谷清四郎方に住む。広島県立賀茂高等女学校（現・広島県立賀茂高等学校）に転校。通学のため西条の町で部屋（賀茂郡西条町西条　神笠哲次方）を借り、自炊生活をする。学徒動員で学校が広島被服廠の学校工場となり、二年生の後半と三年生の前半、学業を放棄させられミシン作業に従事、一日十一時間働く。空襲警報で避難させられた麦畑でツルゲーネフやチェーホフを読む。軟文学を読みすぎるというので、注意人物とみなされていた。	8月6日、広島に原爆が投下され、きのこ雲を学校工場から目撃（原爆体験は誕生日前の十四歳）。女学校三年の8月15日に終戦。8月17日から学徒救援隊として広島市に入り、爆心地に近く残骸をさらすような本川国民学校の救護所で二週間ほど働く。「その時見た言語に絶する原爆の惨状は、生涯つきまとってはなれない、くり返し無意識的に浮かぶイメージ」となる。

1946（昭和21）年 16歳	1947（昭和22）年 17歳
父が大竹引揚援護局検疫所長となり広島県大竹市（広島県佐伯郡大竹町、元海軍官舎特7号）に移り、山口県立岩国高等女学校（現・山口県立岩国高等学校）に転校。城跡近くの図書館（「徴古館」）に通い四迷、鏡花、独歩、啄木、花袋、泡鳴、秋声、秋江、有島、横光、芥川、太宰などの日本近代文学を乱読する。一方で日本の古典、主に王朝文学にも熱中し、王朝風な文体で日記を書く。また小説も書き始める。終戦当時の学制の変更により岩国高等女学校は四学年で卒業したことになっている。	3月、母の実家がある新潟に一家で引き揚げ、父は新潟県北蒲原郡で医院を開業する（はじめは新潟県北蒲原郡南浜村、さらに転居して北蒲原郡豊栄町内島見へ）。4月、新潟県立新潟高等女学校（新制・新潟女子高等学校、現・新潟県立新潟中央高校）専攻科に入学。寄宿舎生活を送る。家政の授業ばかりで飽き足らず、反抗的学生としてしばしば教師の怒りをかう。この頃、新潟大医学部の演劇部に参加。二学期から新発田高等女学校専攻科（現・新潟県立西新発田高校）に転校。新発田市に部屋を借り自炊を始める（新発田市五十公野・備前キク方）。この頃ドストエフスキーに熱中する。

1948（昭和23）年 18歳
3月、新発田高等女学校校友会文芸班誌〈あやめ〉に、椎名美奈子の名前で劇評「検察官・その他」を発表する。4月、新潟女子高校（旧新潟高女）に復帰、新制の高等学校三年に編入される。旧制の女学校は五年制であったが、改革で中学と高校に分かれたため六年いることになった。
3月「検察官・その他」〈あやめ〉※椎名美奈子の名で発表

1949（昭和24）年 19歳
4月、津田塾大学に入学。東京都北多摩郡小平町、津田塾大学東寮での生活は、個を尊重する大学の方針もあり「大変な解放感」に溢れ、四年間を大いに楽しむ。当時高価であった牧野富太郎『日本植物図鑑』を購入し、武蔵野の植物を観察する。7月、学友の兄が旧制静岡高校に在学中で、津田の仲間数人で静岡高校を訪れる。その時、静高生の大庭利雄（昭和4年7月5日、千葉市生）に出会う。8月、同室の寮生と一緒に京都、奈良、高野山を旅する。石山寺では「いつかこの川辺に住んでみよう」と思う。この頃、津田塾大学の裏手に住んでいた佐多稲子の自宅で開かれていた文学会に参加。佐多の長男健造にフランス語を習う。また、大学に入学して間もなく友人の紹介で野間宏の自宅を訪れる。その後大学を卒業するまで年に数度野間宅を訪問し、生原稿を読んでもらう。「文学の上でも人生の上でも彼から限りない貴重な示唆を与えられる」。その間、野間邸で埴谷雄高や富士正晴、武林無想庵らとも出会う。同人誌〈トロイカ〉の同人たち、

年	事項	作品
	堤清二、木島始、足柄定之らを知る。〈トロイカ〉ではペンネームに「椎直子」を使っている。	
1950(昭和25)年 20歳	大学では演劇研究会を組織して女優兼演出家を務める一方、八田元夫演出研究所で演出指導を受ける。この頃、演劇に熱中し女優になることも考えるが、思い直して文学に専念する。チェーホフ、ゾラ、モーパッサン、メリメ、ボードレールなどの外国文学をむさぼり読む。T・S・エリオットの影響を受け、詩を書くようになる。	10月「伯父ワーニャ 解説/チェホフと其の時代」〈津田塾大学学友会演劇研究部公演「伯父ワーニャ」パンフレット〉
1951(昭和26)年 21歳	夏頃、評論家・荒正人の家でアルバイトをする。	
1952(昭和27)年 22歳	利雄との交流続き、五月祭などには東大を訪れて利雄に会うことも。利雄への手紙に「生意気で己惚れが強くて、自分よがりの馬鹿女」(11月12日書簡)と記している。	

1953（昭和28）年 23歳	
3月、大学を卒業して4月より津田の同級生であった今泉雅江宅（東京都江戸川区東小川１０８６）に下宿しながら中学校の時間講師として勤めるが、夏より健康を害し、翌年辞める。利雄も東京大学工学部を卒業して興国人絹パルプ株式会社に就職し、東大内の企業向けに開放された研究室に通勤。みな子の「とてもお会いしとう御座います」（4月23日書簡）という葉書から急速に親しくなっていく。みな子には許婚者もいたが、夏頃に別れる。また男友達とフェリーで釧路に出て北海道に旅する。「一人の人間を愛する為に自分の情熱のありったけを注ぎこんでしまった」（10月24日書簡）が報いられなかった関係であった。絶望的な恋の様相や揺れ動く心を綴った手紙を利雄へ送る。この頃魯迅の「野草」や「阿Q正伝」に感銘を受ける。津田塾大学文芸部会誌〈創造〉に、原爆投下後の広島における救援活動を題材にした「痣」を発表する。	3月、体調がすぐれず仕事も辞めて新潟に帰郷し、読書に明け暮れる生活をしながら詩と小説を書く。利雄との手紙のやり取りは続き、みな子は「貴方のような方を知ることが出来たことは幸いだったと思っております」「私は貴方と何時か、やがて、もっと違った、未来の平和な瞬間を得たいと願っています」（1月20日書簡）と綴っているが、利雄の好意に逡巡する表現もみられる。また、「文学なんて、と思うのですが執
「痣」〈創造〉第二号　※椎名美奈子の名で発表	5月「彷徨」〈トロイカ〉第12号　※椎直子の名で発表

1954（昭和29）年 24歳	1955（昭和30）年 25歳
念深くて仲々止められません。とりつかれたら、魔物みたいなものだと思っています」（3月20日書簡）とあり、文学への執着も語られている。5月、自伝的小説とも思える「彷徨」を同人誌〈トロイカ〉第12号に掲載。7月下旬、利雄、新潟のみな子の実家を訪れ婚約を交わす。10月、野間宏のもとを訪れ「サルトルの話など」をする。「野間氏の文学入門を読み学ぶところが多かった」（12月7日書簡）とある。この年にはパスカル、ヴァージニア・ウルフ、椎名麟三、レーニンなど、多様な本を読む。一方、医者になるための勉強を始めたりもしている。小説に生かそうと、大正15年から日本の社会主義者が参加して有名になった木崎村小作争議について調べる。その事件を背景にした「黒塀の家」を執筆するが完成せず、そのなかで描かれたエピソードのいくつかは後の『ふなくい虫』や『浦島草』に展開される。	12月4日、「小説を書き続けることを条件」に大庭利雄と結婚。新婚旅行は信州小布施の先の山田温泉であった。義母千枝や夫の弟妹と共に千葉県幕張町馬加1185で生活を始める。大庭文学の魅力的な人物「あり」や「ふう」は、義母の兄嫂がモデルという。年末にみな子は新潟の実家に里帰りをするなど、不規則な結婚生活が始まる。
	1月「詩・久保山さん死す」〈トロイカ〉第13号 ※椎直子の名で発表

1956（昭和31）年 26歳	1957（昭和32）年 27歳	1958（昭和33）年 28歳
1月20日頃に千葉に戻るが、つわりがひどく2月25日前に再び新潟の実家に行き、4月頃帰京。千葉から麻布本村町（東京都港区麻布本村町69 塚田方）仙台坂上に転居。後の『浦島草』や『王女の涙』の舞台となった家に住み始める。お産のため8月初めに再び新潟へ。9月2日に新潟市の永木産婦人科医院で長女優（悠、由布とも。みな子は表記にあまりこだわらなかった。書簡などで自身も未無子と書いているように多様な書き方を試みていた）を出産するも体調がすぐれず、麻布に帰ってきたのは11月末である。	春、子宮外妊娠との診断で愛育病院に入院、手術するが誤診で卵巣嚢腫だった。体調を崩して6月末から7月末まで優を連れて新潟の実家へ。静養しつつ小説を書く。	優の湿疹がひどく、5月から6月中旬頃までみな子は優の治療を新潟でするために里帰り。子育てに時間を取られているみな子に、「君は未だ恋をしたいと思う？　それとも昔の恋が残っている？　君が生き生きするならば敢えて止めません」「僕達は少々近付き過ぎて慣れてしまったというような感じです。そういう事は何の不安も不満もないはずだけど、矢張物を書こうという君をスポイルするような気がして心配です」

(5月23日書簡)と書き送った利雄の手紙からは、みな子の書く行為を優先しようとする意識がうかがえる。11月から優の湿疹治療のため、またも新潟の実家に滞在(翌年4月まで)。夏に翌年のアラスカ行きが内定、その前に日本を見ておこうと、12月初旬、優を新潟の両親に預け、夫婦で主として九州を旅する。

1959(昭和34)年 29歳

7月、利雄が単身アラスカに出発、みな子は妹・朝恵と麻布で過ごした後、新潟に滞在。10月、アメリカ、アラスカ州バラノフ島のシトカ市に優を連れて移住。自然と人間が一体化したインディアンやイヌイット(エスキモー)の世界観に興味をもち、以後、色々調べるようになる。十一年間の滞米中に米国内各地を旅する。近所に住んでいた利雄の部下の妻で、後に童話作家となるわたりむつこと親交をもつ。11月、アラスカパルプの工場が操業を開始する。(アラスカの住所 Cathedral Apt.203 Sitka,Alaska)

1960(昭和35)年 30歳

6月、シトカ工場の竣工式に招かれた経団連会長・石坂泰三の接待にかり出されたり、視察のために訪れた岸信介首相など日本の著名な政財界の人々をもてなしたりもした。その後も日本から来た要人の接待、工場関係者とのパーティー、町の人々との交際など忙しい日々を過ごすことが多かった。また、シトカでは、亡命ロシア人やロシア正教の司教、後の小説のモ

1960（昭和35）年 30歳	1961（昭和36）年 31歳	1962（昭和37）年 32歳	
デルとなる様々な人と知り合う。シトカ市の小学校で日本語の授業が行われることになり、講師を引き受けるが、やがて正規のアラスカ州の教員免許を取得（1966年）して数年間教える。（住所　415 Hollywood Way, Sitka, Alaska）	夏、休暇をとってシアトルよりカナディアンロッキーを経てホワイトホース、ヘインズまで三千マイルをドライヴ旅行する。	7月、ウイスコンシン州マジソンにある州立大学構内の米国農務省の林産物研究所に研究員として利雄が出向することになったため、シアトルからドライヴ旅行でマジソンに転居する。同大の大学院生として一年間、美術科に籍を置く。教授から大学に残って学業を続けることを勧められたが、美術より文学の道を選択、大学に残ることは断る（住所　817Maple Terrace, Shorewood, Madison, Wisconsin）。大学で学生クラブ（Union）が上映をする外国映画を毎週のように観るが、ベルイマンの作品にすっかり魅了される。	1月、利雄の学会出席に同行し、ニューヨーク、ワシントンDCを訪れる。7月、夫のアラスカ帰任で、

1963（昭和38）年 33歳	1964（昭和39）年 34歳	1965（昭和40）年 35歳	1966（昭和41）年 36歳
再びドライヴでシアトルに出てシトカに戻る（住所 Cathedral Apt. 401 Sitka, Alaska）。8月、ゴールドラッシュの跡を訪ねるアラスカからカナダへのホワイトパス・ユーコン鉄道の旅をする。夏、発表の当てのないまま「構図のない絵」のもとになった小説を書く。	6月16日、新潟で震災があり、実家も被災する。その時、父は転倒事故で脊髄を損傷、療養中だった。春、シトカ市内で転居して独立家屋に移る（住所 218 Lakeview Dr. Sitka, Alaska）。	6月、渡米後六年ぶりに家族で休暇帰国。7月、夫のアラスカ帰任後、8月20日過ぎまでみな子と優は新潟や千葉に滞在。	夫の工場関係ではもっぱら「大庭利雄夫人」の役目を果たすが、自身も町の短大の市民講座でフランス語などを習いつつ庭仕事、茸狩り、釣り、スケートなど自然とも親しむ。「漁師の女房」と嘆くほど熱心な利雄の鮭釣りにも付き合わされる。$\beta\sigma\phi$（ベータ・シグマ・ファイ）という、町の女性が多く集まるSorority の会員に迎え入れられる。この年アラスカ州

	の正規の小学校教員の免許を取得、同時に永住ビザもとる（後年放棄）。	
1967（昭和42）年 37歳	6月10日頃から8月10日頃まで、シアトル市ワシントン州立大学美術科の夏季セミナーに籍をおくも、主に文学部の講義を聴く。当時アラスカ州の教員免許を持っていたみな子は、免許維持のための単位取得が一つの目的であった。大学の寄宿舎で「虹の浮橋」のもとになった小説を書く。その後アラスカに帰って「三匹の蟹」を書き、〈群像〉に送る。	
1968（昭和43）年 38歳	4月16日、〈群像〉編集者・橋中雄二が最終候補作に残した「三匹の蟹」が群像新人賞を受け、〈群像〉6月号に掲載され、次いで7月22日、第59回芥川賞に決定。7月10日頃から8月下旬頃まで日本に滞在。野間宏宅や花田清輝宅を訪ね、その後度々訪問するようになる。花田氏から荘子と老子を読むことを薦められ、老子はBlakneyの英訳と併せて読む。川端康成の案内で鎌倉の覚園寺の墓地を訪れたことが強く印象に残る。 インタビュー：「新人女流作家〝大庭みな子さん〟登場〈週刊現代〉6月24日号 インタビュー：「20の質問　大庭みな子（芥川賞作家は大の不平家）」〈サンデー毎日〉8月25日号	6月「三匹の蟹」「受賞の言葉」〈群像〉 7月「『三匹の蟹』について」〈毎日新聞〉朝刊　29日／「虹と浮橋」〈群像〉 9月「受賞の言葉（芥川賞）」〈文藝春秋〉／「アメリカの友人たち」〈別冊文藝春秋〉105号 10月「構図のない絵」〈群像〉／「私の一九六八年」〈週刊読書人〉23日号／『三匹の蟹』講談社　4日 12月「フロンティア精神」〈郵政〉／「母を語る　盲目の母性を厭った母」〈婦人生活〉

対談：江藤淳「二人のアメリカと文学―絶望とデカダンス」〈文學界〉10月号

1969(昭和44)年 39歳

5月初旬、母・睦子の危篤の知らせを受け帰国。母、脳血栓を起こし5月10日に死去。「これからしばらく東京で仕事の事、家の事など動いてみるつもりです。お母様が死んで、あまりむなしいので、お酒ばかり飲んでいます」(5月16日書簡)と利雄に書き送っている。また、最初の長編小説『ふなくい虫』の書き直しの憂鬱な問題も抱えていて「私としては最初のきちんとした作品なのでやはり心が重いです」(6月17日書簡)と綴られている。この頃一家でアラスカを引き揚げる意志を固める。講談社の施設に泊まって原稿を書き、そこで小島信夫と出会う。6月末、アラスカ全体を見ておかねばということで、北極海のポイント・バロー、ベーリング海のエスキモー部落ノームなどを訪れる。11月11日に単身パリへ。グラン・オテル・デュ・ルーブルに投宿。その後平岡篤頼の紹介で14日にオテル・デ・マチュランに移る。モンパルナスの画塾グランド・ショミエールへデッサンに通い、アリアンス・フランセーズでフランス語を習う。数ヶ月滞在する予定だったが、利雄の病気によりアラスカに呼び戻され、12月4日にパリを立つ。パリ滞在中の出来事は『魚の泪』に展開される。12月末、体調不良の利雄、日本での検診のために一時単身帰国、翌年1月20日頃まで。

1月「火草」〈文學界〉／「桜貝をあつめるひと」(後に「桜貝をあつめる人」と改題)〈産経新聞〉夕刊 14日
2月「幽霊達の復活祭」〈群像〉／「わたしの初恋」〈大自然〉
4月「アラスカの春」〈北海タイムス〉夕刊ほか 10日
6月 日本文藝家協会編『文学選集34 昭和四四年度版』講談社 収録作：「三匹の蟹」
8月「母の死」〈中央公論〉
10月「ふなくい虫」〈群像〉／「首のない鹿」〈季刊藝術〉秋季号
12月「桟橋にて」〈海〉
＊「人の世の孤独を想う」〈朝日新聞〉／「海外駐在と暮らし」(原稿のみあり)、掲載紙誌不明(共に第23巻所収)。

座談会：河野多恵子・小島信夫「文学の新しさとリアリティ」〈群像〉9月号

1970(昭和45)年
40歳

3月末、利雄を残して娘・優とともにアラスカを引き揚げる。東京、中目黒の風園ハイツ（東京都目黒区中目黒4-12-7-1002）に住む。離れて暮らす利雄宛の手紙には「あなたがいなければ仕事もなにも出来ないし、する気もおこらない、よく、世の女流作家が一人で暮して、一人で書く気になるのが不思議です」（4月29日書簡）や、「あなたが居なければ、とても生きられない」（6月4日書簡）といった言葉が頻出している。5月9日、三田文学六十周年記念講演（「故郷喪失と放浪」『野草の夢』所収）。この頃、弟睦郎が浜松聖隷病院に勤務（のちに開業）。父三郎も浜松に移ったので、しばしば父を訪ね、その折には同市で開業していた藤枝静男の自宅をたびたび訪れるようになる。以後浜名湖で毎年開かれた藤枝静男を囲む会にはほとんど欠かさず参加。11月、再び渡米。各地をまわるがマジソン市では利雄の上司であったサンヤー氏宅にしばらく滞在する。

対談：加賀乙彦「外国体験と小説」〈三田文学〉8月号

座談会：野坂昭如、吉田知子「野坂昭如座談会　女の怨念、男の怨念」〈小説現代〉12月号

1月「アラスカの正月」〈東京新聞〉夕刊　5日／『ふなくい虫』講談社　20日／「アラスカの遥かな道」（後に「白樺と氷河の街」と改題）〈婦人公論〉（「歩きながら①～⑫」のタイトルで連載、後に「魚の泪」と改題）

2月「火草とエスキモーたち」〈婦人公論〉

3月「シトカ・美しすぎる自然の中で」（後に「森と湖と入江の町・シトカ」と改題）〈婦人公論〉

4月「ボートに乗って蟹を獲りに」（後に「世捨て人たちの蟹獲りの話」と改題）〈婦人公論〉／「あいびき」〈群像〉

5月「神秘の国トリンギットの物語」（後に「霧の女」と改題）〈婦人公論〉／「同化しつつある感覚」〈読売新聞〉夕刊　4日

6月「ホワイト・パス・ユーコン鉄道の旅」（後に「屍馬の谷間」と改題）〈婦人公論〉

7月『幽霊達の復活祭』講談社　15日／「サーモン・ダービーの話」〈婦人公論〉／「心優しき冷笑」〈文芸〉／「現代文明への憎悪―パゾリーニ『王女メディア』」〈群像〉／「幸福な夫婦」〈婦人公論〉

8月「万国博を見て」〈新潟日報〉夕刊　10日／「放浪する者の魂」〈婦人公論〉／「魅力のある対話」〈展望〉／「話をききに行きたくなる人」〈文學界〉

1970（昭和45）年
40歳

／「優しく苛酷な不思議な満足」〈潮〉／「シトカの夏」〈小さな蕾〉／「乾いたハレンチな喜劇―『マッシュ』」〈群像〉

9月「親と子」〈新潟日報〉夕刊　7日／「古都パリは淋しくて」（後に「夢に見たパリの現実」と改題）〈婦人公論〉／「チェーホフとわたくし」〈文学〉／「アメリカの若者の叫び―『ウッドストック』」〈群像〉

10月「ロワール河のお城めぐり」（後に「ロワール河のお城に住んだ人たち」と改題）〈婦人公論〉／「蚤の市」〈文芸〉／「故郷喪失と放浪」〈三田文学〉／「もはや創世記ではない」〈サンケイ新聞〉夕刊　3日／「秋海棠と浜梨」〈新潟日報〉夕刊　12日

11月「陰鬱な不満」〈新潟日報〉夕刊　9日／「パリのアメリカ女性」（後に「パリのアメリカ女」と改題）〈婦人公論〉／「なぜ書くか」〈群像〉／「外国住いの日本人を頼るなら　これだけは知っておきたい海外旅行でのタブー10ヵ条」〈旅〉

12月「対話」〈新潟日報〉夕刊　7日／「魚の泪」〈婦人公論〉

＊「荒野への郷愁」〈『color travel guide（世界の旅）11』〉山田書院（第23巻所収）

「栂の夢」を書き終えた後、4月から7月にかけて夫と共にタイ、インド、ケニア、エジプト、西欧諸国、ブラジル、アルゼンチン、メキシコ、カナダをヒッピ

1月「進歩とは？」〈新潟日報〉夕刊　11日／「上下と強弱」〈新潟日報〉夕刊　18日／「長いものにも巻かれずに―」〈新潟日報〉夕刊　25日

1971（昭和46）年　41歳

ーまがいの世界一周旅行をする。利雄は会社を辞める覚悟の長期休暇であった。夏、広島の原爆犠牲者の遺体が多数発見された似島を訪れる。編集者の紹介で画家の桂ゆきと出会う。のちに桂ゆきの誘いで日本美術家釣クラブに入会、しばしば釣行に参加し舟越保武、本郷新などの知遇を得ることになる。また、桂ゆきの紹介で斎藤義重、飯塚八朗とも知り合う。この年の秋、岩国高等学校で講演（「文学における言葉」『岩国高等学校文化講演会講演集（二）自己実現のすすめ』所収）。12月9日、早稲田大学文学部において課外講演（「外国体験と文学」『野草の夢』所収）。

2月「『源氏物語』の思い出」〈『現代語訳　日本の古典・源氏物語 上』月報〉河出書房新社

4月エッセイ集**『魚の泪』**中央公論社　24日／「ヒッピイの行方」〈群像〉／「石焼鮭」〈あじくりげ〉No.179／「集って食べる愉しみ」〈栄養と料理〉

5月「外国体験と文学」〈早稲田文学〉

7月「無用の用」〈GREEN PAP〉／詩集**『錆びた言葉』**講談社　28日

9月　書き下ろし長篇**『栂の夢』**文藝春秋　25日

10月「母性愛」〈山陽新聞〉朝刊25日／「だれが外貨をかせいだか?」〈新潟日報〉朝刊26日／「投書」〈群像〉

11月「アメリカの親子」〈山陽新聞〉朝刊　1日／「あるアメリカの大学風景」〈山陽新聞〉朝刊　8日／「雪」〈新潟日報〉朝刊　17日／「雲、霧、雪」〈R〉日本国有鉄道

12月「烏賊ともじずり」〈婦人之友〉／「飢えた国インドの哀しみ」〈潮〉／「上野とわたし」〈うえの〉／「人のくりかえす言葉」〈サンケイ新聞〉夕刊　2日

＊「**Words I Can Never Forget**（忘れ得ぬことば）」掲載紙誌不明／「ハイド・パークの演説」掲載紙誌不明（共に第23巻所収）

6月中旬頃から7月下旬頃まで単身でオレゴンやシトカに滞在。その頃、仕事を辞めるかもしれないという利雄の手紙に「あなたの仕事のことは任せます。い

1月「氷河の国 アラスカ」〈『トラベル ブックス14 アメリカ西部の旅』〉世界文化社／「風信」〈東京新聞〉夕刊　13日／「ひっそりと故国をしのぶ」〈高

1972（昭和47）年
42歳

つ辞めても文句は言いません。思うように生きましょう！」（7月15日書簡）と返している。9月、テレビ東京の「残留日本兵を訪ねる」という企画でマレーシア、シンガポールなどの東南アジアを旅する。12月中旬から翌年の1月初め頃まで、たまたまロサンゼルスに移っていたシトカ時代の友人の紹介で子宮筋腫の手術を受けた後、彼の家に滞在。この年の夏、伊豆高原の雑木林の中に仕事部屋を建てる（伊東市八幡野字萩が洞1081－56）。

6月、利雄『かけがえのない地球と人間』出版（毎日新聞社）

対談書評：真鍋博〈毎日新聞〉1月9日、1月23日、2月6日、2月20日、3月5日、3月19日

対談：深沢七郎「滅亡教的小説談義」〈週刊読書人〉1月17日

対談：荒川哲生「『ことば』こそ劇の生命」〈劇〉40号 10月5日

二時代〉／「犬屋敷の女」〈文學界〉／「野草の夢」〈群像〉／「閉じこめられたときに」〈海〉／「海の花」〈風景〉／**『新鋭作家叢書 大庭みな子集』**河出書房新社 30日 収録作：「ふなくい虫」「桟橋にて」「あいびき」「H、Y、Gに捧ぐ」

2月「他人の悲しみに同意しやすいタチ」〈『新鋭作家叢書 李恢成集』月報〉河出書房新社／「冷笑する眼—『真夜中のパーティ』」〈アートシアター〉No.92

3月「数学と私」〈数学セミナー〉／「色に想うこと」〈プチセゾン〉

4月「笑う魚」〈季刊藝術〉春季号

5月「地獄の配膳」〈潮〉／「男と女」〈文學界〉／「詩・ガラスの球《ボール》」〈新潮〉／「インドの顔」〈『インドの旅』〉世界文化社／「チーズケーキ」〈あじくりげ〉No.192

6月「ある夕ぐれ」〈群像〉

7月「ある断片より」〈早稲田文学〉／「されこうべの呻く似島」〈潮〉

8月「胡弓を弾く鳥」〈群像〉

9月「国を失う意味　地球市民への夢」（後に「地球市民への夢」と改題）〈毎日新聞〉夕刊 2日

11月「東南アジアを旅して」〈東京新聞〉夕刊 2日／**『三匹の蟹・青い落葉』**講談社文庫 15日／**『胡弓を弾く鳥』**講談社 20日

12月「子供を連れてアラスカへ！」〈旅〉

1973(昭和48)年
43歳

12月、「死海のりんご」を劇団「雲」が新宿紀伊國屋ホールで上演。10月下旬から11月までオレゴン州クースベイに滞在。友人と日本からの輸入品を扱う店を開くが長続きせずに閉店。

10月、利雄『自然のなかでの人間』出版（毎日新聞社）

対談：山本道子「なぜ小説を書くか―異国で覚えた文学的衝動―」〈文學界〉4月号

インタビュー：「言葉の美しさを追求　演劇を断念、小説へ転身」〈信濃毎日新聞〉5月28日

対談：開高健「アラスカのサケ釣り」〈面白半分〉5月号

インタビュー：武田勝彦「わが作品を語るⅠ」〈青春と読書〉24号　5月

インタビュー：武田勝彦「わが作品を語るⅡ」〈青春と読書〉25号　7月

対談：加賀乙彦「出会いの美学―目の前にいる人との出会いをたいせつに」〈ジュノン〉9月号

＊「東南アラスカの花」掲載紙誌不明／「インデアン部落訪問記」掲載紙誌不明（共に第23巻所収）

・ロシア語訳　ТРИ КРАБА（「三匹の蟹」）*ЯПОНСКАЯ НОВЕЛЛА* 1960–1970 : ИЗДАТЕЛЬСТВО, ПРОГРЕСС 1972

1月「世界主義への道」〈新潟日報〉朝刊　26日／「鹿の年始」〈NHKきょうの料理〉／「男と女の生きる場所」〈中央公論〉／「雪の奥只見だより」〈電源〉

2月「酒饅頭」〈NHKきょうの料理〉

4月「小説を書きながらとりとめもなく思うこと」〈群像〉／「プロメテウスの犯罪」〈『日本人の一〇〇年15　太平洋戦争』〉世界文化社

5月　書き下ろし戯曲『死海のりんご』新潮社　10日／「対立する者を愉しくさせる人」〈『江藤淳著作集続5』月報〉講談社／「増えすぎた鼠」〈月刊エコノミスト〉／「夫を孤独にするな」〈ウーマン〉／「新作家・私の姿勢」（後に一部改稿して「人間として―女であったこと」と改題）〈国文学　解釈と鑑賞〉／「食べものの糸」〈婦人画報〉

6月「人それぞれの舞台」〈波〉／「快く、いまいましい言葉」〈劇〉43号

7月「芝居と私」〈小説サンデー毎日〉／「ボヘミアン、ピカソ」〈群像〉／「愛をめぐる人生模様1」〈くらしの泉〉／「トーテムの霊」〈芸術新潮〉／

対談：小島信夫「男と女の芝居」〈劇〉45号　12月

「ひらく」〈『講座おんな6』〉筑摩書房

8月　エッセイ集**『野草の夢』**講談社　24日／「愛をめぐる人生模様2」〈くらしの泉〉／「『わたしの暮らし』を創ろう」〈婦人生活〉

9月「遊び」〈週刊朝日〉7日号／『現代の文学33　河野多恵子　大庭みな子』講談社　収録作：「三匹の蟹」「幽霊達の復活祭」「火草」「桟橋にて」「首のない鹿」「胡弓を弾く鳥」／「愛をめぐる人生模様3」〈くらしの泉〉

10月　翻訳**『怒りと良心』**（J・ボールドウィン　M・ミード著）平凡社　26日／「現代の『怒り』と『良心』」（後に「現代の『怒りと良心』」と改題）〈月刊百科〉／「青い狐」〈文芸〉

11月「共通の言葉」〈読売新聞〉夕刊　20日／「トーテムの海辺」〈新潮〉／「午後の陽ざし」〈潮〉／「他人には測れぬ愛の価値」（後に「愛の価値」と改題）〈いんなあとりっぷ〉／「伝えない愛」〈婦人公論〉

12月「子供に創る心を」〈PHP〉

＊以下は『野草の夢』所収だが初出が不明である。

「変身」「訪れ」「朔太郎・鷗外」「『胡弓を弾く鳥』について」「思い出す人」「思い出」「安部公房の『自由な参加』」「マクベス夫人」「北国と南国の生物」「シトカの町」「アラスカの思い出」「アラスカの二つの顔」「アラスカ幻想」「アメリカ生活断片」「アメリカとは?」「言語と社会」「形式の好きな日本人」「失われた青空」「仕事」「愛国主義への疑惑」

1974(昭和49)年
44歳

4月、慶応大学の大橋吉之輔教授の要請で文学部の英文学の学生を対象に文学全般に関する講義を引き受ける。76年からは大学院生が対象となり、85年まで続く。11月、出張の利雄と共にカナダのノヴァスコシアを訪れ、帰途、かつて滞在したことのあるニューヨーク、マジソン、クースベイ、シアトル、フライデイハーバー、アンカレッジ、シトカ、ランゲルを旅し、十年の間のアメリカの移り変わりを感じる。12月、角川書店〈野性時代〉の取材で写真家・奈良原一高と共に広島、呉、大竹、岩国、江田島を訪れる。

対談：江崎玲於奈「日本人と科学」〈京都新聞〉ほか　3月21日

対談：小松左京「日本人と文学」〈新潟日報〉ほか　4月1日

対談：平岡篤頼「亡命の文学──創造的言語と前衛」〈三田文学〉7月号

座談会：加藤周一、菊竹清訓、菅忠義「機械と人間」〈婦人之友〉11月号

「教育」「死」「徴兵制度」「高貴とは？」「河原乞食の精神」「仕事優先？」「お上」「鼠の実験」「顔と首」「言葉」「野鴨の習性」「口ごたえ」「手づくりのもののぜいたくさ」「昔の話」「生命の不思議」（第3巻所収）

1月「本との対等な関係を　人間形成の必要条件としての読書」〈週刊読書人〉7日・14日合併号／「よろず修繕屋の妻」〈文學界〉／「詩人・野間宏」〈『日本文学全集野間宏』月報54〉集英社

2月「夢幻の国の住人」〈星新一著『なりそこない王子』解説〉講談社／「ペテン師の嘆き」〈群像〉

3月「誰が犠牲者か」〈朝日新聞〉朝刊　4日／「自己を対象化する『他人の目』」〈PHP増刊号〉№19／「『文鳥』『夢十夜』と『坑夫』──文学における我と彼我」〈『夏目漱石全集5』月報〉角川書店／「カルメ焼と密会」〈きりん〉

4月「津田塾の寮生活」〈きりん〉／「習慣」〈文芸展望〉春号／「友人──カフカ『審判』」〈劇〉46号／「哀しみ」〈季刊藝術〉春29号／「現代男大学・序説」〈婦人公論〉／「正直な人」〈『日本古典文学全集11』月報〉小学館

5月「個人と国」〈週刊朝日〉17日号／「私のエディプスのイメージ」（後に「エディプス王を観て」と改題）〈婦人之友〉

1974（昭和49）年 44歳	1975（昭和50）年 45歳
対談：吉本隆明「性の幻想」〈野性時代〉12月号 対談：吉田ルイ子「人種差別と性差別」〈泉〉No.5	6月、「霧の旅」取材のため〈群像〉編集部の辻章と妙高高原周辺をまわる。9月、『がらくた博物館』で女流文学賞を受賞。9月から10月にかけてソヴィエト作家同盟の招待で、星新一、北杜夫らと横浜からバイカル号でウラジオストックに渡り、シベリア鉄道を
6月「人馴っこさへの郷愁」〈局報〉第一〇五六号 東京国税局／「男と女」〈東京新聞〉夕刊 13日／「祖父の遺産」〈文學界〉 7月「ジャック・ルイ・ダヴィッドの人間像」（後に「ダヴィッドという画家」と改題）〈アート・トップ〉23号／**『ふなくい虫』**講談社文庫 15日 8月「言葉の呪縛」〈愛媛新聞〉夕刊 5日／「怠惰なる傲岸─現代心中考」〈潮〉 9月「のめりこむ客観の詩人─フォークナー」〈『世界文学全集36』月報〉集英社 10月「すぐりの島」〈文學界〉 11月**『魚の泪』**中公文庫 10日／『現代の女流文学4』毎日新聞社 収録作：「三匹の蟹」／「私のやり方」〈海外子女教育〉晩秋号／「草原の焼肉」〈現代〉 12月「流行」〈朝日新聞〉朝刊 23日／「自由人の傲岸な魂」〈新日本文学〉／「不気味な笑い─ジョゼフ・ケサリング『毒薬と老嬢』」〈劇〉54号／「カナダ・エスキモー美術協会のあつめたエスキモーの彫刻」〈芸術新潮〉	1月「荒神沼心中」〈群像〉 2月「亭主と女房の間をめぐる─因果」〈アサヒグラフ〉7日号／「見知らぬ人との話」〈日本経済新聞〉夕刊 10日／**『がらくた博物館』**文藝春秋 15日／「曼荼羅」〈『フォークナー全集23』月報14〉冨山房

1975（昭和50）年
45歳

経由して、モスクワ、レニングラード、バクーを訪れる。
6月、利雄『人間が生き延びる道』出版〈毎日新聞社〉
座談会：本郷新、石黒清、大出喜一「ルアーは魚のチエとの〝対決〟」〈週刊読売〉4月27日号
インタビュー：「人間が帰属する場所　孤独を代償に得る自由」〈静岡新聞〉ほか　9月19日

／「浮浪人の魂」〈文学〉／「有名」〈青春と読書〉
3月「ぼやき」〈すばる〉春号 19号
4月「他の仕事は制御」〈朝日新聞〉朝刊　7日／「祖父の血」〈文學界〉／「亡霊の囁き」（後に「亡霊」と改題）〈野性時代〉
5月『青い狐』講談社　20日／「反抗の力学」〈海〉／「異国の故郷」〈UP〉31号／「互いの世界を広げ合う」〈『わたしの夫婦論』〉読売新聞社
6月「時間」〈『FOREIGN LITERATURE 3 小説の時間』〉朝日出版社／「私の好きな王朝秀歌」（後に「いかばかり……」と改題）〈ウーマン〉／「呪術の不思議」〈別冊文藝春秋〉夏号／「はまなし」〈禅の友〉
7月「人間の回復をめざして」〈潮〉／「ショック」〈群像〉／「カンディドの旅―ヤコベッティ『大残酷』」〈太陽〉
8月「その頃」〈三田文学〉／「孫悟空」〈PHP〉／「リアルな抽象」〈『筑摩世界文学大系87』月報〉筑摩書房／「ある芸術家の過程―『チャップリンのサーカス』」〈太陽〉／「街の眺め」〈群像〉（12月号まで）
9月「街の心」〈文藝〉／「星の夢―スタンリー・ドーネン『星の王子さま』」〈太陽〉／「異質なもの、文学と政治」〈『人間の世紀　第五巻・政治と人間』〉潮出版社
10月「暗い笑い―イングマル・ベルイマン『魔術師』

1976(昭和51)年 46歳	
1月、アラスカのシトカを訪ね、旧友たちと再会する。友人の家に泊まり、そこで執筆中の「浦島草」を書き進める。〈群像〉10月号より自伝的作品「霧の旅第I部」の連載開始。12月18日、父・三郎浜松で糖尿病から来る腎不全で死去。 対談：佐多稲子「友だち・友情」〈明日の友〉第14号 7月 インタビュー：「消えない人間への不信」〈NISSAN INFORMATION Vol.11 No.5〉10月	
1月「山姥の微笑」〈新潮〉／「相対の感覚」〈潮〉／「現代の不安—ジャック・スターレット『悪魔の追跡』」〈太陽〉 2月「キング・サーモンとの闘い」（後に「キング・サーモン」と改題）〈アニマ〉／「醒めて見る夢—マーチン・スコルセーゼ『アリスの恋』」〈太陽〉／「人生の詩」〈『ヴァージニア・ウルフ著作集』推薦文〉みすず書房 3月「性の終身雇用」〈わいふ〉139号 25日号／「アメリカ社会と老人—ポール・マザースキイ『ハリーとトント』」〈太陽〉 4月「めぐり逢った人びと」〈群像〉／「釣りともだ	『夜の儀式』」〈太陽〉／「やりきれぬいら立ち」〈中日新聞〉夕刊 30日 11月「ソ連の旅」〈東京新聞〉夕刊 10日／「あふれるイメイジ—アルマンド・ロブレス・ゴドイ『砂のミラージュ』」〈太陽〉 12月「冬枯れの野に」〈『栄光の軌跡 さよなら蒸気機関車』〉恒文社／「大らかなメロドラマ—黒澤明『デルス・ウザーラ』」〈太陽〉 ・英語訳 Double Suicide（「怠惰なる傲岸—現代心中考」）*A Japanese Phenomenon* Japan Interpreter vol.9 No.3 winter 1975 : Manabu Takechi, Wayne Root

1976(昭和51)年
46歳

2月21日、目黒共済病院で胆嚢摘出手術を受ける。

ち」〈小説現代〉／「ヌードのファッション・ショウ―ジュスト・ジャカン『O嬢の物語』」〈太陽〉
5月「養魚場」〈野性時代〉／「新緑の鎌倉　江ノ電各駅下車」(後に「なつかしい風景」と改題)〈旅〉／「或る伝統―ミロス・フォアマン『カッコーの巣の上で』」〈太陽〉
6月「ムササビ」〈野性時代〉／「アメリカの郷愁―ポール・マザースキイ『グリニッチ・ビレッジの青春』」〈太陽〉
7月「木の芽どき」〈野性時代〉／「異国の旧友たち」〈小説現代〉
8月「本屋のこと」〈日販通信〉／「桜月夜」〈野性時代〉
9月「本にまつわること」〈文藝〉／「小島さんという人」〈『筑摩現代文学大系77』月報〉筑摩書房／「自転車」〈野性時代〉
10月「霧の旅・第I部」連載開始〈群像〉(77年9月号まで)／「姉妹」〈野性時代〉／「青い鳥」〈鈴木博義作品の夕べ　回想の実験工房・東京1951～1955パンフレット〉
11月「霧の旅・第I部　栃と朴」〈群像〉／「怪僧」〈『藤枝静男著作集第三巻』月報〉講談社／「師匠と弟子」〈野性時代〉
12月「霧の旅・第I部　櫟」〈群像〉／「蛾」〈野性時代〉

1月「霧の旅・第I部　槐」〈群像〉／「渋い柿」〈野

1977(昭和52)年
47歳

5月、利雄の運転でスコットランドを旅する。エジンバラからドライヴでネス湖などハイランド地方を回ってグラスゴーまで。8月19日、藤枝静男、竹下利夫(浜在住の藤枝氏の知己)と韓国旅行。12月10日から年末まで、利雄の出張に同伴してシトカ、シアトルを訪れる。

座談会:糸川英夫、青木雨彦、赤塚不二夫「いきいき復権」〈新潟日報〉1月1日

対談:野間宏「『浦島草』について」〈3月刊行『浦島草』(講談社)付録〉

性時代〉/「二種類の旅」〈日旅〉No.274

2月「霧の旅・第Ⅰ部 山法師」〈群像〉/「オーロラと猫」〈野性時代〉

3月 書き下ろし長編『**浦島草**』講談社 22日/「霧の旅・第Ⅰ部 山茶花」〈群像〉/「魯迅と」〈『魯迅文集3』月報3〉筑摩書房/「人と人形」〈太陽〉/「火の女Ⅰ」(後に「暖かな沢」と改題)〈野性時代〉

4月「霧の旅・第Ⅰ部 七竈」〈群像〉/「火の女Ⅱ」(後に「暖かな沢」と改題)〈野性時代〉

5月「西はどっち」〈野性時代〉/「創る歓び」〈婦人と暮し〉

6月「浦島草に寄せて」〈朝日新聞〉夕刊 16日/「霧の旅・第Ⅰ部 通条花」〈群像〉

7月「私の結婚」〈週刊文春〉7日号/「麻雀とブリッジ」〈毎日新聞〉夕刊 21日/「霧の旅・第Ⅰ部侘助」〈群像〉/「蒼い花」〈野性時代〉

8月「霧の旅・第Ⅰ部 椎」〈群像〉/「からす瓜」〈野性時代〉

9月「霧の旅・第Ⅰ部 浜梨」〈群像〉/「石垣の穴」〈野性時代〉/「ある成仏」〈新潮〉/「作家と文体」〈文体〉/「紅茶」〈明日の友〉秋号/「旅と本」(後に「もう一つの旅の発見」と改題)〈本〉

10月「花田清輝のユーモア」〈別冊新評〉No.3 秋号/「男性たちの掘った墓穴」〈展望〉/「悪妻を持った男たち」〈文藝〉/「やきもち」〈野性時代〉

11月「三浦 環」〈『人物日本の女性史 第九巻 芸の道ひとすじに』〉集英社／「地球の岩」〈野性時代〉／「夢を釣る」〈現代詩手帖〉／「野間宏に」〈『青年の環文庫5』付録〉河出書房新社／翻訳**『モリスのまほうのふくろ』**文化出版局／翻訳**『いたずらノラ』**文化出版局

12月「わたしの太陽」〈野性時代〉／「本の記憶」〈図書〉

1978（昭和53）年 48歳

1月、一家で沖縄本島、石垣島、西表島、竹富島に旅する。3月、水上勉、三浦哲郎らと共にロンドン、パリ、ウィーンなどで、JALと講談社主催の欧州在住日本人を対象にした講演旅行を行う。4月はじめ、大原富枝と吉野の桜を訪ねる旅。4月末から利雄と、モスクワ、ワルシャワ、プラハ、ブダペスト、ソフィアの東欧各地を旅する。9月、藤枝静男、竹下利夫らと韓国慶州などを旅行。

対談：江藤淳「漱石・老子・現代」〈季刊藝術〉第44号 1月

座談会：岩田薫、奥山益朗、高木麻早、沢木幹栄「現代若者の自己表現」〈言語生活〉1月号

座談会：秋山駿・岡和夫「読書鼎談」〈文藝〉1月号～3月号

対談：渡辺淳一「『一夫一婦制』への疑問」〈婦人倶楽

1月 エッセイ集**『醒めて見る夢』**講談社 24日／「花と虫の記憶」連載開始〈婦人公論〉（79年2月号まで）／「淡交」〈文藝〉／「生きもの」〈群像〉

2月「花と虫の記憶」〈婦人公論〉／「『風の又三郎』、風に似た他者の認識」〈國文學〉／「子供の感受性」〈婦人と暮し〉

3月「旅のこころ」〈朝日新聞〉9日／「がらくた」（後に「がらくたの背景」と改題）〈朝日新聞〉朝刊 26日／「ほんとうのお話」（後に「目に見えないものの力」と改題）〈東京新聞〉夕刊 29日／「新しい人生のひろがり」〈Ｖｏｉｃｅ〉／「花と虫の記憶」〈婦人公論〉／「共有する苦悩」（後に「共有する記憶—高橋たか子」と改題）〈『筑摩現代文学大系97』月報〉筑摩書房／「アラスカの鮭釣り」〈釣りと私〉

4月「混血の哲学」〈朝日新聞〉朝刊 2日／「偶然」（後に「出会いの糸」と改題）〈朝日新聞〉朝刊 9日／

1978（昭和53）年
48歳

部〉2月号
座談会：北沢洋子、塩野七生「特集　80年代に翔び立つ女たち　男たちの閉塞状況を超えて」〈朝日ジャーナル〉3月3日号
対談：村井志摩子「花田清輝の恋愛」〈映画芸術〉4・5月合併号
対談：畑山博「恋愛のルーツを探る対談　向こう見ずに奪い合い、心ふるえるとき、ほんとうの恋愛が始まる」〈A・i〉8月号
座談会：柄谷行人・上田三四二「創作合評」〈群像〉10月号～12月号

「誇り高い街」〈朝日新聞〉朝刊　16日／「花と虫の記憶」〈婦人公論〉／「わたしを支えてくれる人たち」〈文學界〉
5月「花と虫の記憶」〈婦人公論〉／「虹」〈野性時代〉／「清水の心」（後に「清水の坂」と改題）〈『古寺巡礼京都24　清水寺』〉淡交社
6月「東欧の旅」（後に「東欧の国々」と改題）〈新潟日報〉朝刊　21日・22日／「花と虫の記憶」〈婦人公論〉
7月「花と虫の記憶」〈婦人公論〉／「タロット」〈海〉／**『蒼い小さな話』**角川書店　31日
8月「花と虫の記憶」〈婦人公論〉／「柳の下」〈文藝〉
9月「花と虫の記憶」〈婦人公論〉／「水滴に思う」〈主婦の友〉／『わが体験』潮出版社　収録作：「地獄の配膳」／『筑摩現代文学大系91　森茉莉　津村節子　大庭みな子集』筑摩書房　30日　収録作：「がらくた博物館」「幽霊達の復活祭」「青い狐」／翻訳「黒猫」〈『世界文学全集1』〉学習研究社
10月「《ハンガリー・ブルガリア紀行》哀調帯びたジプシー音楽に似て」〈『世界の旅路　くにぐにの物語7　ソ連・東欧』〉千趣会／「馬と人」〈馬銜〉秋号／「花と虫の記憶」〈婦人公論〉／「馬」〈さろんde はみ〉秋号
11月「花と虫の記憶」〈婦人公論〉／「すがすがしいもの」〈婦人公論〉臨時増刊号／「『女たちの映画

年	事項	作品
1978（昭和53）年 48歳		祭』によせて」〈女たちの映画祭パンフレット〉／「月に夢みる庵」〈太陽〉 12月「J・H・ファーブル著『昆虫記』」〈朝日新聞〉朝刊 10日／「フローベールと私」〈『世界文学全集16』〉学習研究社／「逝った人たち」〈新潮〉／「失われた夢」〈教育の森〉／「子供以外の場を持つすすめ」〈ミセス〉／「ワルシャワの人々」〈小二教育技術〉／「言葉の理解は人間の理解」〈百万人の英語〉 ・英語訳 The Three Crabs（「三匹の蟹」）*Japan Quarterly* vol.25 No.3 July-Sept.1978：Stephen W. Kohl, Ryoko Toyama
1979（昭和54）年 49歳	1月25日付の朝日新聞創刊百周年記念企画の座談会「新聞と未来」に参加。4月13日から16日、大原富枝、高橋たか子、田中阿里子らと高山の旅。4月24日より日本ペンクラブ理事を務める（97年4月まで）。6月6日から高橋たか子とパリや北欧を旅する。パリでは朝吹登美子と会う。中旬から高橋と別れて一人旅の後、7月1日帰国。9月末より12月初旬まで、国際交流基金によりオレゴン大学に交換教授として滞在、現代日本文学セミナーを担当する。その時に漱石の孫・松岡陽子やその後親交を重ねた在米の図書館学専門家・外山良子と出会う。女流新人賞選考委員（82年まで）、日本ノンフィクション賞選考委員（83年まで）を務め	1月「〝哀れな王様〟の闘志」（後に「いのちの夢」と改題）〈東京新聞〉夕刊 8日（「いそっぷ・なう」のタイトルで四回連載）／「おんなの午後」〈サンデー毎日〉7日号・14日号・21日号・28日号・2月4日号／「三つの動物物語」〈東京新聞〉夕刊 8日・22日・29日／「柘榴と猫」〈海〉／「花と虫の記憶」〈婦人公論〉／「インコ」〈文藝〉1・2月合併号／「恋愛を求めて」〈早稲田文学〉 2月「花と虫の記憶」〈婦人公論〉／「蛇と魚」〈『現代詩読本』〉思潮社 3月「外国で子どもを育てて」〈ＯＣＳ ＮＥＷＳ〉2日号

る。

座談会：扇谷正造、宮沢喜一、加藤秀俊「新聞と未来」〈朝日新聞〉1月25日

対談：黒井千次「彷徨と定住」〈文學界〉7月号

対談：平岡篤頼「離陸する想像力」〈早稲田文学〉10月号

1979（昭和54）年　49歳

4月『文学1979』講談社　収録作：「淡交」

5月『**花と虫の記憶**』中央公論社　30日／「ニライカナイ」〈旅〉

6月　翻訳翻案『**おばあさんと　こぶた**』『**ブレーメンのおんがくたい**』佑学社　10日、25日／『**淡交**』河出書房新社　22日／「宮古群島　竜宮を恋う人びと」（後に「宮古島　竜宮を恋う人びと」と改題）〈潮〉

7月「霧の旅・第Ⅱ部　時計」連載開始〈群像〉（80年7月号まで）／「飛ぶ花」〈海〉／「いさかい」〈野性時代〉／「みずみずしい精気」〈小説新潮〉

8月　エッセイ集『**女の男性論**』中央公論社　7日／「霧の旅・第Ⅱ部　像」〈群像〉

9月「霧の旅・第Ⅱ部　氷」〈群像〉／「追跡者―ポオ」〈カイエ〉／「精神の長い叙事詩」〈『世界の文学36』月報38〉集英社

10月「霧の旅・第Ⅱ部　雪」〈群像〉／「対馬　大陸の岬の見える島」〈潮〉／「虹の繭」〈太陽〉／「孤独な女たち」〈すばる〉／翻訳『**ゆっくりおじいちゃんとぼく**』佑学社

11月　翻訳翻案『**ジャックは　いえを　たてたとさ**』佑学社　15日／高橋たか子との対談集『**対談・性としての女**』講談社　16日／「霧の旅・第Ⅱ部　海」〈群像〉

12月「霧の旅・第Ⅱ部　灰」〈群像〉／翻訳『**スタンレイとローダ**』文化出版局／「マノン・レスコー」

〈『グラフィック版　世界の文学　別巻2　世界恋愛名作集』〉世界文化社
＊以下は『女の男性論』所収だが初出不明である。「津田塾への想い」「ポルノグラフィー考」「対等な友情」（第18巻所収）

1980（昭和55）年　50歳

3月、福井県庁の招きを受けた大原富枝と共に越前の旅。佐渡への取材旅行。5月から日本文藝家協会理事を務める（84年5月まで）。6月、チューリッヒ大学において講演（「言霊と言挙げ」『初めもなく終わりもなく』所収）。9月1日から12月10日まで、アイオワ大学でのインターナショナル・ライティング・プログラムに参加。この時、インドネシアの女性作家トティラワティ・チトラワシタと一つ屋根の下で暮らし、中国の詩人・艾青や作家・王蒙らと出会う。その滞在期間中にシトカやアメリカ国内各地を旅する。利雄に送った手紙には「もしかしたら、私の文学は大きく変りそうな気がしています」（11月3日書簡）、「世界の作家たちと話していると、思い上りかもしれないけれど、私はやはり一級の作家ではないかしらと自惚れています」（11月26日書簡）とある。ここでの体験はみな子に大きな影響を与えたようである。アイオワ大のシンポジウムの帰路、当時カリフォルニア州Riversideに住んでいた水田宗子を訪問、最初の出会いであったが数日間泊めてもらう。この年の10月、

1月「霧の旅・第Ⅱ部　道」〈群像〉／「人形浄瑠璃国生みの里を訪ねて」（後に「淡路島　国生みの里の人形浄瑠璃」と改題）〈潮〉
2月「前提は絶対ではない」〈朝日ジャーナル〉10日号／「おしゃれとわたし」〈東京新聞〉朝刊　27日／「霧の旅・第Ⅱ部　祭壇」〈群像〉
3月「それぞれの意味」〈朝日ジャーナル〉7日号／「霧の旅・第Ⅱ部　嘔吐」〈群像〉／「こんな感じ―水上勉」〈面白半分〉臨時増刊号
4月「幻影と実像」〈朝日ジャーナル〉11日号／「霧の旅・第Ⅱ部　蛇」〈群像〉／「流人の昔を今に伝える女たち」（後に「八丈島　たくましい孤島の女」と改題）〈潮〉／「家庭的でないわが家庭」（後に「支え合う夫の世界妻の世界」と改題）〈婦人公論〉
5月「新聞を読んで」（後に「新聞の奥にあるもの」と改題）〈毎日新聞〉朝刊　12日／「青丹よし」〈朝日ジャーナル〉16日号／「霧の旅・第Ⅱ部　種子」〈群像〉
6月「伝統とは」（後に「伝統の意味」と改題）〈朝日ジャーナル〉20日号／「霧の旅・第Ⅱ部　山姥」〈群像〉

1980（昭和55）年
50歳

水上勉から突然電気炉も含む陶芸用品一式が送られ、「自分の骨壺を焼く会」のメンバーに中野孝次と共に任命される。中野孝次はすぐに陶芸に没頭。水上氏は他人のための数多の骨壺を焼き、武蔵小山での展示即売会では売れ行きも上々だったが、みな子は腕の力が足りなく利雄に代行を命じる。利雄は早速骨壺第一号を焼き上げる。今はその壺にみな子の遺灰の一部が納められている。利雄の死後はその壺に利雄の遺灰を混ぜ、埋葬するかアラスカの海に散骨するかを娘に委ねている。

インタビュー：「くり返す反省の中で　日本とアメリカ　体験的比較子育て考」〈マザーリング〉5・6月号

対談：井上好子「むすめ・母親・おんな―〝女らしさ〟〝男らしさ〟の時代は終わった」〈月刊教育の森〉10月号

座談会：黒井千次・俵萠子「徹底研究座談会1　家族の絆は切れるのか」〈婦人公論〉臨時増刊号

7月「自然な流れ」（後に「女がえらぶ女の場所」と改題）〈朝日新聞〉夕刊　1日／「わが町　中目黒四丁目」〈東京新聞〉夕刊　11日／「なまずの心配」（後に「恨みのエネルギー」と改題）〈朝日ジャーナル〉18日号／「霧の旅・第Ⅱ部　冬眠」〈群像〉／翻訳「カミノ・レアル」〈『世界文学全集88』〉講談社／「藤」〈海〉／「女の場」〈月刊ＮＩＲＡ〉／「つながり合う記憶」〈ＦＨＪ〉

8月「今は昔」（後に「人間の話」と改題）〈朝日ジャーナル〉29日号／「佐渡　はまなす・かんぞう・渚の鷲」（後に「佐渡　賽の河原のはまなす」と改題）〈潮〉／「オレゴン夢十夜」〈新潮〉／「津田梅子　男性と対等の力がもてる夢を与えた最初の女性」〈『図説人物日本の女性史10　新時代の知性と行動』〉小学館／「むかし話」〈こどもの本〉日本児童図書出版協会

9月「魔神」〈文學界〉／「『幻想のティダ』によせて」〈記録映画「幻想のティダ」パンフレット〉

10月「流行語の背後に」〈朝日ジャーナル〉3日号／「豊かさは創造の世界に築かれる」〈家庭画報〉／翻訳**『ぼくうそついちやった』**佑学社

（10月）「江田島　今昔物語」〈潮〉

11月**『霧の旅　第Ⅰ部・第Ⅱ部』**講談社　6日／「他人の価値」〈朝日ジャーナル〉7日号／「女の心をかき立てる笛の音色のにじむ絵」（後に「夢かうつつか」と改題）〈田辺聖子訳『竹取物語・伊勢物語』〉学習

1980（昭和55）年 50歳	1981（昭和56）年 51歳
	6月、芝木好子、園田天光光、上坂冬子と韓国に旅行。11月末、『寂兮寥兮』の取材も兼ね出雲大社、横田の櫛名田比売神社、たたら製鉄、松江の八重垣神社などを訪れる。群像長編新人賞選考委員を務める（82年まで）。 インタビュー：「女は不可解な生命体　男だけの思考すべてが硬直」〈静岡新聞〉1月9日 対談：瀬戸内晴美「愛と芸術の軌跡　ロマンティックが身上」〈別冊婦人公論〉第14号 対談：小島信夫「『別れる理由』の現在」〈群像〉4月号 対談：高橋たか子「生き続けるということ――存在・宗教・表現――」〈群像〉9月号
研究社 12月『オレゴン夢十夜』新潮社　5日／「失ったもの」〈朝日ジャーナル〉12日号／『栂の夢』文春文庫　25日／「私の夢十夜」〈波〉／「思い出すままに」〈『文学とアメリカⅢ』〉南雲堂 ・英語訳　The Sea Change（「淡交」）*Japanese Literature Today* No.5 1980 : John Bester	1月「新しい家」〈海〉 3月『幽霊達の復活祭』講談社文庫　15日／「想像力への願い―イングマル・ベルイマン『ある結婚の風景』」〈キネマ旬報〉3月上旬号／「そうは言わなかった人々」〈波〉／「妙なつながり」（後に「愚かな過信」と改題）〈婦人公論〉 4月「生物の予感」〈自然保護〉15日号／「新・女らしさの条件」（後に「変容する女らしさの条件」と改題）〈日本経済新聞〉夕刊　16日／「かもめ」（後に「かもめ―わたしのチェーホフ―」と改題）〈文藝〉／「種子島　蚕の舞　紡ぐ夢　南の星」（後に「種子島　紡ぐ夢　南の星」と改題）〈潮〉／「チェーホフの予感」〈芸術公演かもめパンフレット〉／「言葉への飢渇」〈文學界〉／「室生幻想行―室生寺」（後に「龍の寺」と改題）〈『探訪日本の古寺10　奈良1　飛鳥・吉野』〉小学館／「新しい悲しみ」〈季刊中公経営問題〉

1981(昭和56)年
51歳

5月「私の一冊　老子」(後に「老子」と改題)〈東京新聞〉夕刊ほか　11日／「矛盾する生命包む母性」(後に「矛盾する生命」と改題)〈日本経済新聞〉朝刊　23日／「紅―テネシー・ウィリアムズ―」〈「欲望という名の電車」現代演劇協会公演パンフレット〉／「連続する発見―小島信夫著『作家遍歴』を読んで―」〈潮〉／「景色」〈作品〉

6月「女から女へ」(後に「とらわれない男と女の関係」と改題)〈クロワッサン〉10日号／「つながり合うもの」(後に「文学的」と改題)〈新潮〉／「娘とわたしの時間」〈花椿〉

7月「ふなくい虫」〈別冊婦人公論〉／「冬の林」〈別冊中央公論〉夏季号

8月「利尻島　利尻富士の見た夢」〈潮〉／「長い思い出―谷崎潤一郎」〈『谷崎潤一郎全集4』月報〉中央公論社／「いのちの不思議」〈かんぽ資金〉

9月「高橋 伝」〈『近代日本の女性史第一二巻　愛憎の罪に泣く』〉集英社／「魔術師―埴谷雄高」〈『埴谷雄高作品集15』月報〉河出書房新社

10月「梅月夜」〈海〉／「ベルイマン監督の『秋のソナタ』」〈朝日新聞〉夕刊　6日／「野の記憶」〈日本経済新聞〉朝刊　18日／「鳩」〈群像〉／「お伽噺」〈図書〉

11月「帽子」〈新潮〉／「隠岐　嵐を呼ばぬ島」(後に「隠岐　遠雷に伏す撫子」と改題)〈潮〉／「美の世界を

1981（昭和56）年 51歳	1982（昭和57）年 52歳
	7月17日、徳島の瀬戸内寂聴塾で講演（徳島新聞主催「アラスカで読む『老子』」第24巻所収）。10月、『寂兮寥兮』で谷崎潤一郎賞を受賞。「夢野」の取材のため小岩井農場を始めとして、美浦の中央競馬会の調教センターや、浦河の競走馬の牧場などを訪れる（美浦や浦河は主に83年）。〈旅〉主催の日本旅行記賞の選者となる（84年まで）。同賞の受賞はならなかったが、以後、応募した画家の奥山民枝の作に強い印象を受け、以後、
築く」〈マダム〉 12月「好奇心を！」（後に「新しい自分との出会い」と改題）〈ＰＨＰ〉／「太陽の幻想」（後に「太陽の島」と改題）〈『美しい日本12　沖縄・小笠原の自然』〉世界文化社 ＊「わが町」〈わがまち〉めぐろ版創刊号　新生文化地域文化誌出版界／「春愁」掲載紙誌不明（共に第18巻所収） ・中国語訳　三只蟹（「三匹の蟹」）『日本当代小説選』外国文学出版社　一九八一年　文学朴訳 ・英語訳　Fireweed（「火草」）*Japan Quarterly* vol.1 18 No.3 July-Sept, 1981 : Marian Chambers ・ドイツ語訳　Erinnerungen an die Geschichte vom Prinzen Genji（「源氏物語の思い出—野草の夢」）*Blüten im Wind* Verlag 1981: Barbara Yoshida-Krafft, Erdmann	1月「舞へ舞へ蝸牛　帯揚げ」連載開始〈海燕〉（84年11月号まで隔月）／「白頭鷲」〈文學界〉／「与えられる」〈すばる〉／「一枝の匂い」〈群像〉／二百部限定特装版『三匹の蟹』成瀬書房　21日 2月「紫式部」〈群像〉／「賽子と渦」〈世界〉／「ユッカと蛾」〈ＳＣＯＰＥ〉 3月「若い力」〈毎日中学生新聞〉8日／「舞へ舞へ蝸牛　新発田」〈海燕〉／「忍冬」〈群像〉／「父と

1982（昭和57）年
52歳

本の装画、装丁をいくつか引き受けてもらう。潮賞選考委員を務める（89年まで）。

座談会：佐々木基一・黒井千次「読書鼎談」〈文藝〉2月号〜4月号

対談：加賀乙彦「『錨のない船』について」3月23日〈加賀乙彦著『錨のない船』付録〉講談社

座談会：三木卓・大橋健三郎「創作合評」〈群像〉4月号〜6月号

座談会：円地文子、吉行淳之介、小田島雄志「アラスカ暮しと英語」〈銀座百点〉5月号

インタビュー：「談話室　生活の原点を訪ねて　9つの島に関連性知る」〈北海道新聞〉ほか　5月25日

インタビュー：大原泰恵「作家訪問（9）—大庭みな子氏に聞く　寄り添いたい感覚」〈知識〉7月号

インタビュー：栗坪良樹「大庭みな子氏にきく（『寂兮寥兮』刊行に際して）」〈すばる〉9月号

対談：佐多稲子「女の生が背負ってきたもの」〈婦人公論〉10月号

インタビュー：「自分自身にも不可能なもの　人間を動かす〝何か〟を……」〈東京新聞〉夕刊ほか　10月9日

対談：高橋たか子「根源的な生命の不可思議」〈新潮〉12月号

インタビュー：「混沌の奥に潜むリアリティ」〈中学教

母と年越しのそば」〈太陽〉

4月「いのちの叫び」〈新潮〉／「わたしの子どもだったころ〈遊園地〉」〈飛ぶ教室〉春季号／**『花と虫の記憶』**中公文庫　10日

5月**『島の国の島』**潮出版社　10日／「寂兮寥兮」〈文藝〉／「舞へ舞へ蝸牛　黄ばんだ頁」〈海燕〉／「手前酒」〈サントリークォータリー別冊〉2号

6月「お話」〈高知新聞〉朝刊　18日／「わたりむつこさんのこと」〈週刊読書人〉21日号／**『寂兮寥兮』**河出書房新社　30日／「芽」〈海〉／「叫び出すほら穴」〈群像〉／「長年の宿望が叶えられる」〈『シャーウッド・アンダスン全集』パンフレット〉臨川書店／「こぶしの里」〈国語学習〉北九州地区高校国漢部会

7月「若草」〈明日の友〉夏号／「馬」〈さろん de はみ〉／「舞へ舞へ蝸牛　蕪菁」〈海燕〉／エッセイ集**『私のえらぶ私の場所』**海竜社　9日

8月「自然のリズム」〈保健同人・暮しと健康〉／「思い出」〈ヴォイス〉

9月「亀の子たわし」〈週刊朝日〉10日号／**『女の男性論』**中公文庫　10日／『芥川賞全集　第八巻』文藝春秋　収録作：「三匹の蟹」／「舞へ舞へ蝸牛　存在する人」〈海燕〉／「『雨の木』の下で—大江健三郎」〈新潮〉／「秋を愉しむ」〈たしかな目〉9—10月号 No.10

1982（昭和57）年 52歳	1983（昭和58）年 53歳
育〉12月号	3月、初めての新聞連載「夢野」を〈東京新聞〉に執筆開始。ＮＨＫ総合テレビ「歴史への招待」（「大山公爵夫人　秘められた手紙」第24巻所収）に出演（放映は4月27日）。5月、スウェーデン政府の招待で、加藤周一夫妻、大岡信夫妻と同国を訪問。みな子は娘優を同伴。10月、芝木好子、杉本苑子、津村節子、阿部光子、岩橋邦枝と連れ立って長崎おくんちを見る旅
10月「初めもなく終りもなく」〈『斎藤カオル・源氏物語版画集』〉西武百貨店美術部 11月「うごめき」〈毎日新聞〉夕刊　15日／「人を恋い、人に脅かされて生きる姿」（「後に「人を恋い、人に脅かされて生きる」と改題）〈朝日ジャーナル〉26日号／「ケンとジョー」〈海〉臨時増刊号／「舞へ舞へ蝸牛　黒い大きなもの」〈海燕〉／「藤枝静男と加賀乙彦」〈群像〉／「何が私を動かしているか」〈中央公論〉 12月「人間の原型」〈ミセス〉 ・英語訳　The Three Crabs（「三匹の蟹」）*This Kind of Woman : The Stories by Japanese Writers* Stanford University Press 1982 : Yuriko Tanaka, Elizabeth Hanson / The Smile of a Mountain Witch（「山姥の微笑」）*Stories by Contemporary Japanese Women Writers* M.E.Sharpe 1982 : Noriko Mizuta Lippit	1月　エッセイ集『夢を釣る』講談社　20日／「どんぐり」〈新潮〉／「道」〈文學界〉／「舞へ舞へ蝸牛　承知して涙流すや唐がらし　亥々太」（後に「承知して涙流すや唐がらし」と改題）〈海燕〉／「東京の秋の葉の下で」〈すばる〉 2月「甦るもの」〈わこうど〉15日号／「自伝のむづかしさ」〈不死鳥〉№54　南雲堂／「道」〈文學界〉

1983(昭和58)年
53歳

をする。11月5日、NHK・FMで「かたちもなく寂し」が放送される。11月より翌年7月まで大津市比叡平の空家を借りて住み、「啼く鳥の」を執筆する。これ以後、度々比叡平に滞在し、ついには仕事場を建てることになる。この年7月に利雄は二十八年間勤めた会社を退職する。

対談：山田太一「男と女、やっぱり依存し合おう」〈Living Book〉1月号
対談：今西錦司「自然は現代に何を語るか」〈アニマ〉4月号
対談：糸井重里「『ぼくの言うこと信じるな』と言いたい」〈マリ・クレール〉4月号
対談：春風亭小朝「女性との噂って、いいですね」〈マリ・クレール〉5月号
対談：小林薫「ぼくは女がわからない」〈マリ・クレール〉6月号
対談：唐十郎「ぼくの愛する無礼な女」〈マリ・クレール〉7月号
対談：吉原幸子「男が負債を払う時代」〈ラ・メール〉7月号
対談：坂本龍一「女の人って看護婦さん！」〈マリ・クレール〉8月号
対談：市村正親「肌と肌のぬくもりを大切にしたい」〈マリ・クレール〉9月号

3月「夢野」連載開始〈東京新聞〉夕刊ほか（18日〜11月7日まで）／「雑誌と私」〈雑誌ニュース〉／「海」〈群像〉／「舞へ舞へ蝸牛　櫟」〈海燕〉
4月「フィヨルドの花」〈世界の花〉／「アラスカ（偉大な土地）」（後に「アラスカ」と改題）〈『白川義員山岳写真全集5　極北の山河―アラスカ―』〉小学館／翻訳『ヘンゼルとグレーテル』ほるぷ出版
5月「舞へ舞へ蝸牛　虹の推理」〈海燕〉／「坐る気分」〈『禅の世界』〉読売新聞社
6月「佐渡」〈月刊カドカワ〉／「光る蜘蛛の糸」〈すばる〉
7月「舞へ舞へ蝸牛　昔話」〈海燕〉／「思い出から」〈民族学〉夏号
8月「夏の太陽」〈毎日新聞〉夕刊　6日／短編集『帽子の聴いた物語』講談社　20日／「木槌の音を聴く人」〈『井上光晴長篇小説全集　第7巻』月報第6号〉福武書店／「羽尺でも対丈を作ります」〈美しいキモノ〉秋号
9月「水」〈日本近代文学館〉75号／「舞へ舞へ蝸牛　鼻の潰れた男」〈海燕〉／「馬瀬の鮎」〈現代〉
10月「仏手柑」〈海〉／「かたちもなく寂し」〈別冊婦人公論〉秋号
11月「舞へ舞へ蝸牛　筑波岳」〈海燕〉／「その小径」〈茶道の研究〉／『日本の名随筆16　性』作品社
収録作：「幸福な夫婦」／「ことばの贈物　終りなきも

対談：野坂昭如「呆然と爆笑の国会レポート」〈マリ・クレール〉10月号
対談：魔夜峰央「美少年愛をギャグでつつめば」〈マリ・クレール〉11月号
対談：江本孟紀「野球をダメにしたのはサラリーマンだ！」〈マリ・クレール〉12月号

の」（後に「ことばの贈り物」と改題）〈季刊恒河〉創刊号
12月「東名名神感傷旅行」〈日本経済新聞〉朝刊　4日／「その妻・コンスタンツェ」（後に「モーツァルトの妻」と改題）〈『モーツァルト18世紀への旅・第1集』〉白水社／「彼岸花」〈大法輪〉

1984（昭和59）年 54歳

3月7日から9日、伊豆高原の別荘に、柱ゆき、小島信夫夫妻、山口喜弘夫妻（建築家・画家で柱ゆきの家を設計）を招き、大室山や下田、爪木崎などを回る。3月11日から17日にかけて加賀乙彦、斎藤寿一、野田弘志らと共に杭州の西湖や寧波、最澄や鑑真が修行した天台山国清寺と道元が修行した天童寺を訪れ、日本仏教の源流を遡る中国の旅に参加する。6月21日、私学研修福祉会・日本私学教育研究所による「家庭科研修会」のシンポジウムに出席し講演（「感じるままに」第24巻所収）を行う。〈文藝〉8月号から幼年時より日本の昔話を自分風に語ってみたいという思いを「新輯お伽草紙」で展開する。8月末、夫婦で藤枝静男らと共にバリ、ジャワ島に旅する。新潮新人賞選考委員（89年まで）、海燕新人賞選考委員（87年まで）を務める。この年、中央競馬会主催の馬事文化賞の選考委員になる（85年まで）。
対談：平田満「コンプレックスにささえられているボ

1月「現実に甦るもの　映画『イフゲニア』を見る」〈朝日新聞〉夕刊　24日／**『オレゴン夢十夜』**集英社文庫　25日／「舞へ舞へ蝸牛　うなぎ」〈海燕〉／「啼く鳥の」連載開始〈群像〉（85年8月号まで）／「オレゴンの風」〈波〉
2月「思い出す野菜」〈週刊ポスト〉10日号／「黒い焔」〈IN POCKET〉／**『浦島草　上・下』**講談社文庫　15日／「啼く鳥の」〈群像〉／「芥子」〈インウイレディ〉／「南禅寺」〈中央公論〉
3月「その短篇（川端康成）」〈『新潮日本文学アルバム16　川端康成』〉新潮社／**『夢野』**講談社　21日／「舞へ舞へ蝸牛　さやぐもの」〈海燕〉／「啼く鳥の」〈群像〉
4月「友人（加賀乙彦）」〈『加賀乙彦短篇小説全集二　最後の旅』月報2〉潮出版社／「啼く鳥の」〈群像〉／「裂」〈別冊婦人公論〉春号
5月「異国での孤独な闘争を通じて学ぶ」（後に「女の戦後史」と改題）〈朝日ジャーナル〉25日号／「道」

ク」〈マリ・クレール〉1月号
座談会：ヤンソン由美子、森永頌子、宮田治郎「移りゆく社会の中の家庭」〈婦人之友〉1月号
座談会：牧野昇、岡並木、山内一郎「21世紀の公共施設」〈月刊建設〉1月号
対談：稲越功一「被写体に酔い、被写体に醒め」〈マリ・クレール〉2月号
対談：深沢七郎「男と女はなりゆきでいい」〈マリ・クレール〉3月号
インタビュー：鈴木健二「大山公爵夫人　秘められた手紙」〈『歴史への招待29』〉日本放送出版協会　3月
対談：大庭優「お茶の時間」〈クロワッサン〉11月10日号

1984（昭和59）年
54歳

〈文藝春秋〉／「エンドウマメ」〈海〉／「舞へ舞へ蝸牛　窪の仔羊」〈海燕〉／「啼く鳥の」〈群像〉
6月　対談集**『駈ける男の横顔』**中央公論社　25日／「啼く鳥の」〈群像〉／「官能的な性の持続のために」（後に「性の持続」と改題）〈婦人公論〉／「恋文にあらわれる怖ろしい真実」〈別冊太陽〉46号
7月「化身」〈別冊婦人公論〉夏号／「舞へ舞へ蝸牛　私は魚か？」〈海燕〉／「啼く鳥の」〈群像〉／「螢」〈アニマ〉
8月「啼く鳥の」〈群像〉／「新輯お伽草紙　赤まんま」連載開始〈文藝〉（89年8月号まで）
9月「舞へ舞へ蝸牛　蛆虫と蟹」〈海燕〉／「啼く鳥の」〈群像〉
10月「『つれあい』言い得て妙」〈読売新聞〉夕刊　8日／「男と女の綾糸は」〈『WOMEN351　女たちは21世紀を』〉岩波書店／**『楊梅洞物語』**中央公論社　25日／「啼く鳥の」〈群像〉／「ふるさとは遠きにありて」〈婦人之友〉／「新輯お伽草紙　絵姿女房」〈文藝〉／「まわり燈籠」〈別冊文藝春秋〉秋号／「心に想うとき」（後に「ことばの贈り物」と改題）〈季刊恒河〉第4号　秋／「母は大地」（後に「母から子へ」と改題）〈FHJ〉
11月「舞へ舞へ蝸牛　舞へ舞へ蝸牛」〈海燕〉／「啼く鳥の」〈群像〉／「鏡」〈小説現代〉／「思い草」〈VISA〉／「林京子さんの棲み家」〈波〉／**『田園**

1985(昭和60)年 55歳

1月、利雄の中学時代の友人で作家の高橋治の招きで朝日新聞の中江利忠夫妻、大岡信夫妻、仕舞の閑崎ひで女などと、金沢、山中温泉、白峰村を旅する。10月12日、放送劇「浦島草」がNHK・FMで放送される。12月初旬、〈文學界〉の取材旅行で新潟市と村上市を訪れ、三面川を散策する。

インタビュー:「作家とその時代13―芥川・直木賞50年 人間の生きる実感追求」〈福井新聞〉ほか 6月20日

対談:吉山登「男と女の不思議な関係」〈家庭の友〉7月号

対談:木下順二「いま《戦後》を考える 終戦40周年に」〈東京新聞〉夕刊 8月15日

インタビュー:「女の表現、男の表現」〈早稲田文学〉11月号

のうた』佑学社

12月「心に残る二つの映画」〈読売新聞〉夕刊 6日／自伝的短篇集『**舞へ舞へ蝸牛**』福武書店 15日／「啼く鳥の」〈群像〉／「新輯お伽草紙 舌切雀」〈文藝〉／「青春の嗚咽」〈短歌〉

1月「啼く鳥の」〈群像〉／「トティラワティ・チトラワシタ」〈文學界〉／「宝玉」〈新刊ニュース〉／「風」〈小関智弘著『大森界隈職人往来』解説〉朝日文庫／「イリエの家」〈『プルースト全集2』月報〉筑摩書房

2月 エッセイ集『**女・男・いのち**』読売新聞社 7日／「相手の立場で」〈『サービス 教養の書89』郵政大臣官房人事部要員訓練課編〉財団法人通信事業教育振興会／「啼く鳥の」〈群像〉／「石掘り」〈新刊ニュース〉

3月「旅と食事」〈南日本新聞〉夕刊ほか 8日／戯曲『**ドラマ**』作品社 25日／『日本の名随筆29 恋』作品社 25日 収録作:「恋愛を求めて」／「啼く鳥の」〈群像〉／「めぐるもの」〈新刊ニュース〉

4月「連なってひき出されるもの」〈日本経済新聞〉朝刊 14日／「啼く鳥の」〈群像〉／「海の底」〈別冊婦人公論〉春号／「新輯お伽草紙 瓜子姫とあまんじゃく」〈文藝〉／「鬼」〈現点〉5号 春

5月「啼く鳥の」〈群像〉／「生命」〈月刊進路ジャー

1985(昭和60)年
55歳

ナル〉／『日本の名随筆31　婚』作品社　収録作：「幸福な夫婦」
6月「啼く鳥の」〈群像〉／翻訳『ラプンツェル：グリム童話より』ほるぷ出版
7月「野と人」〈日本経済新聞〉夕刊　6日／「紫陽花」〈日本経済新聞〉夕刊　13日／「べつの話――小島信夫」〈『小島信夫をめぐる文学の現在』〉福武書店／「鳥」〈日本経済新聞〉夕刊　20日／「瓜」〈日本経済新聞〉夕刊　24日／「山百合」〈日本経済新聞〉夕刊　28日／「栃に寄せて」〈旅〉／「啼く鳥の」〈群像〉／「新輯お伽草紙　ほととぎす」〈文藝〉／「ファーブル」〈文學界〉／「傷」〈津島佑子著『燃える風』解説〉中公文庫／翻訳『みんなおやすみ』ほるぷ出版
8月「梅干」〈日本経済新聞〉夕刊　3日／「蜂」〈日本経済新聞〉夕刊　10日／「夾竹桃」〈日本経済新聞〉夕刊　17日／「見えるもの」〈日本経済新聞〉夕刊　31日／「私をこう言わせるもの」〈『女たちの8月15日』〉小学館／「啼く鳥の」〈群像〉／「火草」後に「詩劇　火草」と改題〈潭〉3号
9月「街の姿」〈日本経済新聞〉夕刊　7日／「鳥の啼き声」〈日本経済新聞〉夕刊　14日／「山」〈日本経済新聞〉夕刊　28日／「新輯お伽草紙　浦島」「新輯お伽草紙　伊邪那岐と伊邪那美」〈文藝〉／「異国の友人」〈テレコムワールド〉／「古い物語」〈ほんのもり〉

1985（昭和60）年
55歳

／「スコットランドの宿」〈小説現代〉
10月「月」〈日本経済新聞〉夕刊　5日／「谷神」〈日本経済新聞〉夕刊　12日／**『啼く鳥の』**講談社　18日／「隅田川」〈日本経済新聞〉夕刊　19日／「へちま」〈日本経済新聞〉夕刊　26日／「白い鳥」〈文學界〉／三木卓との往復書簡「女の文学・男の文学」〈ラ・メール〉No.10　秋号
11月「ほととぎす」〈日本経済新聞〉夕刊　2日／「グレープフルーツ」〈日本経済新聞〉夕刊　9日／「紀の国はたたなづく山の寺」〈旅〉／「同時代の作家たち」〈版画藝術〉／「公孫樹」〈日本経済新聞〉夕刊　30日／「女の表現、男の表現」〈早稲田文学〉
12月「鮭」〈日本経済新聞〉夕刊　7日／「富士山」〈日本経済新聞〉夕刊　14日／「風」〈日本経済新聞〉夕刊　21日／「みどり児」〈日本経済新聞〉夕刊　28日／「寄宿舎のころ」〈新潟日報〉朝刊　28日／「方便」〈日蓮と法華教信仰〉
・英語訳　The Pale Fox（「青い狐」）*The Showa Anthology Modern Japanese Short Stories 2* Kodansha International 1985：Stephen W. Kohl

3月、利雄が椎間板ヘルニアの手術のため四十日間入院、みな子は平癒の願掛けと称して禁煙を誓い、これを機に何度も失敗していた煙草と別れを告げること

1月　翻訳**『ジャネット・マーシュの水辺の絵日記』**（ジャネット・マーシュ著）TBSブリタニカ　15日／「旅は道づれ」〈日本経済新聞〉夕刊　30日／

1986（昭和61）年
56歳

がてきた。5月より日本文藝家協会理事を務める（98年5月まで）。10月に利雄と共に、高井有一、斎藤寿一、坂本忠雄夫妻、徳田義昭らと西安（長安）から重慶、大足、さらに船で三峡を下り、武漢、上海の旅をする。11月、中国作家協会の招きで、水上勉、青野聰、宮本輝らと中国を訪問、北京、南京、昆明、広州、上海などを旅する。帰国後すぐに金沢フードピアの催しに加賀乙彦と共に参加する。12月、『啼く鳥の』で野間文芸賞を受賞。その直後に「遺書」をしたためる（死後遺品整理中に発見）。高見順賞選考委員を務める（90年まで）。

対談：メアリー・アルトハウス「文化・発想のちがいと言葉――『プログレッシブ和英中辞典』刊行によせて――」〈本の窓〉1月号

インタビュー：大和田守「『啼く鳥の』著者インタビュー」〈女性セブン〉2月27日号

対談・萩原朔美「不可解さの内側と外側――『ある女の存在証明』をめぐって」〈CINE　VIVANT〉No.14

対談：武田勝彦「余情文学問はず語り」〈知識〉4月号

座談会：黒井千次・川村二郎「創作合評」〈群像〉4月～6月

インタビュー：草柳文恵「三面川という意味が気に入りまして」〈婦人と暮し〉8月号

「時代と旅」〈郵政省広報誌ポスト〉／「豊かな森の神秘　アメリカ――オレゴン州」〈知識〉／「銀杏」〈海燕〉／「ろうそく魚」〈群像〉／「蕗のとう」〈婦人と暮し〉／「女子教育の先駆者―津田梅子」〈女子教育もんだい〉／「言葉を投げ合う」〈わたりむつこ著『はなはなみんみ物語』解説〉講談社文庫／「大庭みな子さんと伊勢物語を読む」〈『名作52　読む見る聴く　PART①』〉朝日新聞社

2月「三面川」〈文學界〉／「私の遥かなるアラスカ」〈サントリー・シスターズ・クォータリー〉1号／「新輯お伽草紙　大国主命」〈文藝〉／「わさび」〈婦人と暮し〉

3月「新潟港今は昔」〈太陽〉／「えんどう」〈婦人と暮し〉／翻訳**『ノアのはこ舟のものがたり』**ほるぷ出版

4月「木の姿」〈文部省　中等教育資料〉／「遠い山をみる眼つき」〈婦人公論〉／「菜の花」〈婦人と暮し〉／「さくら」〈WINDS　春号〉

5月**『わたしの古典3　大庭みな子の竹取物語・伊勢物語』**集英社　25日／「クマバチの衛兵」〈別冊アニマ・動物写真の世界〉28日号／「甦るもの、薄れゆくもの」〈サントリー・シスターズ・クォータリー〉2号／「新輯お伽草紙　倭たける」〈文藝〉／「ねぎ坊主」〈婦人と暮し〉／「みつめるもの」〈三田文学〉春季号

1986(昭和61)年
56歳

座談会：大来佐武郎、正村公宏、山本満、堺屋太一、斎藤文男「シンポジウム『昭和とは何か』第3回『戦後変革と将来像』」〈読売新聞〉朝刊 12月8日

6月 短編・戯曲集『三面川』文藝春秋 1日／「共鳴する弦」〈Ｎｕｍｂｅｒ〉5日号／エッセイ集『**鏡の中の顔**』新潮社 20日／「再会」〈波〉／「枯葉」〈受験サークル〉／「じゃがいも」〈婦人と暮し〉

7月「生き続けるさま」〈日中文化交流〉No.404／「文学の森」〈毎日新聞〉夕刊 23日／「再会」〈波〉／「ごぼう」〈婦人と暮し〉

8月「絵本」〈メルヘンエキスポ〉9日、20日／「アーティチョークの思い出」〈サントリー・シスターズ・クォータリー〉3号／「新輯お伽草紙 磐の姫と大鶺鴒」〈文藝〉秋季号／「瓜二つ」〈婦人公論〉臨時増刊号／「はす」〈婦人と暮し〉／「大地の人」〈酒〉

9月「燕」〈日本経済新聞〉夕刊 21日／「しそ」〈婦人と暮し〉

10月「鮭苺の入江」〈群像〉／「オクラ」〈婦人と暮し〉

11月「小綬鶏」〈日本経済新聞〉夕刊 16日／「鳥仙人」〈別冊アニマ・動物画の世界〉30日号／「新輯お伽草紙 帝と匠」〈文藝〉冬季号／「さつまいも」〈婦人と暮し〉／「言葉」〈企業ジャーナリズム〉

12月「目」〈サントリー・シスターズ・クォータリー〉4号／「らっきょう」〈婦人と暮し〉／「ギュネイと月」〈エキプドシネマ〉岩波ホールパンフレット

1987（昭和62）年　57歳

4月、アイオワで知り合った友人の作家・王蒙が中国文化相として来日し、非公式に中目黒の自宅を訪問。7月、女性作家として初めて河野多恵子と共に芥川賞選考委員になる（97年まで）。9月5日、NHK・FMシアターで「石を積む」が放送される。10月、カナダのトロントで開かれた国際作家祭（Harbour Front Festival）に参加。その後、津田梅子の二度目の留学先フィラデルフィアのブリンマー女子大学やワシントンDCなど各地を旅して、帰途アラスカ・シトカ市に寄り、翌年1月まで長期滞在。

対談：堀田善衞「国際化する文化」〈東京新聞〉ほか　1月3日

対談：川村二郎「文学と神話世界」〈群像〉2月号

対談：円地文子「朧月夜・花散里・末摘花」〈『源氏物語のヒロインたち』〉講談社　3月

対談：河合隼雄「『個』を体験し、成長してきた人」〈季刊　飛ぶ教室〉第22号　4月

対談：河野多恵子「文学を害するもの」〈文學界〉7月号

座談会：青野聰、島田雅彦「読み手と書き手の間―いま小説は―」〈図書〉7月号

1月「風」〈日中文化交流〉No.414／「王女の涙」連載開始〈新潮〉（12月号まで）／「面影」〈群像〉／「南京」〈海燕〉

2月「新輯お伽草紙　大名児」〈文藝〉春季号／「王女の涙」〈新潮〉／「中国を旅して2」〈新刊ニュース〉

3月 大庭みな子編『日本の名随筆53　女』作品社　収録作：「海」

4月 日本文藝家協会編『文学1987』講談社　収録作：「銀杏」／大庭みな子編『建築　古美術読本　四』淡交社　24日／「べつべつの手紙」〈群像〉／「王女の涙」〈新潮〉／「若草の芽」〈世界〉／「『啼く鳥の』―野間文芸賞―」〈本〉／「大足」〈サントリー・シスターズ・クォータリー〉5号／「王女の涙」〈新潮〉／「餐勤交替のすすめ」（後に「夫の座・妻の座」に改題）〈潮〉

5月「新輯お伽草紙　竹取の翁と九乙女」〈文藝〉夏季号／「王女の涙」〈新潮〉

6月「独生子女」〈公明新聞〉13日／『**わたしの古典19　大庭みな子の雨月物語**』集英社　24日／『日本の名随筆56　海』作品社　収録作：「海の花」／「王女の涙」〈新潮〉／「陽気な不気味さ」〈『チェーホフ全集12』月報2〉筑摩書房

7月「糸巻のあった客間」〈群像〉／「王女の涙」〈新潮〉／「菱の浮沼」〈『日本の湖と渓谷』〉ぎょうせい／「子供と遊ぶ」〈ラ・メール〉夏号／「ハチの

6月11日、テレビ東京の「人間大好き」で渡辺文雄と対談する。7月6日、NHK教育テレビ「作家が読むこの一冊—与謝野晶子著『私の生い立ち』」という番組で、みな子は作品を朗読しつつ晶子について様々

教訓」〈ミセス〉

8月「若い日の私」〈毎日新聞〉朝刊 27日／「新輯お伽草紙 宴」〈文藝〉秋季号／「王女の涙」〈新潮〉／「笛」〈婦人公論〉臨時増刊号／「芍薬の家」〈サントリー・シスターズ・クォータリー〉6号

9月「王女の涙」〈新潮〉／「鳥の歌」〈海燕〉／「伊豆の雑木林」〈野鳥〉

10月「王女の涙」〈新潮〉／「物語り」(後に「物語」と改題)〈潮〉

11月「永遠の青春像(野間宏)」〈『野間宏作品集1』月報1〉岩波書店／「新輯お伽草紙 天の川」〈文藝〉冬季号／「王女の涙」〈新潮〉／「結婚式」〈サントリー・シスターズ・クォータリー〉7号

12月『昭和文学全集 第19巻』小学館 収録作:「その頃」「鳩」「どんぐり」「三匹の蟹」「青い狐」「オレゴン夢十夜」「寂兮寥兮」／「王女の涙」〈新潮〉

・ドイツ語訳 Kiriko(「梅月夜」) *Das elfte Haus: Erzählungen japanischer Gegenwarts-Autorinnen* Iudicium Verlag 1987 : Barbara Yoshida-Krafft

1987(昭和62)年
57歳

2月**『がらくた博物館』**文春文庫 10日／「新輯お伽草紙 乞児の歌」〈文藝〉春季号

3月「詩・王女の涙」〈朝日新聞〉夕刊 4日／**『王女の涙』**新潮社 15日

1988（昭和63）年
58歳

に語る。8月、八ヶ岳山麓にある元東大総長、南原繁の息女、喜多川愛子の別荘に逗留する。その時に軽井沢の小島信夫の別荘を訪れ、小島夫妻と白樺湖、霧ヶ峰などをまわる。小島氏の別荘に秋草が活けてあった大きな花瓶がとても印象に残り、「花野」という言葉に強く惹かれていく。10月4日、「王女の涙」がドラマ化されNTV系火曜サスペンス劇場で放映される。12月、日本の古典を知るには関西に住んでみなければと、大津市比叡平に仕事場を新築する（滋賀県大津市比叡平2－3－19）。それまでは、京都では新門前町の旅館「岩波」を定宿にしていた。以後病に倒れるまで東京、伊豆高原、比叡平の生活が三分の一ずつになる。この頃、詩「ゆく舟」〈講談社版『大庭みな子全集10』（91・9）所収〉を書く。

座談会：芝木好子、吉行淳之介、石原慎太郎、池田満寿夫、池澤夏樹「賞ハ世ニツレ…―芥川賞の五十四年に見る『昭和』の世相と文壇」〈文學界〉3月号
対談：加藤典洋「日本文学の国際性」〈中央公論・文芸特集〉夏号　6月
対談：加賀乙彦「昭和史と天皇」〈新潮〉11月号

4月「金の壺」〈朝日新聞〉朝刊　3日（「虹の橋づめ」として日曜家庭欄に連載、12月25日まで）／「波」〈朝日新聞〉朝刊　10日／「異郷の話題」〈朝日新聞〉朝刊　17日／「星」〈朝日新聞〉朝刊　24日／「トロント紀行」〈文學界〉／「ゆりの木」〈サントリー・シスターズ・クォータリー〉8号／「チェーホフ」〈別冊文藝春秋〉春号
5月「コウモリ」〈朝日新聞〉朝刊　1日／「ボルシチ」〈朝日新聞〉朝刊　8日／**『続　女の男性論』**中公文庫オリジナル　10日／「めぐる野」〈朝日新聞〉朝刊　15日／「満天」〈朝日新聞〉朝刊　22日／「丹沢」〈朝日新聞〉朝刊　29日／「新輯お伽草紙　群鳥」〈文藝〉夏季号／「近代文学この一篇・谷崎潤一郎『瘋癲老人日記』」〈新潮〉／「旅程のない旅」〈望星〉東海教育研究所
6月「アイザック・シンガー」〈朝日新聞〉朝刊　5日／「なぜ？」〈朝日新聞〉朝刊　12日／「カモメと人形」〈朝日新聞〉朝刊　19日／「インド現代美術展」〈朝日新聞〉朝刊　26日／「六月の花」〈楽しいわが家〉全国信用金庫広報誌
7月「ケヤキ」〈朝日新聞〉朝刊　3日／「手」〈朝日新聞〉朝刊　10日／「瀬戸内の海で」〈朝日新聞〉朝刊　17日／「橋」〈朝日新聞〉朝刊　24日／「ネム」〈朝日新聞〉朝刊　31日／「ニューヨーク感傷旅行」〈旅〉／「夢」〈中央公論〉／「異なる性」

1988（昭和63）年
58歳

〈波〉／「チェーホフ」〈別冊文藝春秋〉夏号

8月「ノウゼンカズラ」〈朝日新聞〉朝刊　7日／「忘れないもの」（後に「忘れないもの―与謝野晶子」と改題）〈朝日新聞〉朝刊　14日／エッセイ集**『生きもののはなし』**読売新聞社　16日／「八ケ岳」〈朝日新聞〉朝刊　21日／「二百十日のころ」〈朝日新聞〉朝刊　28日／「春の鳥」〈婦人公論〉臨時増刊号／「本からの知識」〈楽しいわが家〉全国信用金庫協会／「新輯お伽草紙　浦の仙女」〈文藝〉秋季号

9月「サーカス」〈朝日新聞〉朝刊　4日／「巫女してこそ歩くなれ」〈朝日新聞〉朝刊　11日／「メアリイの昔語り」〈朝日新聞〉朝刊　18日／「栗」〈朝日新聞〉朝刊　25日／「みかけと正体」〈楽しいわが家〉全国信用金庫広報誌

10月「松山鏡」〈朝日新聞〉朝刊　2日／「凪」〈朝日新聞〉朝刊　9日／「炎」〈共同通信〉15日～18日／「電車の花嫁」〈朝日新聞〉朝刊　16日／「ヨガ」〈朝日新聞〉朝刊　23日／「創作」〈朝日新聞〉朝刊　30日／「中国を旅して1」〈季刊仏教〉No.5／「海にゆらぐ糸」〈群像〉／「刺激しあうもの」〈ジャポニスム〉秋号／「異才」〈女性作家13人展パンフレット〉／「ハマナシ」〈サントリー・シスターズ・クォータリー〉9号

11月「今は昔」〈朝日新聞〉朝刊　6日／**『啼く鳥の』**講談社文芸文庫　10日／「シタダミとあいの風」

〈朝日新聞〉朝刊　13日／「加賀の味」〈『新・くいしん坊城下町金沢』〉能登印刷出版部／「誕生日」〈SOPHIA〉／「ふじの山」〈朝日新聞〉朝刊　20日／「暮れにみる『八月の鯨』」〈朝日新聞〉朝刊　27日／「新輯お伽草紙　珍しい話」〈文藝〉冬季号
12月「シタダミ後日談」〈朝日新聞〉朝刊　4日／「利休鼠の『時』の矢」〈朝日新聞〉朝刊　11日／「優雅な暮らし」〈朝日新聞〉朝刊　18日／「さようなら」〈朝日新聞〉朝刊　25日／「笑いと夢と」〈『竹取物語』〉〈学習研究社〉

1989（昭和64・平成元）年　59歳

3月、中野孝次と共に小浜の水上勉の一滴文庫を訪れ、和紙漉き、陶芸用の窯、竹人形劇の稽古などを見学。また、佐々木基一の案内で、中野孝次、高本研一と尾道を訪れたとき、歌仙を巻こうという話になり、以後ときには白河の関などに旅し、ときには東京で集まり歌仙を巻く。この集まりは91年まで続く。4月、夫婦で桜井、三輪山、談山神社、大宇陀などをまわり、さらに妹・朝恵も加わり、三人で山の辺の道を天理まで歩き、箸墓や巻向山などを眺める。5月、小倉に住む娘一家を訪ねるついでに取材も兼ねて岡山、松山、岩国、小倉、天草、雲仙、萩、江津、鴨山―斎藤茂吉が人麻呂終焉の地と推断した場所、三次、倉敷など西日本を一周する。5月15日より日本ペンクラブ副会長を務める（97年4月まで）。6月、「海にゆらぐ糸」で川端

1月「フィヨルドの鯨」〈群像〉／「黒衣の人」〈海燕〉／「歩く」〈梅家族〉財団法人梅研究会
2月「新輯お伽草紙　蒼い鷹」〈文藝〉春季号／「複雑怪奇な物語」〈『中公カセットライブラリー源氏物語』〉中央公論社
3月『**寂兮寥兮**』河出文庫　4日／「流木の蟹」〈日本近代文学館〉第108号／「『夕暮れて雪』――上田三四二」〈群像〉／「白い風」〈文學界〉
4月　日本文藝家協会編『文学1989』講談社　収録作：「海にゆらぐ糸」／「村上の鮭」〈食の文学館〉第6号　紀伊國屋書店
5月　対談集『**性の幻想**』河出書房新社　10日／「中国作家の来日に寄せて」〈日中文化交流〉No.454／「新輯お伽草紙　人妻」〈文藝〉秋季号／エッセイ集『**虹**

1989（昭和64・平成元）年
59歳

康成賞を受賞。10月、大津で開催された世界の湖沼の汚染問題を討議する会議（ロシアやカナダの環境学者を招いての会で野間宏や立松和平が主導）に出席。12月2日、奥山民枝、星瑠璃子らと共に山中湖の民宿モーツァルトに泊まり生まれて初めて金星蝕を見る。女流文学賞選考委員（97年まで）、文芸賞選考委員（95年まで）、フェミナ賞選考委員（91年まで）を務める。

インタビュー：「著者インタビュー 『虹の橋づめ』大庭みな子さん」〈クロワッサン〉7月号

対談：桂ゆき「終りのない旅—創作の根源をささえるもの」〈季刊フェミナ〉8月

インタビュー：中島久美子「BOOKLAND INTERVIEW 大庭みな子さん 短篇小説のようなエッセイ集」〈パンプキン〉9月10日号

対談：高野悦子「いのちの輝き—映画と文学」〈季刊フェミナ〉11月

インタビュー：鈴木健次「『海にゆらぐ糸』の大庭みな子氏」〈新刊ニュース〉12月号

の橋づめ』 朝日新聞社 30日

6月「雨の日」〈日本経済新聞〉朝刊 11日／「川端康成の眼」〈朝日新聞〉夕刊 27日／「津田梅子」連載開始〈月刊Asahi〉（90年3月号まで）

7月「津田梅子」〈月刊Asahi〉

8月「新輯お伽草紙 鴨山」〈文藝〉秋季号／「津田梅子」〈月刊Asahi〉

9月 童話翻訳**『こまったきょうりゅう』**〈いちごえほん〉サンリオ 19日／**『魔法の玉』** TBSブリタニカ 21日／「黄杉 水杉」〈群像〉／「津田梅子」〈月刊Asahi〉

10月**『海にゆらぐ糸』**講談社 20日／「津田梅子」〈月刊Asahi〉

11月**『古典の旅① 万葉集』**講談社 10日／「津田梅子」〈月刊Asahi〉

12月「歳月」〈『大歳時記4 句歌 花実』〉集英社／「津田梅子」〈月刊Asahi〉／翻訳**『雪ばら紅ばら』**西村書店

・英語訳 The Repairman's Wife（「よろず修繕屋の妻—がらくた博物館」）*The Kyoto Collection—Stories from the Japanese* Nihei-sha 1989 : Tomoyoshi Genkawa, Bernard Susser

・ドイツ語訳 Kiriko（「梅月夜」）*Frauen in Japan Erzählungen* Deutscher Taschenbuch Verlag 1989 : Barbara Yoshida-Krafft

・韓国語 바다에 물결짓는 실（「海にゆらぐ糸」）「日本

포럼〈Japan Forum〉」一九八九年夏号

1990（平成2）年 60歳

4月、東京での東西女性作家会議（ドイツ語・日本語圏）にパネリストとして参加。5月から7月にかけて利雄とヨーロッパ諸国を旅行。ドイツ滞在中の娘一家とも一緒に過ごす。娘一家とウェールズ、嵐が丘、湖水地方、アイルランド、壁が崩壊した直後のベルリンなどを旅する。イルメラ・キルシュネライト教授の紹介で、西独・トリアー大学、ベルギー・ルーベン大学、スイス・チューリッヒ大学で日本文学について講演。「寂兮寥兮」の独訳者 Bruno Rhyner 夫妻とも出逢う。11月、『大庭みな子全集』（全10巻）を講談社より刊行開始。伊藤整文学賞選考委員を務める（94年まで）。

対談：秋山虔「物語へ―源氏物語との往還」〈國文學〉1月号
インタビュー：川口晃「本と人⑫ 大庭みな子さん語る」〈Do Book〉1月号
対談：水田宗子「やわらかいフェミニズムへ」〈季刊フェミナ〉2月
インタビュー：「著者にきく120 自由に読み楽しむ古典を流麗な文章で」〈高知新聞〉ほか 3月2日
対談：李良枝「湖畔にて」〈季刊フェミナ〉4月
対談：原ひろ子「自然のなかの人間」〈季刊フェミナ〉

1月『**新輯お伽草紙**』河出書房新社 20日／「津田梅子」〈月刊 Asahi〉／「寝待の月」〈新潮〉／「祭」〈海燕〉／「深沢七郎」〈文學界〉
2月「津田梅子」〈月刊 Asahi〉／「天と呼び合う歌」〈歴程〉草野心平追悼号／「神々を迎えて立つ作家大庭祐輔」〈大庭祐輔展パンフレット〉
3月「自作再見・浦島草」〈朝日新聞〉朝刊 11日／「津田梅子」〈月刊 Asahi〉
4月 日本文藝家協会編『文学1990』講談社 収録作：「フィヨルドの鯨」／「ゆく春（1）」〈すばる〉／「今は昔の情景」〈『世界の文学7』月報〉集英社／「ついにゆく道」〈『新潮カセットブック伊勢物語』〉新潮社
5月『**虹の繭 大庭みな子自選短篇集**』學藝書林 20日 収録作：「林」「幽霊達の復活祭」「青い狐」「釣りともだち」「蛾」「オーロラと猫」「からす瓜」「淡交」「いさかい」「虹の繭」「帽子」「どんぐり」「佐渡」「飛ぶ花」「恐竜」／「ゆく春（2）」〈すばる〉
6月『**舞へ舞へ蝸牛**』福武文庫 8日／伝記『**津田梅子**』朝日新聞社 20日
7月「万葉の中の馬たち」〈サラブレッド〉
9月「雉子鳩」〈東京新聞〉夕刊 29日／「津田梅子」〈『美と知に目覚めた女性たち』〉天山文庫／「京で

1990（平成2）年 60歳	1991（平成3）年 61歳
7月 インタビュー：「著者インタビュー 『津田梅子』大庭みな子さん―私信を資料に〝教育者＝梅子〟の原点を辿る」〈週刊現代〉9月1日号 対談：木崎さと子「開かれた大庭文学の魅力」〈新刊ニュース〉12月号 座談会：鶴見俊輔、河合隼雄「津田梅子の偉さ」〈潮〉12月号	2月、『津田梅子』で読売文学賞受賞。5月12日、NHK教育テレビ「日曜美術館 桂ゆきを偲ぶ」の特集に出演する。9月、講談社版『大庭みな子全集』刊行終了。紫式部文学賞選考委員（97年まで）、野間文芸賞選考委員（96年まで）を務める。12月、芸術院会員に推挙される。
遭うもの」〈京のれん〉 10月「モーツァルトの金星蝕」〈文藝春秋〉／「郁る樹の詩――母と娘の往復書簡」連載開始〈別冊婦人公論〉秋季号（92年4月号まで） 11月『日本の名随筆97 娘』作品社 収録作：「訪れ」／**『大庭みな子全集1』**刊行開始 講談社 26日 12月「森の音」〈群像〉／「夕陽」〈俳句倶楽部〉／「郁る樹の詩――母と娘の往復書簡」〈別冊婦人公論〉冬季号 ・ドイツ語訳 Drei Krabben（「三匹の蟹」）*Momentaufnahmen moderner japanischer Literatur* Silver & Goldstein 1990 : Jürgen Berndt, Fukuzawa Hiroomi / Träume fischen（「寂兮寥兮」）Insel Verlag 1990 : Bruno Rhyner ・韓国語訳 모차르트의 金星蝕（「モーツァルトの金星蝕」）『日本포럼（Japan Forum）』一九九〇年冬号 ・中国語訳 幽暗而巨大的东西（「黒い大きなもの―舞へ舞へ蝸牛」）译林出版社 一九九〇年 第3期 許金林訳	1月「埋み火」〈神奈川新聞〉ほか 1日／津島佑子との往復書簡「〈91年の視覚〉「東京」を書くこと」〈毎日新聞〉夕刊 4日／「類」〈海燕〉／**『大庭みな子全集2』**講談社 25日 2月「朝焼け夕焼け」〈新潮〉／**『大庭みな子全集5』**講談社 25日

1991(平成3)年
61歳

〈図書〉92年12月号掲載稿「ゆく川の」の下書きと思われる未発表稿「利根川」「ラプラタ川」は、この年から翌年初めにかけての執筆と思われる。
インタビュー：「読売文学賞の人　肩ひじ張らずに描いた内面」〈読売新聞〉 2月5日
座談会：中村真一郎、後藤明生、鈴木貞美「シンポジウム　現代文学の国際性と伝統性」〈文學界〉 5月号
インタビュー：大村知子「著者インタビュー『生きる喜び』」〈季刊フェミナ〉10号　7月
インタビュー：「名作を生み続ける」〈あるこ〉No.2　8月

3月『**大庭みな子全集8**』講談社　25日／「壮烈な闘い――野間宏」〈群像〉／「異質の存在」〈海燕〉／「郁る樹の詩――母と娘の往復書簡」〈別冊婦人公論〉春季号／「人間の話」〈『新潮古典文学アルバムI　古事記・日本書紀』〉新潮社
4月「しごとの周辺　言葉以前のもの」〈朝日新聞〉夕刊　15日／「しごとの周辺　入試問題」〈朝日新聞〉夕刊　16日／「しごとの周辺　生命のさま」〈朝日新聞〉夕刊　17日／「しごとの周辺　枕草子」〈朝日新聞〉夕刊　18日／「しごとの周辺　楊梅の洞」〈朝日新聞〉夕刊　22日／「しごとの周辺　花の頃」〈朝日新聞〉夕刊　23日／「しごとの周辺　夢を釣る」〈朝日新聞〉夕刊　24日／「しごとの周辺　鳥」〈朝日新聞〉夕刊　25日／『**大庭みな子全集3**』講談社　25日
5月「助言」〈日中文化交流〉No.485／『**大庭みな子全集4**』講談社　25日／翻訳『**おやゆび姫**』西村書店
6月「郁る樹の詩――母と娘の往復書簡」〈別冊婦人公論〉夏季号／『**大庭みな子全集7**』講談社　25日
7月『**大庭みな子全集6**』講談社　25日／「むかし女がいた」連載開始〈波〉〈93年12月まで、93年1～7月号は休載〉／「道草」〈別冊文藝春秋〉夏号
8月『**大庭みな子全集9**』講談社　25日／「わらべ唄夢譚・眠らせ唄」連載開始〈文藝〉〈秋季特大号～94年冬季号まで、七回〉／「むかし女がいた」〈波〉／「坂と美術館の町　目黒」〈東京人〉

1991(平成3)年
61歳

9月「むかし女がいた」〈波〉／『文藝春秋短編小説館』文藝春秋　収録作：「モーツァルトの金星蝕」／『**大庭みな子全集10**』講談社　30日　全10巻完結／「郁る樹の詩——母と娘の往復書簡」〈別冊婦人公論〉秋季号

10月「白夜（川村二郎）」〈『プリスマ　川村二郎をめぐる変奏』〉小沢書店／「秋の林」〈日本経済新聞〉朝刊　20日／「ものなつかしい風景（芝木好子）」〈THE JAPAN P.E.N. CLUB〉第266号

11月「わらべ唄夢譚・月とお万」〈文藝〉冬季号

12月『**少年少女古典文学館4　枕草子**』講談社　17日／「作者のことば（『二百年』）」〈婦人之友〉

＊「今もいる人たち」掲載紙誌不明（第23巻所収）

・ドイツ語訳　Der Hut（「帽子」）*Hefte für ostasiatische Literatur 11* Iudicium 1991 : Renate Jaschke / Blauer Fuchs（「青い狐」）*Japan erzählt* Fischer Taschenbuch Verlag 1990-91 : Margarete Donath

・英語訳　Birdsong（「鳥の声」）*Review of Japanese Culture and Society* Vol. 4 1991 : Seiji M. Lippet / Candle Fish（「ろうそく魚」）*UNMAPPED TERRITORIES* Women In Translation 1991 : Yukiko Tanaka / White Wind（「白い風—雪」）*MANOA A Pacific Journal of International Writing* vol.3 No.2 Fall 1991 : Joel Cohn /

1992（平成4）年
62歳

4月26日、NHKテレビ「日曜インタビュー　ことばのむこう側」に出演する。5月、「かもめ―わたしのチェーホフ」が劇団「ピストールの会」（演出・宮内満也）により下北沢の本多劇場で上演される。8月5日、高知県立県民文化ホールにおいて、高知市夏季大学講座で講演（「文学とは」第24巻所収）。その後、同県にある大原富枝文学館を訪れる。12月、文部省芸術選奨選考委員を務める（95年まで）。

1月「二百年」連載開始〈婦人之友〉（93年2月号まで）／「ゆく川の」連載開始〈図書〉（12月号まで）／「塩引き」〈海燕〉
2月「忘れられない時間《とき》」〈週刊新潮〉6日号／「ゆく川の」〈図書〉／「山の烏」〈文學界〉／「わらべ唄夢譚・お正月」〈文藝〉春季号／「二百年」〈婦人之友〉
3月　翻訳『古典の愉しみ』（ドナルド・キーン著）JICC出版　15日／「ゆく川の」〈図書〉／「二百年」〈婦人之友〉／翻訳『ガチョウ番のお姫さまグリム童話』『女王バチ　グリム童話』西村書店
4月「ゆく川の」〈図書〉／「二百年」〈婦人之友〉
5月『三匹の蟹』講談社文芸文庫　10日／「出遭い（川端康成）」〈『日本近代文学館創立30周年記念没後20年川端康成展　生涯と芸術「美しい日本の私」』図録〉／「白秋と母」〈読売新聞〉夕刊　21日／「硯、筆、墨」〈マリ・クレール〉／「わたしのチェーホフ」〈ピストールの会「かもめ」公演パンフレット〉／「ゆく川の」〈図書〉／「二百年」〈婦人之友〉
6月　エッセイ集『想うこと』読売新聞社　19日／「ゆく川の」〈図書〉／「二百年」〈婦人之友〉／『日本の名随筆　別巻16　星座』作品社　収録作：「星」
7月「ゆく川の」〈図書〉／「二百年」〈婦人之友〉
8月「文学とは」〈高知新聞〉7日／「出あいの風景」〈朝日新聞〉夕刊　10日～14日／「ゆく川の」〈図書〉／「わらべ唄夢譚・お手玉唄」〈文藝〉秋季号

1992（平成4）年 62歳

／「二百年」〈婦人之友〉
9月 ドイツ滞在時の娘・優との往復書簡集**『郁る樹の詩―母と娘の往復書簡』**中央公論社 20日／「ゆく川の」〈図書〉／「二百年」〈婦人之友〉
10月**『王女の涙』**新潮文庫 25日／「ゆく川の」〈図書〉／「二百年」〈婦人之友〉
11月 対談集**『やわらかいフェミニズムへ』**青土社
10日／「飛ぶ雲」〈埼玉新聞〉朝刊ほか 3日／「秋日（『郁る樹の詩』）」〈新刊ニュース〉／「ゆく川の」〈図書〉／「わらべ唄夢譚・風の唄」〈文藝〉冬季号／「二百年」〈婦人之友〉
12月「『夢の禁猟区』に寄せて」〈相野優子著『夢の禁猟区』〉詩学社／「森の時間」〈日本経済新聞〉朝刊 6日／「山の旅（大原富枝）」〈やまなみ〉第二号 大原富枝を囲む会 26日／「ゆく川の」〈図書〉／「二百年」〈婦人之友〉

1993（平成5）年 63歳

2月から4月にかけて米国ラトガース大学教授ポール・シャロウに招かれ同大東洋学科の客員研究員を務める。4月9日、同大の日本女性会議のシンポジウムで基調講演（「人間の呟き」『初めもなく終わりもなく』所収）を行う。水田宗子、河野多恵子なども参加。滞在中イェール大学、ウエストヴァージニア大学、アトランタ、チャールストンの海軍博物館などを訪れる。6月、目黒区自由が丘（目黒区自由が丘1―22―

1月「砂丘――安部公房氏に」〈読売新聞〉夕刊 27日／「雪」〈海燕〉／「二百年」〈婦人之友〉
2月「森万紀子さんのこと」〈群像〉／「二百年」〈婦人之友〉／「夢のつづき」〈文學界〉
3月「文学における言葉」〈『岩国高等学校文化講演会集（二） 自己実現のすすめ』〉／「西条の一年」〈図書館だより〉広島県立賀茂高等学校
4月「夢の現実と非現実―竹取物語」〈國文學〉／

16−203)に転居。8月、水田宗子と対談(「女の文学・男の文学」『〈山姥〉のいる風景』所収)。9月、ドイツ・ケルン市の招きで朗読会に参加。フランクフルトやアーヘンも訪れる。高所恐怖症にもかかわらず、ケルンの聖堂の塔の最上階まで単独で昇り切ったと、何時までも自慢にしていた。

1993(平成5)年
63歳

インタビュー：「かたちなきものの魅力」〈富士通マネジメントレビュー〉2月

座談会・渡辺道子・山領健二・柳沢重也・都竹千代「夢は時を越えて—人と世界を変えてゆく力」〈婦人之友〉4月号

対談：水田宗子「女性文学の深層を読む　書くことと語ることの〈狂〉」(後に改稿して「女性表現の深層から」と改題)〈新日本文学〉秋号　10月

座談会：瀬戸内寂聴、河野多惠子「小説との深い縁」〈群像〉10月号

対談：瀬戸内寂聴「紫式部の眼」〈『十人十色「源氏」はおもしろい』〉小学館　11月

座談会：河合隼雄、杉本秀太郎、山折哲雄「洛中巷談＝日本人は今⑪　外国体験と文学」〈潮〉11月号

対談：河合隼雄「河合隼雄さんとの対話——生と死の夢幻境」〈創造の世界〉87号

「響く弦」〈『万葉—人と歴史』〉姫路文学館／「虹の繭　松尾忠男の白球写真館1」〈月刊Asahi〉

6月『二百年』講談社　20日

7月『津田梅子』朝日文芸文庫　1日／「同時代の嘆息」〈藤原新也著『丸亀日記』〉朝日文庫／『雪』福武書店　15日／「生命」〈津田塾だより〉Vol. 44／「春の湖(藤枝静男)」〈文學界〉

8月「去《い》ってしまってから」〈母の友〉／「『愛』の中に流れる不気味なエネルギー」〈無限大〉No.94、日本アイ・ビー・エム

9月「はるかな風の音」〈小説中公〉

10月『海にゆらぐ糸—石を積む』講談社文芸文庫　10日／「二人山姥」〈別冊文藝春秋〉／「道草」〈図書〉／「西と東」〈淡交〉

12月「鰯雲とふなくい虫」〈中央公論〉／「新発田」〈俳句α〉No.5

・英語訳　from Birds Crying(「啼く鳥の」) *CHICAGO REVIEW* Vol.39, No.3&4 1993 : Michiko N. Wilson, Michael K. Wilson

・ロシア語　УДЫБКА ГОРНОЙ КОЛДУНЬИ(「山姥の微笑」) *КРУГИ НАВОДЕ* МОСКВА РАДУГА 1993

1月1日、NHK新潟放送局「新春特集」に出演す

1月「昔でもなし、今でもなし」〈本の窓〉／「魔女

1994（平成6）年
64歳

る。4月1日から07年5月24日まで、神奈川近代文学館の理事を務める。4月2日から3日、岩波映画が招いたドイツの女性映画監督ヘルマ・ブラームス母娘、大竹洋子、星瑠璃子などと山中湖一帯をまわる。4月23日、王蒙夫妻が米国からの帰りに立ち寄る。7月4日から13日、英国文化庁の招待でケンブリッジで開かれた英国作家会議に出席。この時、米国に忠実な日本政府の従属ぶりを作家たちから散々冷やかされたという。9月、文化庁から94年度の文化功労者候補の選考委員に任命される。12月、中野孝次、三木卓、岡松和夫と連句（詩）「閑の会」を始める。

座談会：川村二郎・江藤淳「創作合評」〈群像〉1月号～3月号

対談：佐伯一麦「救いとしての異性」〈波〉3月号

対談：大庭優「母からみた娘と娘からみた母と」〈パンプキン〉3月号

対談：水田宗子「〈山姥〉なるものをめぐって」〈海燕〉3月号

インタビュー：尾崎真理子「解放された女たちの『かなしみ』それを忘れたふりはよくない」〈読売新聞〉3月5日

対談：木崎さと子「人間を見る文学　人間を見る宗教」〈あけぼの〉4月号

インタビュー：尾崎真理子「知識に縛られずに楽しめに逢った山姥」〈新潮〉／「天海の富士」〈中央公論〉

2月 **『虹の橋づめ』** 朝日文芸文庫　15日／「死なない人たち」〈毎日新聞〉夕刊　24日／『日本の名随筆・別巻36　恋文』作品社　収録作：「恋文にあらわれる怖ろしい真実」／「もってのほか」〈文學界〉／「梅」〈中央公論〉／「仙台坂上」〈三田文学〉冬季号

3月「河合氏の話」〈『河合隼雄著作集5』月報3〉岩波書店／ **『むかし女がいた』** 新潮社　15日／「連なり合うもの（大橋吉之輔）」〈英語青年〉／「切りとられた『時』と『場』　映画『森の中の淑女たち』」〈朝日新聞〉夕刊　22日／「作家とは半ば運命的なもの」〈リテレール〉春号／「それぞれの行方」〈中央公論〉／「潮」〈俳句α〉春号 No.6

4月「同時代（堀田善衞）」〈『堀田善衞全集12』月報12〉筑摩書房／「図書館」〈中央公論〉

5月「万葉の世界」〈清流〉／「囁き」〈新刊展望〉

6月「万葉の世界」〈清流〉／「山なみ」〈文學界〉／「海辺の林」〈俳句α〉夏号 No.7

7月「さまよう」〈神奈川近代文学館〉／「万葉の世界」〈清流〉

8月「夏を焦がし　燃ゆる　残り火の花」〈趣味の園芸〉／「わらべ唄夢譚・天の羽衣」〈文藝〉秋季号

9月「吾亦紅《われもこう》」〈俳句α〉秋号 No.8

10月「自分を発見する旅」〈『私の海外旅行術』同時代ライブラリー〉岩波書店／「鏡か脚か」〈婦人之友〉

1994（平成6）年 64歳	1995（平成7）年 65歳
る作品　作者の人生が丸ごと伝わってくる」〈読売新聞〉4月26日 インタビュー：尾崎真理子「女性作家が無意識に描く予知夢　そこには現代そのものが息づく」〈読売新聞〉5月26日 座談会：紅野敏郎、高橋英夫「名作・人・筆跡」〈出版ダイジェスト〉12月11日号	4月7日、洗足池で三枝和子と花見をしながら女性作家による文学史といったものを作ろうという話をする。10年後の2004年に小学館『テーマで読み解く日本の文学』として結実。4月末、旧友、斎藤信子夫
11月「持って生まれたもの」〈国語展望〉第95号／「顧みて、いま　戦後50年」〈東京新聞〉夕刊　9日～11日、16日／「わらべ唄夢譚・月の兎」（後に「こうもりと兎」と改題）〈文藝〉冬季号 12月「空中遊泳」〈サントリークォータリー〉第47号／「流木」〈ノーサイド〉／「夕顔」（後に「物語の命」と改題）〈新編日本古典文学全集21（源氏物語②）月報〉小学館／限定版大活字シリーズ『**がらくた博物館**』埼玉福祉会 ・イスラエル語訳　katachi mo naku（「寂兮寥兮」）Sifraiat Paulim Publishing House Ltd. 1994 ・イタリア語訳　L'uccello bianco（「白い鳥」）*Il Giappone* vol.34 1994 : Maria Gioia Vienna ・ブラジル語訳（ポルトガル語訳）Os Retalhos（「裂—三面川」）*O CANTO DA TERRA Movimento* Fundação Japão 1994 : Meiko Shimon ・ドイツ語訳　Der Mensch im schwarzen Gewand（「黒衣の人—雪」）*Hefte für ostasiatische Literatur 16* Iudicium 1994 : Irmela Hijiya-Kirschnereit	1月「春、のっぽりと」〈日本経済新聞〉8日／水田宗子との対談集『**〈山姥〉のいる風景**』田畑書店　10日／「すっぽん、あるいは」〈新潮〉／「赤い満月」〈文學界〉／「七里湖　第I部」連載開始〈群像〉

1995（平成7）年
65歳

妻と東北を旅し、花巻の宮沢賢治記念館や高村光太郎の旧居、盛岡、石川啄木記念館、角館の桜、秋田城や藤田嗣治美術館などを訪れる。5月、シアトル旅行、カスケード山脈などをドライヴする。初めてゴルフ場に出て、「クラブが球には当たらないけれども、こんなに気分のいいスポーツとは思わなかった」と認識を新たにする。5月24日、新宿三省堂ホールで「パローラの会」主催による「大庭みな子を読む」朗読会が開かれる。9月、團伊玖磨夫妻、松尾敏男画伯らと日中文化交流代表団員として訪中、国賓待遇を受けた團氏のおかげで、江沢民主席に会見したり、故宮を案内されたりで、中国社会の別の世界を見る。先導車付きの車で北京、煙台、青島を訪れる。10月、NHKラジオ第一放送の日曜名作座で「大庭みな子短篇集より」として四週にわたって以下の作品が放送される。10月8日「もってのほか」、15日「笛」、22日「飛ぶ花」、29日「冬の林」。

　この年から、角川書店『女性作家シリーズ』の監修作業に、女流文学者会会長を務めた河野多恵子、佐藤愛子、津村節子と共に参加し、96年前半まで何度か会合をもつ。

対談：リービ英雄「『言葉以前』と『言霊』」〈海燕〉
　2月号
インタビュー：「作家のデビュー作『三匹の蟹』」〈野性時代〉（12月号まで）

2月『女たちの八月十五日』小学館　収録作：「私をこう言わせるもの」／『日本の名随筆・別巻48　夫婦』作品社　収録作：「芥子」／「リービ英雄さんとの対話―『言葉以前』と『言霊』」〈海燕〉／「七里湖　第Ⅰ部」〈群像〉
3月**『もってのほか』**中央公論社　7日／『賀茂台地観光ガイドブック』賀茂等の広域行政組合編　収録作：西条の二年／「七里湖　第Ⅰ部」〈群像〉
4月**『わらべ唄夢譚』**河出書房新社　20日／「七里湖　第Ⅰ部」〈群像〉／「私の愛蔵本「Picasso's Picassos」〈季刊アスティオン〉No.36 春号
5月「七里湖　第Ⅰ部」〈群像〉／「風（『もってのほか』）」〈新刊ニュース〉
6月「七里湖　第Ⅰ部」〈群像〉
7月「七里湖　第Ⅰ部」〈群像〉
8月「焼ける鳥」〈日中文化交流〉No.562／「骨の欠《かけ》ら」〈読売新聞〉夕刊　7日／「性格のある本屋」〈文藝家協会ニュース〉No.528付録／「七里湖　第Ⅰ部」〈群像〉
9月「自分と出会う　異なるものに出遭ったとき」〈朝日新聞〉夕刊　26日／「七里湖　第Ⅰ部」〈群像〉
10月「私が小説に惹かれた理由《わけ》」〈現代作家写真館〉公募ガイド社／「知の扉」〈朝日新聞〉朝刊　30日

1995（平成7）年　65歳

性時代〉4月号
対談：中野孝次「戦時空間を生きる」〈波〉7月号
対談：高橋治「鮭の身になってみればすべてが迷惑な話。」〈季刊ダジアン〉18号　10月
座談会：紅野敏郎、谷沢永一「芥川龍之介―人・文学・時代―」〈図書〉10月号

／「七里湖　第Ⅰ部」〈群像〉／「夢かうつつか」〈『ミステリアス・ノベル三重』〉三重県企画振興部観光リゾート課
11月「七里湖　第Ⅰ部」〈群像〉
12月「七里湖　第Ⅰ部」〈群像〉
＊「妙な豊かさ」〈受験のしおり〉津田塾大学入学案内（第23巻所収）
・英語訳　Urashimaso（「浦島草」）Josai University 1995 : Yu Oba
・中国語訳　海上飘摇的丝线（「海にゆらぐ糸」）『世界文学』一九九五年二期　中国社会科学院出版社　張唯誠訳
・フランス語訳　L'ILE SANS ENFANTS（「ふなくい虫」）Seuil, Paris 1995 : Fusako Hasae, Vincent Bardet / LA FLEUR DE L' OUBLI（「浦島草」）Seuil, Paris 1995 : Vincent Bardet, Fusako Hasae
・ドイツ語訳　Träume fischen（「寂兮寥兮」）Suhrkamp 1995 : Bruno Rhyner / Tanze, Schneck, tanz（「舞へ舞へ蝸牛」）Insel Verlag 1995 : Irmela Hijiya-Kirschnereit

1996（平成8）年　66歳

4月、「赤い満月」で川端康成文学賞を再度受賞。5月、日本近代文学館主催の自作短編朗読会「声のライブラリー」で「すっぽんあるいは」を朗読する。同月、娘一家と裏磐梯を訪れ、新婚時代の旅の思い出を懐かしむが、五十年を経た風景の変わりように感無量

1月「どろん」〈新潮〉／「風や身にしむ」〈本の窓〉
2月「家系図」〈本の窓〉／「天《あめ》の海」〈婦人之友〉／「おむぶう号漂流記」連載開始〈世界〉（5月号まで）
3月「働き蜂」〈インセクタリゥム〉№33　財団法人東京動物園協会／「ふるさとの力」〈新潟・情報

1996（平成8）年
66歳

となる。6月、池田茂生、わたりむつこ夫妻と共に奥多摩湖を訪れる。7月13日朝、サイデンスティッカー氏と電話中に小脳出血で倒れる。東邦大学大橋病院に入院。来週は退院かというまでに回復したが、9月20日早朝、脳梗塞を併発し左半身麻痺となる。11月、順天堂大学浦安病院に転院。年末に退院。娘一家のいる浦安市（浦安市美浜1−7−604）に転居する。

インタビュー：「子どものころから聞き知った街人々から競馬場の話をよく聞く」〈広報めぐろ〉2月1日号

座談会：梅原猛、河合雅雄「人間の解体から創造へ」〈新潮〉9月号

あかねいろ〉Vol.6 新潟デザインセンター／「橋姫」〈京都新聞〉ほか 24日／「雲の影」〈文藝春秋〉／「冬の流星」〈文學界〉／「おみくじ」〈本の窓〉3・4月号／「おむぶう号漂流記」〈世界〉

＊「岩国賛歌」〈岩国市役所広報誌〉（第23巻所収）

4月「千年経て変わらぬ光景」〈東京新聞〉朝刊 28日／「おむぶう号漂流記」〈世界〉／「四半世紀」〈野性時代〉

5月「アラ見ラレズノ」〈本の窓〉／「おむぶう号漂流記」〈世界〉

6月「数の支配」〈本の窓〉

7月『**おむぶう号漂流記**』岩波書店 17日／『**わたしの古典 大庭みな子の竹取物語・伊勢物語**』集英社文庫 25日／「手足の記憶」〈本の窓〉／「七里湖第Ⅱ部」連載開始〈群像〉（9月号まで）／「寂兮寥兮」〈波〉／「原始人」〈フェスティバルマガジン第12回「東京の夏」音楽祭1996〉アリオン音楽財団

8月 水田宗子との往復詩集『**炎える琥珀**』中央公論社 7日／『**わたしの古典 大庭みな子の雨月物語**』集英社文庫 25日／「七里湖 第Ⅱ部」〈群像〉／「めぐり逢った人びと」〈本の窓〉

9月「もつれ合う黒い影」〈本の窓〉9・10月合併号／「心の湖」〈青春と読書〉／「七里湖 第Ⅱ部」（未完に終わる）〈群像〉／「縄文の山」〈白い国の詩〉東

北電力株式会社　広報・地域交流部
10月「見えない糸」〈週刊新潮〉24日号／「人間と人」〈du〉／「まぼろしの七里湖」〈群像〉
11月『**オレゴン夢十夜**』講談社文芸文庫　10日
・ノルウェー語　Fjellheksas smil（『山姥の微笑』）*Japan Forteller* De Bokklubbene A/S 1996 : Oversattav Bjorn

1997（平成9）年
67歳

1月から4月まで千葉リハビリテーションセンターに入院。退院後も毎週リハビリに通う。4月24日付で日本ペンクラブ理事、副会長を辞す。5月14日、妹・朝恵の夫、尾形公正の急逝に際して、どうしても葬儀に参加したいとこだわるが、その体調では無理だと周りが止める。7月、芥川賞選考委員を辞任。紫式部文学賞、女流文学賞選考委員も辞任。

3月「楽しみの日々」〈本の窓〉3・4月合併号
4月「詩人との巡り会い（埴谷雄高）」〈群像〉
5月「花の盛りの乙女らが」「タギタギ」〈本の窓〉／「楽しみの日々」連載開始〈群像〉（99年5月号まで、99年1月号は休載）
6月「雪解けと和解の時代」〈河合隼雄・大庭みな子編『現代日本文化論2　家族と性』〉岩波書店／「チャオさんの小豆粥」〈本の窓〉／「楽しみの日々」〈群像〉
7月「白衣の天使」〈本の窓〉／「楽しみの日々」〈群像〉
8月「タイのこと」〈本の窓〉／「楽しみの日々」〈群像〉
9月「杜詞と奈児」「縄張り」〈本の窓〉9・10月合併号／「楽しみの日々」〈群像〉
10月「楽しみの日々」〈群像〉
11月『**「万葉集」を旅しよう　古典を歩く1**』講談社

1998(平成10)年 68歳	
リハビリ生活続く。3月、病後初めて遠出して箱根富士屋ホテルへ。4月23日、胃の手術後一年余りも意識を失っていた利雄の兄、盾雄が死去。5月に山梨の桃の花、河口湖の桜を観にドライヴ。5月12日には義母、大庭千枝が九十七歳で死去。みな子も車椅子で通夜や葬儀に参列。義母はみな子からもらって愛用していた江戸小紋の着物を纏って納棺された。6月には車で蒲郡ホテルや彦根を経て比叡平の仕事場を訪れる。文藝家協会理事を辞任する。 インタビュー:尾崎真理子「今月のひと　大庭みな子」〈すばる〉5月号 対談:河合隼雄「伊勢物語　夢かうつつの人生模様」〈創造の世界〉7月号 対談:瀬戸内寂聴「対談　男と女、作家の業」〈群像〉10月号 座談会:大庭利雄・瀬戸内寂聴「第1回内助の夫感謝賞受賞　大庭利雄氏　脳梗塞でリハビリ中の妻を支	
1月『日本の名随筆・別巻83　男心』作品社　収録作:「男性たちの掘った墓穴」／「思っていることは言葉で」〈朝日新聞〉夕刊　27日／「トーティの国」〈本の窓〉／「楽しみの日々」〈群像〉 2月　エッセイ・対談集『初めもなく終わりもなく』集英社　10日／『日本の名随筆・別巻84　女心』作品社　収録作:「水のように」／「義母とさつま芋」〈本の窓〉／「楽しみの日々」〈群像〉 3月『むかし女がいた』新潮文庫　1日／「白い目赤い目」〈本の窓〉3・4月合併号／「楽しみの日々」〈群像〉 4月「春うらら」〈読売新聞〉夕刊　7日／「影法師が踊る〈埴谷雄高〉」〈『埴谷雄高全集1』月報2〉講談社／「楽しみの日々」〈群像〉 5月「ノー・カロリー」〈本の窓〉／「楽しみの日々」〈群像〉 6月「乞食と王子」〈本の窓〉／「楽しみの日々」〈群像〉	文庫　15日／「舟越さん」〈舟越道子著『句文集青い湖』〉角川書店／「アミの塩辛」〈本の窓〉／「楽しみの日々」〈群像〉／「立ち上がってくる言葉」〈I N P o c k e t〉 12月「誤解」〈本の窓〉／「楽しみの日々」〈群像〉／「どこかに潜んでいる力〈小島信夫〉」〈波〉

1998（平成10）年 68歳	1999（平成11）年 69歳
えて」〈婦人公論〉11月22日号	3月に宮城県栗駒山高原温泉にリハビリを兼ねて一カ月あまり滞在。6月1日から11日まで十二年振りにアラスカ州シトカ市の旧居のあったLakeview Dr.218などを訪れ、作品のモデルともなった旧友たちと出会う。この年の春に利雄の勧めていたアラスカパルプ・
7月「義母の死」〈本の窓〉／「楽しみの日々」〈群像〉 8月「いずれあやめか」〈本の窓〉／「楽しみの日々」〈群像〉／『日本の名随筆・別巻90　人間』作品社　収録作：「プロメテウスの犯罪」 9月「昭和の歌」〈本の窓〉9・10月合併号／「楽しみの日々」〈群像〉 10月「働き者の〝救いの神〟」〈清流〉／「楽しみの日々」〈群像〉 11月「夢かうつつか」〈本の窓〉／「楽しみの日々」〈群像〉 12月「ここにある男性的な眼に安堵する。――家族関係を考える（河合隼雄）」〈『河合隼雄を読む』〉講談社／『女性作家シリーズ9』角川書店　収録作：「三匹の蟹」「寂兮寥兮」「ろうそく魚」「むかし女がいた1、8、18、19、20、28」、以下詩篇「武蔵野　春の花」「春菊」「男に」「うまくゆかない恋」「機械の向うの風景」「海月」「指」「懶惰な欲望」「鮭」「暮し」「無人島の夢」／「母の姿（佐多稲子）」〈群像〉／「花を摘む」〈中央公論〉／「出会いの不思議」〈本の窓〉／「楽しみの日々」〈群像〉	1月「『アラスカ 風のような物語』解説」〈星野道夫著『アラスカ 風のような物語』〉小学館文庫／「ヤダーシュカ」〈群像〉／「サワドウ・パンケーキ」〈本の窓〉 2月「ハリエット」〈本の窓〉／「楽しみの日々」〈群

シトカ工場の操業は停止し、解体工事中だった。7月17日、愛知県女性総合センターウィルあいちで開催された女性フォーラムで利雄と共に講演（「『啼く鳥の』に見る女性と男性の間柄」第24巻所収）。9月、千葉県鴨川に講談社の元編集者・天野敬子、辻章らと小旅行。

像〉

1999（平成11）年　69歳

対談：梅原猛「死の淵より甦りて―二度目のガンから復活した哲学者と脳梗塞を克服しつつある作家の体験談」〈中央公論〉1月号

インタビュー：谷口桂子「夫婦の階段　第270回　作家を支え続けた夫の限りなき『内助の功』」〈週刊朝日〉1月29日号

インタビュー：木村俊介「子供と自然」〈『奇抜の人』〉平凡社　2月

インタビュー：尾崎真理子「死ぬ恐怖　今はもうない」〈読売新聞〉夕刊　4月21日

3月「学らん」〈本の窓〉3・4月合併号／「楽しみの日々」〈群像〉

4月「バリアフリーの世界　川端さんのこと」〈東京新聞〉夕刊　21日、〈中日新聞〉夕刊　6月1日／「楽しみの日々」〈群像〉／「逝ってしまった先達たち」〈神奈川近代文学館〉翌年1月まで全四回

5月「生死の哲学」〈本の窓〉／「楽しみの日々」〈群像〉

6月「栗駒高原へ」〈本の窓〉／「魚のなみだ」〈俳句研究〉

7月「シトカの思い出」〈本の窓〉／「逝ってしまった先達たち」〈神奈川近代文学館〉

8月「幻の匂い」〈本の窓〉

9月『**楽しみの日々**』講談社　17日／「チコ」〈群像〉／「シトカ行」〈本の窓〉9・10月合併号／「寂しい（江藤淳）」〈文學界〉／「夫婦の濃厚な時間（江藤淳）」〈波〉

10月「ビョン・ワン・リー」〈群像〉／「逝ってしまった先達たち」〈神奈川近代文学館〉／「歌の響き（江藤淳）」〈群像〉

11月「霧子の夢」〈本の窓〉

12月「焼き茄子」〈本の窓〉／「更なる交流に期待―三つの代表団を歓迎して」〈日中文化交流〉No.634

2000（平成12）年
70歳

3月末、若き日の思い出の地、静岡・日本平にドライヴ旅行を果たし、丸子のとろろ汁も口にして満足。夏、津田塾同窓会製作の映画「夢は時をこえて―津田梅子が紡いだ絆―」に出演。10月、利雄の運転で水上を経由し新潟へ旅行、友人たちと旧交を温めるが、これが最期の新潟への旅となる。この年、後に『テーマで読み解く日本の文学』に結実する女性作家による「日本文学史」の企画が大庭みな子を監修者として具体化する。編集委員に三枝和子、岩橋邦枝、津島佑子、中沢けい、道浦母都子、増田みず子、田邊園子、与那覇恵子ら。小学館の高橋功が刊行を引き受け、風日舎・吉村千穎が編集に当たる。

1月「悪夢」〈文藝春秋〉／「春子のくらげ」〈本の窓〉／「蓼科」〈群像〉／「唐人さん」〈新潮〉／「逝ってしまった先達たち」〈神奈川近代文学館〉
2月「フレンチトースト」〈日本経済新聞〉朝刊　13日／「過去を生き直す」〈本の窓〉
3月「吹く風は」〈本の窓〉3・4月合併号／「『啼く鳥の』に見る女性と男性の間柄」〈ウィル愛知講演録　ウィル愛知叢書7〉
4月「風の音（大原富枝）」〈群像〉
5月「芍薬の花園」〈本の窓〉／「だじゃれとユーモア」〈現代〉
6月「ある正月」〈新潮〉／「富士に湧く雲」〈本の窓〉／「西洋と東洋の間を―いつもそばに、本が」〈朝日新聞〉18日、25日、7月2日
7月「さくらさくら」〈本の窓〉
8月「その気品（上村松園）」〈『上村松園画集　清新の女性美』〉朝日新聞社／翻訳『古典の愉しみ』（ドナルド・キーン著）宝島社文庫／『浦島草』講談社文芸文庫　10日
10月「無知の知」〈北國新聞〉朝刊　3日、〈中國新聞〉朝刊ほか　7日／『私たちが生きた20世紀　上』文春文庫　収録作：「悪夢」／「奔放なひろがり（梅原猛）」〈『梅原猛著作集第10巻　法然の哀しみ』月報1〉小学館／「言葉の奥にあるもの」〈『未知への勇気　受け継がれる津田スピリット』津田塾同窓

2001(平成13)年 71歳	
5月、「女性による日本の文学史」が〈本の窓〉で連載始まる。5月26日、広島で行われた従道小学校の同窓会に空路、車椅子の旅。在校時、いつも腕にぶら下がっていたという懐かしい当時の担任・金子明美先生との再会も果たす。東京の生家で隣り合わせた幼友だち堀江絹子や妹・朝恵と江田島の旧海軍兵学校も訪れる。	
1月「心配事はつきることなし」〈朝日新聞〉夕刊9日／「一番はもうたくさん」〈ポカラ〉1・2月合併号／「ミーチャ」〈群像〉／「ゆるゆると」〈短歌研究〉(「浦安うた日記」として連載、02年11月号まで。01年12月号休載) 2月 エッセイ集**『雲を追い』**小学館 20日／「新潟」〈新潮〉／「ふるさとは」〈短歌研究〉 3月「第二のふるさと」〈短歌研究〉／「心の宇宙」〈俳句朝日〉／「雲を追い」〈新刊ニュース〉 4月「東洋の哲学は詩から」〈日中文化交流〉№651／『自分と出会う75章』朝日新聞社 収録作:「異なるものに出遭ったとき」／「ゆずり葉」〈短歌研究〉 5月「生かされて―病と引き換えに学んだこと」〈婦人公論〉／**『ヤダーシュカ ミーチャ』**講談社 30日／「同行二人」〈短歌研究〉／「女性による日本の文学史」(『テーマで読み解く日本の文学』と刊行時改題)〈本の窓〉／「真砂町のころ(野間宏)」〈「野間宏の	会〉 ・英語訳 YADASHKA(「ヤダーシュカ」) *Japanese literature today* No. 25 Japan Pen Club 2000 : Nukina Yuka ・フランス語訳 Yadashka(「ヤダーシュカ」) Littérature japonaise d'aujourd'hui No.25 Japan Pen Club 2000 : Véronique Perrin

2001（平成13）年
71歳

会会報」〉No.8／「女たちの生命と生命をつなぐ」〈本の窓〉
6月「ミックリ」〈短歌研究〉／「ふれあった人々の話」〈本〉
7月『絵本・新編グリム童話選』毎日新聞社　収録作：「ヘンゼルとグレーテル」「ラプンツェル」／「あの世とこの世と」〈禅の風〉No.23　曹洞宗宗務庁／「さくらます」〈短歌研究〉
8月『戦後短編小説再発見3』講談社文芸文庫　収録作：「首のない鹿」／「大人の風格」〈日中文化交流〉No.657／「江田島」〈新潮〉／「国際化する俳句」〈俳句朝日〉／「避けては通れぬグリム」〈文藝春秋〉／「江田島」〈短歌研究〉
9月「八月忌」〈短歌研究〉／「共に生きる」〈文藝春秋〉臨時増刊号
10月「野間宏——正義の騎士」〈『野間宏と戦後派の作家たち展』図録〉神奈川近代文学館／「食べ物の糸」〈短歌研究〉
11月「『須賀敦子コレクション　ミラノ霧の風景』解説」〈須賀敦子著『須賀敦子コレクション　ミラノ霧の風景』〉白水Uブックス／「花野」〈短歌研究〉
12月「運命をいかに生きるか」〈文藝春秋〉臨時増刊号
・中国語訳　山姥的微笑（「山姥の微笑」）『日本現代女性文学集』上海译文出版社　二〇〇一年三月　陳暉訳

2002（平成14）年
72歳

1月、アラスカ時代の友人に誘われてハワイ島に一週間旅行。3月、浦安の家に中国の作家、王蒙夫妻の見舞いを受ける。4月、勲三等瑞宝章を受勲。
8月、利雄『終わりの蜜月―大庭みな子の介護日誌』出版（新潮社）
対談：小島信夫「老いてこそ」〈群像〉5月号

2月9日、NHK BS1「週刊ブックレビュー」

1月「一番争いはもうやめて」〈日本経済新聞〉朝刊13日／「アラスカ再訪」〈群像〉／「ぎんなん」〈短歌研究〉
2月「あらたまの年」〈短歌研究〉
3月「ハワイ島紀行」〈短歌研究〉／「汚染物質」〈すばる〉
4月「春を想う」〈短歌研究〉
5月「逝く友、来る友、語る友」〈短歌研究〉
6月「漢字の行方」〈日中文化交流〉No.669／「花ふたたび」〈短歌研究〉
7月「ゆく春」〈短歌研究〉
8月「私たちの時間」〈大庭利雄著『終わりの蜜月―大庭みな子の介護日誌』〉新潮社／「バリ島紀行―藤枝さんのこと」〈群像〉／「梅雨の間の想い」〈短歌研究〉
9月「七夕のころ」〈短歌研究〉／「声で聞く日本語」〈文藝春秋〉臨時増刊号
10月「八月の記憶」〈短歌研究〉
11月「終わりの蜜月」〈短歌研究〉
12月**『浦安うた日記』**作品社　20日
・フランス語訳 La fleur de l'oubli（浦島草）Seuil, Paris 2006 : Corinne Atlan

9月「日記」〈週刊新潮〉25日号

2003（平成15）年 73歳	2004（平成16）年 74歳	2005（平成17）年 75歳
に利雄が出演、『浦安うた日記』と利雄の『終わりの蜜月』について語る。4月、妹・朝恵、新潮社の編集者・水藤節子と日本平、伊豆高原に花見の旅。10月、伊豆高原、箱根に小旅行。父親からたびたび聞かされ一度は泊まりたいと望んでいた川奈ホテルに宿泊する。11月、『浦安うた日記』で紫式部文学賞を受賞。受賞式出席のため利雄、優と共に宇治市まで旅する。	6月20日、大庭みな子監修『テーマで読み解く日本の文学』（上・下）が刊行される。6月30日、浦安ブライトンホテルで刊行祝賀会を開く。8月12日、NHKのテレビ番組「おとなの学校～妻が病に倒れたら」で、みな子と利雄の介護関係が放映される。	5月5日、浦安ブライトンホテルで金婚式を催す。親類縁者、旧友、編集者を招き、五十年遅れの結婚披露宴と、多くの友人、知己と最期の別れの挨拶をするつもりの会だった。
11月『FOR LADIES BY LADIES―女性のエッセイ・アンソロジー』ちくま文庫　収録作：「娘とわたしの時間」 12月「あの夏―ヒロシマの記憶」〈FRONT〉	1月「ふたたび消えそうな『暮らし』」〈『暮しの手帖保存版Ⅲ　花森安治』〉暮しの手帖社／「言葉という遺伝子　浦安うた日記――その後」〈短歌研究〉 2月「お祖母ちゃんの懐炉」〈月刊健康〉 4月「私にとっての神奈川」〈神奈川新聞〉朝刊　21日 5月「隣の芝生」〈日本経済新聞〉朝刊　16日 6月『テーマで読み解く日本の文学　上・下』小学館　20日　収録作：「ヒメの力―少女（天女）の意味」「歌謡の流れ―古代歌謡」「和歌」／「あなめあなめ」〈新潮〉 9月「月に想いをよせるひとびと」〈てんとう虫〉 10月『**寂兮寥兮**』講談社文芸文庫　10日	3月「それは遺伝子よ（It's gene）」〈新潮〉／「言葉といのち」〈文藝春秋〉臨時増刊号 4月「作家は童話にたどりつくもの」〈三枝和子著『くろねこたちのトルコ行進曲』〉めるくまーる 5月『**大庭みな子全詩集**』めるくまーる　15日

	2006（平成18）年 76歳	2007（平成19）年 77歳
	秋、大腸のポリープ摘出手術をする。その時悪性の腫瘍も発見されるが、体力の衰えを考慮してそのまま放置する。10月、小島信夫の死に衝撃をうける。	2月2日、葛西の東京臨海病院で乳癌の手術を受け、右の乳房を失う。5月2日、嘔吐、下痢などの症状が激しく救急車で順天堂浦安病院に緊急入院。腎機能がすっかり低下しているとの診断。5月24日朝、順天堂浦安病院にて夫・利雄、娘・優に見守られながら逝く。
12月「梅子先生とブリンマー大学」〈津田塾だより〉Vol.56／「企まない巧み—小島信夫再読」〈水声通信〉／「『もんしろ蝶』まえがき」〈尾形朝恵著『もんしろ蝶』〉新風舎	5月『人生に効く言葉』朝日新聞社　収録作：「思っていることは言葉で」 10月「始めもなく終わりもなく（小島信夫）」〈朝日新聞〉夕刊　27日／「人類みな兄弟」〈日本経済新聞〉朝刊　29日／「風紋」〈群像〉 11月　大庭みな子編『古美術読本（四）建築』光文社・知恵の森文庫　15日 ・英語訳　Birds Crying（「啼く鳥の」）Norwalk 2006：Michiko N. Wilson, Michael K. Wilson / Tarnished Words（「錆びた言葉」）*Tarnished Words shishū sabita kotoba-the poetry of Ōba Minako* EastBridge 2006：Janice Brown ・フランス語訳　Larmes de princesse（「王女の涙」）Seuil, Paris 2006：Corinne Atlan	1月「富士の山雑感」〈日本近代文学館〉第215号／「ついに摑みきれなかった人（小島信夫）」〈新潮〉／「ただただ悲しいと言うほかなし（小島信夫）」〈群像〉 2月「作品『秋山図』」「作品『或阿呆の一生』」〈別冊宝島　作家たちが読んだ芥川龍之介〉１３８５号

	腎不全、および多臓器不全。享年七十六歳と六カ月。 6月20日、NHKテレビ「クローズアップ現代」の特集「介護は第二のハネムーン」で、みな子と利雄の介護関係が放映される。9月3日夜、東京エドモントホテルで「大庭みな子お別れの会」が行われる。従四位に叙せられる。	8月　短編・エッセイ集『風紋』新潮社　30日 9月　『七里湖』講談社　3日
2008（平成20）年 歿後1	5月22日、浦安ブライトンホテルにて「偲ぶ会」を行う。	・英語訳　Love That Doesn't Work well / Parting / The Tachikawa Scene/Poison/Life（「うまくゆかない恋／別れ／立川風景／毒薬／暮し」）*Japanese Women Poets-An Anthology* M.E.Sharpe, Inc. 2008 : Hiroaki Sato
2009（平成21）年 歿後2	5月19日から24日まで、銀座の「画廊宮坂」において「大庭みな子さんの絵」展が開かれる。5月24日、日本経済新聞出版社より『大庭みな子全集』の刊行が始まる。第1巻と第25巻、同時刊行。銀座のレストラン高松にて三回忌（偲ぶ会）を行う。	1月　「アラスカで読む『老子』」〈the 寂聴〉第2号 5月　大庭利雄監修『大庭みな子全集』日本経済新聞出版社版　刊行開始　25日（全25巻　第一回配本第1巻・第25巻以外は毎月一冊刊行） 9月　『21世紀版　少年少女古典文学館　第四巻　枕草紙』（一九九一年版を再編集）講談社　17日
2010（平成22）年 歿後3	5月24日、浦安ブライトンホテルにて第一回「浦島忌」を行う。	
	6月10日、『大庭みな子全集』の完結を祝う会と第二	4月　大庭利雄監修『大庭みな子全集』日本経済新聞出版社

2011（平成23）年 歿後4	2012（平成24）年 歿後5	
回「浦島忌」を、新浦安ブライトンホテルで開く。9月15日、『大庭みな子の絵』を日本経済新聞出版社より刊行。	5月24日、東京・千代田区神田神保町「クッチーナアンゴロ」で第三回「浦島忌」を行う。与那覇恵子主宰による「大庭みな子研究会」を発足させる。5月30日、大庭利雄『最後の桜　妻・大庭みな子との日々』を河出書房新社より刊行。6月30日、城西国際大学で「大庭みな子国際シンポジウム」が開催される。	5月24日、七回忌を第四回「浦島忌」を兼ねて市ヶ
出版社版　全25巻完結　25日 12月　翻訳「古典を楽しむ　古典の愉しみ」〈『ドナルド・キーン著作集第1巻』〉新潮社 ・英語訳　Of Birds Crying（「啼く鳥の」）*Cornell East Asia Series* The Cornell University East Asia Program Fall 2011: Michiko N. Wilson and Michael K. Wilson ・英語訳　Using 'The Eyes of the Other' to See the Self Objectively / "The Husband's Place, the Wife's Place" / "The Premonition of Living Creatures" / The Human Archetype / "Toronto Travel Notes"（「自己を対象化する「他人の眼」／夫の座・妻の座／生物の予感／人間の原型／トロント紀行」）*Modern Japanese Women Writers as Artists as Critics: Miyamoto, Ôba and Saegusa* : MerwinAsia Fall 2011: Michiko N. Wilson	1月　「むかし女がいた」（一部分）〈『コレクション戦争と文学14女性たちの戦争』〉集英社 6月　「幸福な夫婦」（他26篇）〈『精選女性随筆集』〉文藝春秋 8月　「遠い山をみる目つき」〈『中学生までに読んでおきたい哲学7』〉あすなろ書房 9月　「とらわれない男と女の関係」〈『中学生までに読んでおきたい哲学1』〉あすなろ書房	

年	事項	作品
2013(平成25)年 歿後6	谷アルカディアで行う。	
2014(平成26)年 歿後7	5月23日、第五回「浦島忌」を神保町の「クッチーナアンゴロ」で行う。	2月 『枕草紙：現代語訳』岩波書店 11月 「対談 やわらかいフェミニズムへ」〈「対談 書くことと語ることの〈狂〉『水田宗子対談・鼎談・シンポジウム』」〉城西大学出版会
2015(平成27)年 歿後8	5月22日、第六回「浦島忌」を神保町の「クッチーナアンゴロ」で行う。	3月 「影法師が踊る」〈『素描：埴谷雄高を語る』〉講談社文芸文庫／「ラプンツェル」〈『グリムの森へ』〉小学館 4月 「フィヨルドの鯨」〈『現代小説クロニクル』〉講談社 7月 「恋文にあらわれる恐ろしい真実」〈『手紙のことば』〉河出書房新社
2016(平成28)年 歿後9	5月27日、第七回「浦島忌」を神保町の「クッチーナアンゴロ」で行う。	5月 「詩の領域／詩の魅力 やわらかいフェミニズムへ」〈『水田宗子詩集』〉思潮社 10月 「鮭苺の入江」『創刊70周年記念号 群像短編名作選』〈群像〉
2017(平成29)年 歿後10	5月26日、第八回「浦島忌」を赤坂の「ブラジリアグリル」で開催。	

著書一覧

【単行本】短篇集に関しては収録作品を明記

三匹の蟹　一九六八年（昭和43年10月）講談社

構図のない絵／虹と浮橋／三匹の蟹

ふなくい虫　一九七〇年（昭和45年1月）講談社

幽霊達の復活祭　一九七〇年（昭和45年7月）講談社

幽霊達の復活祭／火草／桟橋にて／首のない鹿／あいびき

魚の泪（エッセイ集）　一九七一年（昭和46年4月）中央公論社

錆びた言葉（詩集）　一九七一年（昭和46年7月）講談社

栂の夢　一九七一年（昭和46年9月）文藝春秋

胡弓を弾く鳥　一九七二年（昭和47年11月）講談社

＊三匹の蟹（ロシア語訳）一九七二年

死海のりんご（戯曲）　一九七三年（昭和48年5月）新潮社

野草の夢（エッセイ集）一九七三年（昭和48年8月）講談社
怒りと良心（翻訳）一九七三年（昭和48年10月）平凡社
がらくた博物館　一九七五年（昭和50年2月）文藝春秋
犬屋敷の女／よろず修繕屋の妻／すぐりの島
青い狐　一九七五年（昭和50年5月）講談社
投書／烏賊ともじずり／笑う魚／青い狐／トーテムの海辺／荒神沼心中
浦島草　一九七七年（昭和52年3月）講談社
モリスのまほうのふくろ（翻訳）一九七七年（昭和52年11月）文化出版局
いたずらノラ（翻訳）一九七七年（昭和52年11月）文化出版局
醒めて見る夢（エッセイ集）一九七八年（昭和53年1月）講談社
蒼い小さな話　一九七八年（昭和53年7月）角川書店
養魚場／ムササビ／木の芽どき／桜月夜／蛾／渋い柿／オーロラと猫／西はどっち／蒼い花／からす瓜／石垣の穴／やきもち／地球の岩／わたしの太陽
＊三匹の蟹（英語訳）一九七八年
花と虫の記憶　一九七九年（昭和54年5月）中央公論社
おばあさんと　こぶた（翻訳翻案）一九七九年（昭和54年6月）佑学社
淡交　一九七九年（昭和54年6月）河出書房新社
山姥の微笑／火の女／淡交／タロット／柳の下／インコ／いさかい

ブレーメンのおんがくたい（翻訳翻案）一九七九年（昭和54年6月）佑学社
女の男性論（エッセイ集）一九七九年（昭和54年8月）中央公論社
ゆっくりおじいちゃんとぼく　一九七九年（昭和54年10月）佑学社
ジャックは いえを たてたとさ（翻訳翻案）一九七九年（昭和54年11月）佑学社
対談・性としての女（対談集）一九七九年（昭和54年11月）講談社
スタンレイとローダ（翻訳翻案）一九七九年（昭和54年12月）文化出版局
ぼくうそついちゃった（翻訳翻案）一九八〇年（昭和55年10月）佑学社
霧の旅　第Ⅰ部　一九八〇年（昭和55年11月）講談社
霧の旅　第Ⅱ部　一九八〇年（昭和55年11月）講談社
オレゴン夢十夜　一九八〇年（昭和55年12月）新潮社
＊淡交（英語訳）一九八〇年
＊三匹の蟹（中国語訳）一九八一年
＊火草（英語訳）一九八一年
三匹の蟹（二百部限定特装版）一九八二年（昭和57年1月）成瀬書房
島の国の島（紀行集）一九八二年（昭和57年5月）潮出版社
寂兮寥兮　一九八二年（昭和57年6月）河出書房新社
私のえらぶ私の場所（エッセイ集）一九八二年（昭和57年7月）海竜社
＊三匹の蟹（英語訳）一九八二年

＊山姥の微笑（英語訳）一九八二年
夢を釣る（エッセイ集）一九八三年（昭和58年1月）講談社
ヘンゼルとグレーテル　一九八三年（昭和58年4月）ほるぷ出版
帽子の聴いた物語　一九八三年（昭和58年8月）講談社
　釣りともだち／紅茶／虹の繭／鳩／帽子／白頭鷲／若草／道／どんぐり／海／佐渡
夢野　一九八四年（昭和59年3月）講談社
駈ける男の横顔（対談集）一九八四年（昭和59年6月）中央公論社
楊梅洞物語　一九八四年（昭和59年10月）中央公論社
　柘榴と猫／飛ぶ花／藤／新しい家／冬の林／梅月夜／芽／ケンとジョー／仏手柑／エンドウマメ／化身
田園のうた（詩）一九八四年（昭和59年11月）佑学社
舞へ舞へ蝸牛　一九八四年（昭和59年12月）福武書店
女・男・いのち（エッセイ集）一九八五年（昭和60年2月）読売新聞社
ドラマ（戯曲）一九八五年（昭和60年3月）作品社
　ふなくい虫／かもめ―わたしのチェーホフ―／かたちもなく寂し
ラプンツェル・グリム童話より（翻訳）一九八五年（昭和60年6月）ほるぷ出版
みんなおやすみ（翻訳）一九八五年（昭和60年7月）ほるぷ出版
啼く鳥の　一九八五年（昭和60年10月）講談社
＊青い狐（英語訳）一九八五年

ジャネット・マーシュの水辺の絵日記（翻訳）一九八六年（昭和61年1月）ＴＢＳブリタニカ
ノアのはこ舟のものがたり（翻訳）一九八六年（昭和61年3月）ほるぷ出版
わたしの古典3　大庭みな子の竹取物語　伊勢物語　一九八六年（昭和61年5月）集英社
三面川　一九八六年（昭和61年6月）文藝春秋
白い鳥／銀杏／三面川／裂／ふるさとは遠きにありて／トティラワティ・チトラワシタ／海の底／詩劇　火草／
放送劇　浦島草
鏡の中の顔（エッセイ集）一九八六年（昭和61年6月）新潮社
わたしの古典19　大庭みな子の雨月物語　一九八七年（昭和62年6月）集英社
＊梅月夜（ドイツ語訳）一九八七年
王女の涙　一九八八年（昭和63年3月）新潮社
生きもののはなし（エッセイ集）一九八八年（昭和63年8月）読売新聞社
性の幻想（対談集）一九八九年（平成元年5月）河出書房新社
虹の橋づめ（エッセイ集）一九八九年（平成元年5月）朝日新聞社
こまったきょうりゅう（童話）一九八九年（平成元年9月）サンリオ
魔法の玉　一九八九年（平成元年9月）ＴＢＳブリタニカ
私の遥かなるアラスカ／甦るもの、薄れゆくもの／アーティチョークの思い出／目／大足／芍薬の家／結婚式／
ゆりの木／ハマナシ
海にゆらぐ糸　一九八九年（平成元年10月）講談社

鮭苺の入江／ろうそく魚／べつべつの手紙／糸巻のあった客間／海にゆらぐ糸／フィヨルドの鯨／黄杉 水杉
古典の旅① 万葉集 一九八九年（平成元年11月）講談社
＊よろず修繕屋の妻（英語訳）一九八九年
＊海にゆらぐ糸（韓国語訳）一九八九年
雪ばら紅ばら 一九八九年（平成元年12月）西村書店
新輯お伽草紙 一九九〇年（平成2年1月）河出書房新社
赤まんま／絵姿女房／舌切雀／瓜子姫とあまんじゃく／ほととぎす／浦島／伊邪那岐と伊邪那美／大国主命／倭たける／磐の姫と大鷦鷯／帝と匠／大名児／竹取の翁と九乙女／宴／天の川／乞児の歌／群鳥／松浦の仙女／珍しい話／蒼い鷹／人妻／鴨山
虹の繭（自選短篇集）一九九〇年（平成2年5月）学藝書林
林／幽霊達の復活祭／青い狐／釣りともだち／蛾／オーロラと猫／からす瓜／淡交／いさかい／虹の繭／帽子／どんぐり／佐渡／飛ぶ花／恐竜
津田梅子（伝記）一九九〇年（平成2年6月）朝日新聞社
＊三匹の蟹（ドイツ語訳）一九九〇年
＊寂兮寥兮（ドイツ語訳）一九九〇年
＊モーツァルトの金星蝕（韓国語訳）一九九〇年
＊黒い大きなもの——舞へ舞へ蝸牛（中国語訳）一九九〇年
おやゆび姫（翻訳）一九九一年（平成3年5月）西村書店

枕草子（少年少女古典文学館4）一九九一年（平成3年12月）講談社
＊帽子（ドイツ語訳）一九九一年
＊蒼い狐（ドイツ語訳）一九九一年
＊鳥の声（英語訳）一九九一年
＊ろうそく魚（英語訳）一九九一年
古典の愉しみ（翻訳）一九九二年（平成4年3月）ＪＩＣＣ出版
ガチョウ番のお姫さま　グリム童話　一九九二年（平成4年3月）西村書店
女王バチ　グリム童話　一九九二年（平成4年3月）西村書店
想うこと（エッセイ集）一九九二年（平成4年6月）読売新聞社
郁る樹の詩―母と娘の往復書簡　一九九二年（平成4年9月）中央公論社
やわらかいフェミニズムへ（対談集）一九九二年（平成4年11月）青土社
二百年　一九九三年（平成5年6月）講談社
雪　一九九三年（平成5年7月）福武書店
鳥の歌／黒衣の人／白い風／祭／深沢七郎／寝待の月／モーツァルトの金星蝕／類／塩引き／雪／夢のつづき
＊啼く鳥の（英語訳）一九九三年
＊山姥の微笑（ロシア語訳）一九九三年
むかし女がいた　一九九四年（平成6年3月）新潮社
がらくた博物館（限定版大活字シリーズ）一九九四年（平成6年12月）埼玉福祉会

＊寂兮寥兮（イスラエル語訳）一九九四年
＊白い鳥（イタリア語訳）一九九四年
＊裂（ポルトガル語訳）一九九四年
＊黒衣の人（ドイツ語訳）一九九四年
対談〈山姥〉のいる風景（対談集）一九九五年（平成7年1月）田畑書店
もってのほか　一九九五年（平成7年3月）中央公論社
すっぽん、あるいは／赤い満月／瓜二つ／春の鳥／笛／自転車／姉妹／師匠と弟子／虹／山の鳥／もってのほか／魔女に逢った山姥／二人山姥
わらべ唄夢譚　一九九五年（平成7年4月）河出書房新社
眠らせ唄／月とお万／お正月／お手玉唄／風の唄／天の羽衣／こうもりと兎
＊浦島草（英語訳）一九九五年
＊ふなくい虫（フランス語訳）一九九五年
＊浦島草（フランス語訳）一九九五年
＊寂兮寥兮（ドイツ語訳）一九九五年
＊舞へ舞へ蝸牛（ドイツ語訳）一九九五年
＊海にゆらぐ糸（中国語訳）一九九五年
おむぶう号漂流記　一九九六年（平成8年7月）岩波書店
おむぶう号漂流記／ゆく川の

炎える琥珀（往復詩集）一九九六年（平成8年8月）中央公論社
＊山姥の微笑（ノルウェー語訳）一九九六年
初めもなく終わりもなく（エッセイ・対談集）一九九八年（平成10年2月）集英社
楽しみの日々（日記的記録）一九九九年（平成11年9月）講談社
＊ヤダーシュカ（英語訳）二〇〇〇年
＊ヤダーシュカ（フランス語訳）二〇〇〇年
雲を追い（エッセイ集）二〇〇一年（平成13年2月）小学館
ヤダーシュカ　ミーチャ　二〇〇一年（平成13年5月）講談社
どろん／冬の流星／ヤダーシュカ／ミーチャ／チコ／ビョン・ワン・リー／蓼科／唐人さん／ある正月／新潟
浦安うた日記　二〇〇二年（平成14年12月）作品社
＊浦島草（フランス語訳）二〇〇二年
大庭みな子全詩集　二〇〇五年（平成17年5月）めるくまーる
＊啼く鳥の（英語訳）二〇〇六年
＊王女の涙（フランス語訳）二〇〇六年
＊錆びた言葉（英語訳）二〇〇六年
風紋（短編・エッセイ集）二〇〇七年（平成19年8月）新潮社
あなめあなめ／それは遺伝子よ（It's gene）／風紋
七里湖　二〇〇七年（平成19年9月）講談社

七里湖第Ⅰ部／七里湖第Ⅱ部（未完）／まぼろしの七里湖
＊啼く鳥の（英語訳）二〇一一年

【叢書・全集】
新鋭作家叢書　大庭みな子集　一九七二年（昭和47年1月）河出書房新社
現代の文学33　一九七三年（昭和48年9月）講談社
現代の女流文学4　一九七四年（昭和49年11月）毎日新聞社
筑摩現代文学大系91　一九七八年（昭和53年9月）筑摩書房
昭和文学全集第19巻　一九八七年（昭和62年12月）小学館
大庭みな子全集　全10巻　一九九〇〜一九九一年（平成2年11月〜平成3年9月）講談社
女性作家シリーズ9　一九九八年（平成10年12月）角川書店
大庭みな子全集全25巻　二〇〇九〜二〇一一年（平成21年5月〜平成23年4月）日本経済新聞出版社

【文庫】
三匹の蟹・青い落葉　一九七二年（昭和47年11月）講談社文庫
ふなくい虫　一九七四年（昭和49年7月）講談社文庫
魚の泪　一九七四年（昭和49年11月）中公文庫

栂の夢　一九八〇年（昭和55年12月）文春文庫
幽霊達の復活祭　一九八一年（昭和56年3月）講談社文庫
花と虫の記憶　一九八二年（昭和57年4月）中公文庫
女の男性論　一九八二年（昭和57年9月）中公文庫
オレゴン夢十夜　一九八四年（昭和59年1月）集英社文庫
浦島草　上・下　一九八四年（昭和59年2月）講談社文庫
がらくた博物館　一九八八年（昭和63年2月）文春文庫
続　女の男性論　一九八八年（昭和63年5月）中公文庫
＊『私のえらぶ私の場所』『女・男・いのち』から一部収録
啼く鳥の　一九八八年（昭和63年11月）講談社文芸文庫
寂兮寥兮　一九八九年（平成元年3月）河出文庫
舞へ舞へ蝸牛　一九九〇年（平成2年6月）福武文庫
三匹の蟹　一九九二年（平成4年5月）講談社文芸文庫
王女の涙　一九九二年（平成4年10月）新潮文庫
津田梅子　一九九三年（平成5年7月）朝日文芸文庫
海にゆらぐ糸　石を積む　一九九三年（平成5年10月）講談社文芸文庫
虹の橋づめ　一九九四年（平成6年2月）朝日文芸文庫
わたしの古典　大庭みな子の竹取物語　伊勢物語　一九九六年（平成8年7月）集英社文庫

わたしの古典　大庭みな子の雨月物語　一九九六年（平成8年8月）集英社文庫
オレゴン夢十夜　一九九六年（平成8年11月）講談社文芸文庫
「万葉集」を旅しよう　一九九七年（平成9年11月）講談社文庫
むかし女がいた　一九九八年（平成10年3月）新潮文庫
浦島草　二〇〇〇年（平成12年8月）講談社文芸文庫
古典の愉しみ（翻訳）二〇〇〇年（平成12年8月）宝島社文庫
寂兮寥兮　二〇〇四年（平成16年10月）講談社文芸文庫

あとがき

与那覇恵子

二〇一二年五月二十四日に近代文学の女性研究者を中心に「大庭みな子研究会」が発足した。二〇〇七年にみな子氏が亡くなってから五年目の命日にあたる日であった。

研究会のメンバーは、大庭利雄監修『大庭みな子全集』全25巻（二〇〇九年〜二〇一一年、日本経済新聞出版社）の「解題」を担当した者が多い。全集完結を報告するお墓参りをし、利雄氏や優さんも交えてささやかな集いの会をもった。その折の歓談のなかで命日を「浦島忌」にしようと決まり、テキストが整備されたので、今後は研究を進めていくのが重要だ、大庭文学の継承を目指して研究会を立ち上げよう、という声があがった。浦島忌を主宰すること、二か月に一回のペースで研究発表をすることなど、一年間の準備期間を経て、正式の発足となったのである。本書に収録した論文は、研究会での発表がもとになっている。

「大庭みな子研究会」は研究発表ばかりでなく、現地調査という名目で、作家と作品に関係ある場所にも出かけている。二〇一二年には利雄氏の御好意で、『楊梅洞物語』の舞台ともなっている伊豆高原の別荘を合宿所として使用させて頂いた。二〇一三年には『啼く鳥の』の舞台である大津市比叡平の旧別荘を訪れた。両別荘とも多様な植物とさりげなく置かれた石の庭が魅力的であった。改めて悠久の時と生きものの変遷を同時展開する大庭文学の空間表象に触れた思いだった。さらに比叡平の別荘を仲介してくれた不動産屋さんで、現在の持ち主である中野善太氏ご夫妻にもお世話になり、みな子さんの書が飾ってある部屋や、主に利雄氏が利用していた陶芸部屋も見せて頂いた。

二〇一四年に広島大学で開催された日本近代文学会秋季大会では複数の会員が「原爆／原発」をテーマに発表を行った。学会の後は、江田島の海上自衛隊を訪れ、旧海軍兵学校跡地の見学に参加した。残念ながらみな子氏が過ごした従道小学校跡地は立ち入り禁止区域になっていて入れなかったが、金網の外から大体の位置を知ることができた。数人の会員は、みな子らが救護活動の拠点にしていた広島の本川国民学校（現、広島市立本川小学校）もすでに訪れている。

クオータ制導入を目指して講演の日々を送っていたお忙しい時期にも関わらず、赤松良子氏からは、みな子氏の学生時代のことと結婚生活について貴重な話を伺った。

研究会のもう一つの活動は、様々な資料の整理である。今回は本書に親友に宛てた二十歳前後の手紙と、みな子と藤枝静男との往復書簡を収録することができた。六〇年前の手紙を大切に保存し提供してくださった斎藤（田澤）信子さん。父・藤枝静男の書簡公開を快諾してくださった安達章子さん。また、丁寧に整理されたみな子さんの藤枝宛書簡を閲覧、書写させてくださった浜松文芸館。皆様からの資料がなければ本書は生まれませんでした。感謝の気持ちでいっぱいです。

もちろん利雄氏の助力も大きかった。日記をはじめお持ちの手紙やノートなどを見せて頂いた上に、達筆なみな子さんと藤枝氏の、会員が読めない文字を解読してくださった。多くの写真も提供して頂いた。本書には一九八三年に退職した後、秘書的な役割を果たしてきた利雄氏の日記のほんの一部を収録した。自伝的小説『霧の旅』には主人公百合枝が船の上から日記を捨てる場面があるが、利雄氏によると実際にも廃棄したようで、みな子氏の日記は残されていないという。だが、みな子氏との日々を綴った利雄氏の三十年間分の日記は残されている。みな子が語ったという他の作家に対する辛辣な言葉や社会批評もあり、「読み物」としても興味深い。研究会としてどこまで資料として扱うか。今後の課題といえるだろう。

手紙の活字起こしは上戸理恵さん、山田昭子さん、西井弥生子さんに主に担当してもらった。さらに研究会の事務局を担当してきた上戸さんや山田さんには、引用文の照合など編集業務にも関わってもらった。

本書の出版を引き受けてくださった「めるくまーる」の梶原正弘氏、編集の労をとってくださった風日舎の吉村千穎氏に心より感謝申し上げたい。

二〇一七年四月　大庭みな子歿後十年を前に

執筆者略歴（50音順）

赤松良子（あかまつ　りょうこ）

１９２９年生まれ。東京大学法学部卒業。労働省婦人局長、駐ウルグアイ大使、文部大臣を経て、公益財団法人日本ユニセフ協会会長・国際女性の地位協会名誉会長・女性の政治参画を支援する全国ネットワーク「ＷＩＮ　ＷＩＮ」代表・「クオータ制を推進する会」代表。著書に『均等法をつくる』（勁草書房、２００３年）、『女性議員が増えれば社会が変わる　赤松政経塾第１期』（パド・ウィメンズ・オフィス、２０１６年）。

市川紘美（いちかわ　ひろみ）

１９８１年生まれ。東京女子大学大学院人間科学研究科博士後期課程修了（博士）。中央大学非常勤講師。論文に「交差、転移する欲望の物語―「化銀杏」論―」（泉鏡花研究会編『論集　泉鏡花　第五集』和泉書院、２０１１年）、博士論文『泉鏡花研究―初期作品における語りの特質―』（２０１１年）。

上戸理恵（うえと　りえ）

１９８１年生まれ。北海道大学大学院文学研究科後期博士課程単位取得退学。東洋英和女学院大学非常勤講師。論文に「断片のテクスト／テクストの断片――森茉莉「薔薇くひ姫」試論――」（北海道大学国語国文学会、『国語国文研究』第138号、２０１０年７月）。

エマヌエラ・コスタ

１９８１年生まれ。ナポリ大学大学院文学研究科博士後期課程修了（博士）。２０１２年から２０１４年まで立命館大学学術振興会外国人特別研究員。現在、オランダにて独立研究員。論文・共著に「The Place Where Words are Born : Word Plays, Humor and Queer Relationships in Tawada Yoko's The Corpse of the Umbrella and My Wife」（Michael Braun, Amelia Valtolina 編『Am Scheideweg der Sprachen. Die poetischen Migrationen von Yoko Tawada』Stauffenburg Verlag ２０１５年）「A Tale of Two Tongues : Self-Translation in Sekiguchi Ryōko's poetry」（『Contemporary Japan』、２０１５年６月）。

遠藤郁子（えんどう　いくこ）

１９７２年生まれ。専修大学大学院文学研究科博士後期課程修了（博士）。石巻専修大学特任准教授。著書に『佐藤春夫作品研究』（専修大学出版局、２００４年）、共著に「昭和初期の原阿佐緒―自立の歌への挑戦」（新・フェミニズム批評の会編『昭和前期女性文学論』翰林書房、２０１６年）。

太田美穂（おおた　みほ）

１９６６年生まれ。日本大学文理学部卒業。河出書房新社、編集部。

川勝麻里（かわかつ　まり）

１９８０年生まれ。立教大学大学院文学研究科博士後期課程修了（博士）。早稲田大学・明海大学・埼玉学園大学非常勤講師。著書に『明治から昭和における「源氏物語」の受容―近代日本の文化創造と古典』（和泉書院、２００８年）、論文に「一九二〇年代のシュルレアリスム受容と川端康成—『弱き器』『火に行く彼女』『鋸と出産』ほか」（『立教大学日本学研究所年報』９、２０１２年３月）。

久保田裕子（くぼた　ゆうこ）

１９６４年生まれ。お茶の水女子大学大学院博士課程人間文化研究科比較文化学専攻単位修得退学。福岡教育大学教育学部教授。編著に、「『暁の寺』における〈日本〉と〈アジア〉表象—（ポスト）／コロニアリズムの可能性」（有元伸子・久保田裕子編『21世紀の三島由紀夫』翰林書房、２０１５年）。

谷　優（たに　ゆう）

１９５６年生まれ。慶應義塾大学大学院修士課程修了。翻訳家。共著に『郁る樹の歌』（中央公論社、１９９２年）、英訳にUrashimaso (Josai University 1995)。

谷口幸代（たにぐち　さちよ）

１９７０年生まれ。お茶の水女子大学大学院人間文化研究科博士課程修了（博士）。お茶の水女子大学准教授。共著に「多和田葉子の鳥類学」（土屋勝彦編『反響する文学』風媒社、２０１１年）。

タン・ダニエラ

１９７４年生まれ。チューリヒ大学文学部東洋学科日本学部門博士課程修了。チューリヒ大学文学部東洋学科日本学部門准教授。著書に『ZwischenWelten. Ôba Minako im Kontext der Introvertierten Generation - eine narratologische Untersuchung』（Berlin, EB 出版社、２０１７年。博士論文）、共著に、「Literature and The Trauma of Hiroshima and Nagasaki 文学と広島・長崎のトラウマ」（『The Asia-Pacific Journal』12 ２０１４年10月号）

ドナテッラ・ナティリ

１９６５年生まれ。ブラジリア大学文学部日本文学（博士）。ブラジリア大学文学部日本文学プログラム教授。博士論文「BELEZA E AMBIGUIDADE : os discursos dos Prêmios Nobel da Literatura Japonesa e seus autores」(2012)。共著に、DESCABELADOS . Brasília : Editora UNB, 2007.

西井弥生子（にしい　やえこ）

１９８１年生まれ。青山学院大学大学院文学研究科博士後期課程満期退学。論文に「菊池寛 交錯する「東京行進曲」—映画小唄の牽引力——」（『日本近代文学』89、２０１３年11月）、「「石本検校」の世界——菊池寛の将棋——」（『青山語文』47、２０１７年３月）。

羽矢みずき（はや）

１９６１年生まれ。立教大学大学院文学研究科博士後期課程修了（博士）。明星大学教授。論文・共著に「伊藤左千夫『野菊の墓』論」（『国文学解釈と鑑賞』第73巻４号　２００８年４月）、「野上弥生子「哀しき少年」論」（新・フェミニズム批評の会編『昭和前期女性文学論』翰林書房　２０１６年）。

藤田和美（ふじた　かずみ）
1964年生まれ。お茶の水女子大学大学院博士課程満期退学。東洋英和女学院大学非常勤講師。共著に『「青鞜」を読む』（新・フェミニズム批評の会編、學藝書林、1998年）、『女性とたばこの文化誌―ジェンダー規範と表象―』（舘かおる編、世織書房、2011年）。

宮内淳子（みやうち　じゅんこ）
1955年生まれ。お茶の水女子大学人間文化研究科比較文化学修了（博士）。著書に、『藤枝静男　タンタルスの小説』（エディトリアルデザイン研究所、1999年）、『岡本かの子の世界』（EDI、2001年）。

山田昭子（やまだ　あきこ）
1981年生まれ。専修大学大学院文学研究科博士後期課程修了（博士）。関東学院大学高等教育研究・開発センター研究員。博士論文に『吉屋信子論』（2014年）、論文に「吉屋信子『安宅家の人々』論」（『専修国文』96、2015年1月）

〈編著者紹介〉

与那覇恵子（よなは　けいこ）

一九五二年生まれ。東洋英和女学院大学国際社会学部教授。女性文学会・大庭みな子研究会代表。著書・共著・編著に『現代女流作家論』（審美社）、『大江からばななまで』（日外アソシエーツ）、『戦後・小説・沖縄』（鼎書房）、『後期20世紀　女性文学論』（晶文社）、『文芸的書評集』（めるくまーる）など。他に、『女性作家シリーズ』（角川書店）、『テーマで読み解く日本の文学』（小学館）、『三枝和子選集』（鼎書房）、『大庭みな子全集』（日本経済新聞出版社）の監修・編集に関わる。

大庭みな子　響き合う言葉

二〇一七年五月二四日　初版発行

編著者　与那覇恵子
著　者　大庭みな子研究会
発行所　株式会社めるくまーる
東京都千代田区神田神保町一－一一
電話（〇三）三五一八－二〇〇三
URL http://www.merkmal.biz/

編集協力　風日舎
印刷・製本　モリモト印刷株式会社

ISBN978-4-8397-0170-3　Printed in Japan